克苏鲁神话

（美）H.P. 洛夫克拉夫特 / 著

赵丽慧 / 译

台海出版社

图书在版编目（CIP）数据

克苏鲁神话 / (美) H.P.洛夫克拉夫特著；赵丽慧译. -- 北京：台海出版社, 2022.3

ISBN 978-7-5168-3228-8

Ⅰ.①克… Ⅱ.①H… ②赵… Ⅲ.①中篇小说－小说集－美国－现代②短篇小说－小说集－美国－现代 Ⅳ.①I712.45

中国版本图书馆CIP数据核字（2022）第045718号

克苏鲁神话

著　　者：	（美）H.P.洛夫克拉夫特	译　　者：	赵丽慧

出 版 人：	蔡　旭	封面设计：	尚上文化
责任编辑：	王　艳		

出版发行：台海出版社

地　　址：北京市东城区景山东街 20 号　邮政编码：100009

电　　话：010-64041652（发行，邮购）

传　　真：010-84045799（总编室）

网　　址：www.taimeng.org.cn/thcbs/default.htm

E - mail：thcbs@126.com

经　　销：全国各地新华书店

印　　刷：三河市骏杰印刷有限公司

本书如有破损、缺页、装订错误，请与本社联系调换

开　　本：880 毫米 × 1230 毫米		1/32	
字　　数：194 千字		印　　张：9	
版　　次：2022 年 3 月第 1 版		印　　次：2022 年 4 月第 1 次印刷	
书　　号：ISBN 978-7-5168-3228-8			

定　　价：49.80 元

《克苏鲁的呼唤》

这些混血的怪人赤身裸体地围着一
片畸形的环状篝火在跳舞。

《克苏鲁的呼唤》

这艘货船拖着新西兰达尼丁的"警戒号",显然"警戒号"经历了一场激战,并且受损严重,现在已经不能行驶了。

《克苏鲁的呼唤》

约翰森等人在这座城堡泥
泞的斜坡上登陆，吃力地爬上
湿滑的巨型石块，那绝对不是
供人类使用的阶梯。

《黑暗中的低语》

村民们都说他们看到洪水中有一个或者是几个让
人感到很恐怖的怪物，而且洪水来自荒无人烟的山谷。

《黑暗中的低语》

　　这些印记比较浅，并不像最近留下的，看上去它的脚印跟正常人的脚印差不多。从中间看去，就好像是锯齿状的螯印向两个方向延伸。

《黑暗中的低语》

　　它体形庞大，身体呈浅红色，像是一种蟹类生物。它们长了几对对足，背中央还长了一双犹如蝙蝠的翅膀。

《黑暗中的低语》

那些怪物的身上有一层外壳，呈粉红色，有五英尺长。背上有两只很大的鳍或者膜状的双翼，还有几对铰接式的肢体。

《节日》

她穿着宽松的袍子，头上戴着帽子，帽子边沿压得很低。她背朝着我在纺车前面坐着，默默地纺织，即使是过节，她也不休息。

《节日》

它们用长着蹼的双脚和带膜的
双翼往前飞行。

《敦威治恐怖事件》

　　它的腰部以上长得和人差不多，只不过当前还被看门狗的利爪死死地摁在地上的胸部长满了一层格状的厚皮，像鳄鱼皮；背上有明显的黑黄相间的花，像蛇类的鳞状皮肤。

《敦威治恐怖事件》

它像个大果冻，好像用很多根蠕动着的绳子连

起来……上面还长满了凸出的巨眼……

《敦威治恐怖事件》

现在，那声音开始积攒新的力量，变得越来越连贯，陷入极端而彻底的终极疯狂。

《穿越银钥之门》

　　这个房间非常大，墙上挂着绣着奇怪花纹的挂毯，地上铺了做工精良的波恩卡塔地毯。四个人围坐在一张桌子旁边，桌上放着一些散乱的文件。

《穿越银钥之门》

他在一个散发五彩阳光的圆盘中，混在一大群长着爪子和长鼻子的生物之中，走在样式令人匪夷所思的金属迷宫中，在街道上穿梭。

《墙中鼠》

这座建筑中有几个哥特式的尖塔，但都耸立在撒克逊或罗马式底部结构上面。

《墙中鼠》

　　那里充满了无限的神秘和恐怖，里面还有一些
房屋和其他类型的建筑遗迹。

目录

克苏鲁的呼唤

我们觉得也许有一种在远古时期就已经存在的巨大能量或者生物体，也许，它们在人类诞生之前就已经存在了，后来又慢慢消失了。人们只能通过诗歌和故事传说来捕捉有关它们的短暂的印记，并且将其称为神、怪物或各种神奇物……

——阿尔杰农·布莱克伍德

一、泥塑中的恐怖

我认为人世间最仁慈的事，无非就是人类不能将其所思所想相互关联起来。我们生活在一个风平浪静的岛屿上，周围是一望无际的黑色海洋，一切都未开化，但这不表示我们必须为此扬帆远航。到目前为止，各种自然学科都沿着各自的轨道发展，几乎没有危害到我们；但是，早晚有一天，某些没有关联的知识将会整合起来，会出现关于现实世界的恐怖景象，我们将面临一个可怕的境地。在那种情况下，我们要么因现实情况而发疯，要么选择逃离光明，逃往一个黑暗的新时代，去寻找和平与安宁。

　　神智学者已经猜到宇宙循环运动的宏伟、壮观的景象，我们的世界和人类在这个茫茫宇宙中只不过是匆匆过客。他们用比较委婉的乐观主义来形容这些奇怪的存在，否则肯定会把大家吓得魂飞魄散。我瞥见过一眼来自远古时期的存在，当我想起它时，我感到瑟瑟发抖；当我梦到它时，我就有点儿发狂。看到那个场景的一刹那，就好像看到了所有的恐怖一样，在毫不相干的事物合并的瞬间——在这件事中，是一份旧报纸和一位已逝的教授的笔记。我希望不要有人来完成这未竟之事。当然了，只要我还活着，我肯定永远不会故意给这个恐怖的过程提供可乘之机。我也觉得那位教授是故意对自己所知道的事情闭口不提，如果他能料到自己会突然死掉，肯定会在死之前将笔记销毁掉。

　　1926 年冬天，我的叔祖父乔治·甘默尔·安吉尔去世了。他离世之后，我开始对这件事情有所了解。他生前是罗得岛州普罗维登斯布朗大学的一位钻研闪米特语的名誉教授。安吉尔教授在古代的铭文方面有很高的造诣，他很出名，很多著名的博物馆馆长也经常向他请教，因此，他去世之后，很多人怀念他。他享年九十二岁。他的死因到现在都还不明确，但是，他的去世越来越引起当地人的高度关注。有目击者声称，教授下了从纽波特回来的船之后，抄近路从码头返回他在威廉姆斯大街上的家，途中遭遇不测，突然倒地身亡；有一个长得像海员的黑人突然从陡峭的山坡处黑暗的角落里冲出来，将其撞倒在地。内科医生们并没有发现教授的遗体上有什么明显的伤痕，经过一番激烈的讨论之后，他们得出了一条结论：教授因为年纪太大，在爬这么陡峭的山坡时，诱发了不明原因的心脏病，因此才命丧黄泉。那个时候，我认为没有理由怀疑医生们权威的判断；但是最近看来，我觉得这件事疑窦丛生，而且不只是可疑。

叔祖父的妻子早已去世，他们没有孩子。他去世之后，我成了合法的继承人和遗嘱执行人。我希望彻底整理一下他生前写的所有论文，为此，我将他的所有论文和箱子都搬到了我位于波士顿的家中。我将他的大多数资料整理好之后，交由美国考古学会出版。但是其中有一个很奇怪的箱子，让我感到非常迷惑不解，而且我也不愿意将它拿给别人看。那个箱子上了锁，在我想起教授曾经在他的口袋里装了一串私人的环状钥匙之前，我一直没有找到那个箱子的钥匙。后来，实际上，我成功地打开了那个箱子。但是，打开箱子之后，我需要面对更大、更神秘的困难。我发现里面有一座奇怪的泥塑浅浮雕，还有一些断断续续、不着边际的摘要和一些剪报。难不成我的叔祖父在晚年时，竟然对那些蹩脚的欺骗伎俩信以为真？我决定无论如何都要找到那个古怪的雕刻家，问问他为何要打破叔祖父平静的晚年生活。

这座浅浮雕总体呈长方形，厚度不足一英寸①，大概五英寸长、六英寸宽，很明显，这就是一件现代作品。但是，这座浮雕的设计与我们现代的风格和意蕴有着天壤之别。就算是变幻莫测的立体主义和未来主义的艺术家们也无法经常在他们的作品中重新勾勒出远古时代文字中特有的那种神秘规律。肯定有

---

① 1 英寸 =2.54 厘米。

些著作中记载了一些这样的文字，不过我绞尽脑汁也无法分辨上面到底是什么。我将叔祖父的所有论文和收藏品都翻遍了，无功而返，甚至没有找到一点相似的东西。

浮雕上面雕刻着清晰的象形符号，象形符号上面有一幅明显具有印象派艺术风格的图案，但不知道上面到底画的是什么，只有大体的轮廓。它看上去像是一头怪物，或者像是一个象征怪物的标志，只有通过无限遐想才能想出来具有这种外形的怪物。若是我说，我在无限遐想的过程中有一只章鱼、一条龙和一个人的漫画出现，我敢肯定我想象出来的应该是事物的精髓，绝对不是它的完整轮廓。它的形状怪异，布满了鳞片，身上长有泥状的湿漉漉的头，头上有很多触角，长着发育不完全的翅膀。让人意想不到的是，它的整个轮廓让人看了之后觉得很恐怖。图案后面有个隐约可见的建筑物背景，就像一个巨石状的建筑物。

箱子里面除了这个奇怪的泥雕之外，还有一沓剪报，除此之外还有安吉尔教授最近写的一篇文章，文章的措辞并不华丽，我敢肯定不是文学作品。其中有一份书稿，看上去像是最主要的书稿，上面写有明显的标题《克苏鲁崇拜》，能够看得出来，这个标题的每个字母一笔一画都很清晰，以免别人读错了这个从没有听说过的单词。这份书稿包含两部分内容，其中一部分标题为《1925 年——罗得岛州普罗维登斯托马斯街 7 号 H.A. 威尔科特斯的梦境与梦境研究》，第二部分的题目为《路易斯安那州新奥尔良比安维尔街 121 号之督察约翰·R. 莱戈拉斯在 1908 年美国考古学会会议上讲述的故事和本次会议的相关记录和韦伯教授的报告》。其他的都是一些摘要，其中一些记录了不同人做了哪些奇怪的梦，还有一些关于神智学的书籍和杂志的笔记（特别是 W. 斯科特·艾略特的《亚特兰蒂斯和消失的利莫里亚》）。其余的一些资料是关于至今尚存的秘密协会和隐秘异教的评论，里面还大量引用了弗雷泽的《金枝》、默里小姐的《西欧的女巫崇拜》等神话故事和人类起源方面的典籍。大部分剪报的内容都与异常的精神疾病和 1925 年春季爆发的那些鲁莽或狂躁行为有关。

这份重要的书稿在前半部分讲述了一个非常离奇的故事。根据叙述，在 1925 年 3 月 1 日，一个长得又黑又瘦的年轻男子激动地前来拜访安吉尔教授。他形迹可疑，带着一座奇怪的泥塑浅浮雕，这座浮雕还是湿漉漉的，像是刚雕刻完成的。他的名片上写着"亨利·安东尼·威尔科特斯"。我的叔祖父知道威尔科特斯的身世显赫，是家里最小的孩子，叔祖父也曾听说过他。这个年轻人最近在罗得岛设计学院里学习雕塑，他一个人住在该学院旁边的百合公寓里面。威尔科特斯比较早熟，是个年轻的天才，但是他的性格古怪，小时候就对诡异的故事颇有兴致，而且习惯讲述自己奇特的梦境。他说，他对超自然的力量有严重的"神经过敏症"，但是，他之前住在古老的商业城市里面，那里的父老乡亲大都性格稳重，对那些人来说，他就是个"怪人"。威尔科特斯与周围的人格格不入，平常几乎不怎么来往，所以也就渐渐地淡出了社交圈子，他现在的事情也就只有其他镇上的唯美主义者社团知道。就连一直致力于维护其保守性的普罗维登斯艺术俱乐部也觉得此人无药可救。

教授的书稿中记录了与这次拜访有关的内容。让人意想不到的是，这个雕塑家贸然拜访的目的竟然是想让知识渊博的教授利用考古学知识辨认一下这座浅浮雕上面的象形符号。这个年轻人说话时，神情恍惚，非常不自然，让人听了之后难免会觉得他有点矫揉造作，有点生分。叔祖父说话时语气好像有些刻薄了，显然这座浮雕是刚完成的，跟考古学半点关系都没有。但是，年轻的威尔科特斯的回答将叔祖父深深地吸引住了，叔祖父将这段话原封不动地记录了下来。这段话反映出威尔科特斯的空幻诗意，他说话一贯如此，我觉得这一点足以证明他最明显的性格。他回答说："是的，这是刚完成的，我昨天晚上梦到了很多奇怪的城市，所以做了这个雕塑。梦的起源非常早，甚至比阴森的泰尔城、沉思的斯芬克斯或空中花园城市巴比伦还要早。"

接着，他开始讲述一个不着边际的故事，将一颗沉寂的心唤醒，叔祖父对这个非常感兴趣。前一天晚上有轻微的地震发生，这是最近几年来新英格兰地区震感最强烈的一次，威尔科特斯想象出来的情景颇受这次地震的影响。入睡之后，他做了一个前所未有的梦，他梦到伟大的巨石城、太阳神石柱和空中巨石到处都在滴绿色的泥浆，并且隐藏着恐怖的东西。每一面墙壁和每一根石柱上都写满了象形符号，从地底下一个未知的方向传来没法称为声音的响动，那种响动就好像是胡乱碰撞产生的，只有想象力足够丰富的人才能将这种声响具体地描述出来。这个年轻人用了几个几乎无法发音的词汇来形容他听到的这种声响："克苏鲁—弗坦"。

这句胡言乱语成为安吉尔教授兴奋地回忆的关键，并且一直困扰着他。他询问了这个雕刻家一些详细的科学问题，疯狂地研究这个年轻人做出来的这座浅浮雕。这个年轻人从神奇的梦境中醒来时，忍不住打了一个寒战，他在房间里做雕塑时身上只穿了一件单薄的睡衣。后来这个年轻人说叔祖父在辨认象形符号和图案时动作有点缓慢，叔祖父自责地说自己年纪大了。这个年轻人不能理解叔祖父的大多数提问，尤其是一些试图将这个年轻人同奇怪的异教和秘密社团联系在一起的问题。教授甚至还一再对这个年轻人保证："如果你真的加入了一些普遍存在的神秘组织或者异教组织，我一定会保密。"当安吉尔教授确定这个年轻的雕刻家不知道任何异教组织和神秘的传说时，他就借此劝年轻人将以后做梦的内容告诉他。这个要求定期得出结果，在第一次拜访之后，这个年轻人果真天天打电话给教授，告诉他自己做梦的内容。如此一来，教授不但将他们俩之间第一次谈话的内容记录下来，还将这个年轻人后来每天打电话告诉他的内容都一一记录下来。这个年轻人在这段时间里描述了几个在深夜梦到的可怕场景，里面经常出现由黑漆漆、湿漉漉的岩石堆成的巨石城场景，恐怖至极；还有熔岩发出来的嗞嗞声，还有单调的呼喊声，好像是在传达秘密情报。但是，所有声音都像谜似的无法解开。除了听到乱哄哄的声音之外，并没有其他收获。这个年轻人最常听到的两种声音可以用"克苏鲁"和"拉莱耶"来形容。

接下来，书稿中这样描述：3月23日，威尔科特斯没有出现，教授这才得知原来威尔科特斯不明原因地发高烧、卧病在床，已经被人送到了位于沃特曼街的家里养病了。威尔科特斯经常在晚上大喊大叫，将住在同一栋楼里面的好几个艺术家都吵醒了；之后，他要么沉睡不醒，要么就神经兮兮的。叔祖父立刻给威尔科特斯的家人打电话，非常关心他的病情，同时还了解到威尔科特斯的主治大夫是塞耶街上的托比医生，并经常给托比医生打电话。很明显，这个高烧不退的年轻人脑海里总是浮现出各种怪异的景象，他昏迷时说的一些胡言乱语经常将托比医生吓得不轻。除了之前梦到过的情景，这个年轻人的梦里还出现了一个很可怕的东西，那是一个庞大的、"高达几英里①"的庞然大物，它到处乱走，走起路来很笨重、很缓慢。

托比医生转述时说，威尔科特斯没有将这个怪物完整地描绘出来，只是偶尔会喊出几个疯狂的单词。因此，叔祖父断定，这个年轻人在胡言乱语中描述的怪物和他之前在梦境中制造出来的雕塑相同。医生还说，很显然，这个怪物让这个年轻人陷入了昏睡。但是，让人匪夷所思的是，这个年轻人的体温并不比平常人的温度高很多，但是从整体情况来看，他很像真的发烧，而不是精神错乱。

4月2日下午3点左右，威尔科特斯的所有症状都消失了。他从床头坐了起来，有点茫然，不知道自己为什么回到了家里。他将3月22日晚上之后发生的所有现实和睡梦中的事情统统忘干净了。医生说威尔科特斯的病已经完全好了。威尔科特斯在三天之后又回到了自己住的地方，但是对安吉尔教授来说，他不能再提供任何帮助了。所有与这诡异的梦境相关的迹象都随着威尔科特斯的痊愈消失不见了。叔祖父对这个年轻人的梦境又记录了一周的时间，但是这些记录都没有重点，也没有关联，基本都是普通的梦境。

第一部分书稿就这些，但是，另外一些供参考的零零碎碎

---

① 1英里 ≈1609米。

的记录也大大启发了我的想象。实际上，我心中有很深的偏见，始终不太信任那个艺术家。这些笔记记录了威尔科特斯突然造访教授家的那段时间不同人的详细梦境。我觉得叔祖父已经快速组织了一个人数众多且范围很广的受访团体，其中包括叔祖父认识、可以询问又不至于被人觉得唐突的所有朋友。叔祖父让这些人提供每天晚上做梦的内容，还有之前印象深刻的梦境发生的日期。叔祖父得到形形色色的答复，这些材料的量比任何一个平凡人能够独自处理的量多。叔祖父没有保留原始信件，而是很仔细地做了笔记，并且在笔记中强调了重点内容。组成新英格兰地区中坚力量的是社交圈和商界的平民百姓，这些人一般都给出了否定的结果，只有很少一部分人有心神不定的情况发生。但是，随处可见让人不安的难以形容的夜间景象，都出现在 3 月 23 日到 4 月 2 日这段时间，与年轻的威尔科特斯出现精神错乱的时间段一致。科学家们基本上都没有受到影响，尽管其中四个人说在一瞬间发生了让人意想不到的奇怪景象，还有一个人提到了某种恐怖的异常事物。

被调查的所有人当中，诗人和艺术家们提供了肯定的答复。我认为，如果有机会比较一下他们彼此的梦境，肯定会感到很恐怖。我没有看到原始信件，所以我怀疑这次梦境调查的组织者是不是询问了一些引导性的问题，或者在原始信件的基础上进行过加工，以满足自己的目的。也是因为这个原因，我仍然对威尔科特斯没有好感。我一直坚信他用某些方法提前知道了叔祖父知道的相关数据，所以才欺骗了这个资历深厚的科学家。唯美主义者们提供的信件中都提到了一个让人感到恐怖的故事。在 2 月 28 日到 4 月 2 日这段时间里，当中有大部分人都梦到了非常怪诞的事情，在雕塑家出现精神错乱的这段时间里，所有梦境的强度和频率达到了高峰。根据反馈结果来看，有四分之一以上的人说他们梦到了威尔科特斯梦境中出现的画面和模糊的声响。有些人则说自己梦到了庞然大物之后感到非常恐惧。笔记重点记录了一个伤感的故事：故事的主人公是位知名的建筑师，他有点儿信奉神智主义和神秘主义，自从年轻的威尔科特斯发病后，这个人也突然变得疯疯癫癫，不停地大声喊叫，说他逃脱了阴曹地府的人的魔爪。很遗憾，这个人在几个月之后就死掉了。叔祖父在引用这些案例时采取了数字命名的方式。如果他采取具体命名的方式，我一定会登门拜访，去查证事实真伪。虽然这样，我还是成功地找到了几个案例。这几个人都说笔记的内容是真的。我经常想，叔祖父的调查对象肯定都觉得这个调查太奇怪了，但是，或许不对他们说出真相会更好些。

我在前文中提到过，叔祖父搜集的新闻剪报大多数都与特定时间内的恐怖事件、狂躁症和怪诞的行为等相关。安吉尔教授当时雇了一位搜集剪报的专职人员，原因是这个人不但搜集的数量多，而且搜集的信息遍布全球各地，其中还包括伦敦的夜间自杀事件：一个孤独的人睡到半夜时，起床走到窗户跟前，一声惨叫之后就纵身跳出了窗外。还有同样的例子：一名南美洲的报社编辑在收到了一封长信之后就认为自己看到了恐怖的未来。从加利福尼亚来的信件描述了信奉神智主义的人们都穿着白色的袍子，等着永远也不会来的"光荣的圆满"。这个时候，印度新闻郑重宣布，严重的全国暴乱大概将于3月22日和23日结束。

在爱尔兰的西部有很多疯狂的谣言和传说，其中有个名叫阿杜瓦·博纳特的疯狂画家在1926年巴黎春季沙龙展上展出了一幅亵渎神灵的世外桃源风景画。还有很多精神病医院里不断出现骚乱，好像只有奇迹才能阻止医疗互助会的朋友们不再追究此类事件，不再随便得出让人慌乱的结论。时至今日，我依然不能平静地对待这沓剪报中的奇闻怪事，也无法将这沓剪报抛之脑后了。这个时候我仍然认为年轻的威尔科特斯肯定早就听说过教授说过的一些古老事物。

二、督察莱戈拉斯的故事

叔祖父觉得威尔科特斯的梦境与那座浅浮雕很重要，是因为之前发生的一些往事。它们构成了长篇书稿的第二部分。根据记录，安吉尔教授曾经看到那座泥塑上无法形容的恐怖轮廓，他不知道这种未知的象形符号要表达什么含义，还听到那种类似于"克苏鲁"发音的邪恶音节。将它们联系起来既让人激动又让人非常害怕，怪不得教授会不厌其烦地询问年轻的威尔科特斯有关资料和数据呢。

这次的经历发生在1908年，至今已经有整整十七年了。那时候，美国考古学会在圣路易斯召开年会，安吉尔教授凭借其名气和造诣成为那次大会的焦点，他在所有的讨论中都表现杰出。有一些非专业的人士也借机向专家们请教，希望能够得到正确答案和专业的解决方案。很显然，安吉尔教授成为被提问的首选对象之一。

一个带领这些非专业人士的相貌平平的中年男子，很快就获得了全体与会人员的关注。他不远千里从新奥尔良赶过来，目的就是想得到当地无法知悉的一些消息。这个男子名叫约翰·雷蒙德·莱戈拉斯，他在当地的警察局当督察。他来时带着一座石头雕像，这座雕像很怪诞，有点让人讨厌，看上去很古老了，它的来源有待考证。很遗憾，莱戈拉斯督察对考古学并没有兴趣，他是因为工作需要才去了解考古学的。几个月之前，有消息说新奥尔良南部一个茂密的沼泽地里有伏都教教徒集会，莱戈拉斯督察立刻领着警员们对其进行突袭，并且没收了一座可能是图腾或者迷信物的雕塑。这个教派的仪式很怪诞，甚至让人觉得很恐怖。警方了解到他们在无意间发现了一个隐秘异教，之前从未听说过这个异教，甚至比非洲巫术界最残忍的异教还要可怕。被捕的人说了与这个异教的起源有关的一些传说，这些传说很奇怪，简直让人难以置信，但此人并没有交代其他信息。任何与古文物有关的知识都有可能帮助警方鉴定这个可怕的雕塑，从而找到这个异教的起源。

但是，让莱戈拉斯督察始料未及的是，这座石像竟然引起一片哗然。在场的考古学家们看了那座雕塑一眼之后就感到非常兴奋，将这个督察围成一团，盯着它看。它让人觉得陌生和神秘，就好像在暗示着一个从未打开过的古老世界。这座雕像不是任何社会公认的雕塑流派做出来的，这块绿色的、来历不明的石头好像有数百年乃至数千年的历史。

人们互相传递着这座雕像，仔细对它进行研究。这座雕像高达七八英寸，做工非常精致。它看上去像是个怪物，外形有点儿像类人猿，头部像章鱼，布满了触手，身体是橡胶状的，布满鳞片，前腿和后腿上都有巨大的利爪，背上还有一对细长的翅膀。它的体态有点儿臃肿，蹲在一个巨型底座上，上面刻满了无法辨认的字符。这个怪物的翅膀稍碰到了底座的后边，它的后腿蜷缩着，锋利的爪子长长的并且弯曲着，扎向了底座的前边大概四分之一的位置。这个头足类的动物朝前弯着头，巨大的前爪紧握着膝盖处，头上的触手末端轻轻拂过前爪。这座雕像惟妙惟肖，大家因为不知道它的来历，所以感到非常恐怖。它有悠久的历史，让人觉得可怕和无法估算。很显然，它与人类文明开化时或者任何一个已知年代的艺术流派毫无关系。它与普通的雕像完全不同，也不知道用什么材料做成，凭借考古学和地质学方面的知识都无法得知这种墨绿色、有很多金色和彩虹色的斑点和条纹的石头为何物。它的底座上面的字符也让人匪夷所思，在场的人士中有一半全球领先的专业学者，但是没人可以说出与之有一点点相似的语言。就像这座雕像的设计和材料一样，这些字符也是非常古老的，跟我们已知的人类世界毫无关系。这些都可怕地说明了一个古老的、亵渎神灵的生命周期，我们的世界和观念都不在其中。

但是，正当现场的人都摇头表示无法解答督察的难题时，有个人猜想或许自己熟悉这奇怪的形状和字符，所以他有点儿害羞地告诉大家他所知道的内容。现在，这个人已经不在人世了，他是普林斯顿大学人类学教授，名叫威廉·钱宁·韦伯，还是一个著名的探险家。四十八年前，他曾经去格陵兰岛和冰岛探寻北欧地区在古代留下的刻字碑文，但是没有找到。那个时候，他在格陵兰岛西海岸的岸边遇到一个奇怪的部落，也称作已经没落的因纽特教派。这群人崇尚魔鬼，他们的宗教仪式非常奇怪，喜欢喝血，令人作呕。韦伯教授看到这些情况之后感觉非常害怕。其他因纽特人并不太了解这群已经没落的同族人的信仰，他们颤抖地说："那个异教源于恐怖且古老的一万年之前，那个时候还没有形成世界。除了不知名的宗教仪式和人类祭祀品之外，拜祭至高无上的古老魔鬼或者是托纳萨克的仪式也流传下来了。"根据老巫医或者巫师所述，韦伯教授认真地将祭祀的声音信息记录了下来，并且尽力用罗马字母来表示。当时，在祭祀仪式上，异教信徒们最崇拜的是神物，当光芒照射冰崖时，他们就开始围绕着这个神物跳舞。韦伯教授说，神物是个粗糙的石头浮雕，上面有很恐怖的图案和神秘的文字。据他说，那个神物的基本特征和会议厅前面摆放的像野兽一样的雕像基本吻合。

听了他的讲述之后，现场的人员都感到很吃惊和好奇。莱戈拉斯督察十分兴奋，他随即问了提供资料的那个人很多问题。因为督察在此之前让下属记录和复制了沼泽地附近异教仪式的声音资料。督察按捺不住内心的激动，希望教授还记得当时听到的因纽特异教的声音。后来，督察开始仔细比较细节，在一片让人敬畏的沉默之后，督察和韦伯教授针对这两种处在世界两端的如同地狱一样的宗教颂词达成了一致：因纽特的巫师和新奥尔良沼泽的教士们从本质上来讲是用相似的音节唱诵他们同族的偶像。大声颂唱的祭词还有各个单词之间的间隔都是按照传统的习惯断开的：

"芬格鲁—马格那弗—克苏鲁—拉莱耶—乌伽那格尔—弗坦。"

好像莱戈拉斯督察提供的声音比韦伯教授的更详细，原因是被他逮捕的几个混血囚犯从老司仪那里知道了这些话的含义，并且如实地向警方交代了，大意如下：

"沉睡中的克苏鲁正在拉莱耶的宫殿里等待复苏。"

这时候，所有在场人员都强烈要求莱戈拉斯督察尽量详细说明当时在沼泽地接触异教信徒的情景。根据笔记可知，叔祖父对这个故事很关注。故事中说了神话制造者和神智学者最狂妄的梦想，说明了一些最不可能的人——混血儿和贱民竟然有令人惊讶的宇宙想象力。

此事发生于 1907 年 11 月 1 日，新奥尔良警方收到了沼泽地区及其南部潟湖地区的紧急报案，那边的居民大多数是拉菲特人后裔，他们品性善良、安分守己。每当夜晚来临时，他们都会因为一个来历不明的东西被吓得魂飞魄散。很显然，这些都是伏都教的人搞的鬼把戏，只不过是一种更恐怖的从没有听说过的伏都教。当地有片黑森林受到了诅咒，里面没有人居住，自从森林深处传来短暂且急促的鼓声之后，相继发生了妇女和儿童失踪的事件。受到惊吓的报案人说，当地的人们都受不了这种萦绕耳际的惨叫声和令人毛骨悚然的颂唱，还有舞动的鬼火。

所以，二十名警察组成了一个小分队，分别乘两辆四轮马车和一辆汽车于傍晚出发，找了当地一个被吓得哆哆嗦嗦的人领路。车辆无法继续往前走时，他们只好下车步行。眼前是一片柏树林，树木郁郁葱葱，不见阳光。他们安静地前行，默默不语。周围都是一些丑陋的树根、有毒的藤条，还有西班牙苔藓，让人感到厌烦，这些都说明这个树林的怪异和不同寻常。一棵棵奇形怪状的树，还有一株株海绵状的真菌让人感到更加压抑，还会经常遇见一堆潮湿的石头或者断壁残垣，让气氛十分沉闷。最后，他们看到了乱七八糟简陋不堪的小茅屋，当地人就住在里面。当地居民看到警察手里拿着灯笼赶到，他们非常开心地涌来。这时候，一阵阵沉闷的鼓声从远处传来，听上去就好像从很遥远的地方传来。风向发生变化时，还会听到一些让人起鸡皮疙瘩的尖叫声。数不清的林间小路尽头的灌木丛，一束束泛着红晕的亮光穿过，时隐时现。居民们宁愿一个人待在家，也不想往邪恶拜祭的地方迈出一步。没有人领路，莱戈拉斯督察只好和十九位同僚一起摸黑朝未知的恐怖之地走去。

警员们现在要去的地方自古以来就充满邪恶的气息，白人甚至不知道还有这么一个地方，更别说去了。这里面还有一个无法用肉眼看到的隐形湖泊，听说里面有个巨大的无形的东西，好像白色的息肉，它的双眼闪闪发光。当地居民私下都说，每当半夜时，长着蝙蝠翅膀的魔鬼们会飞到地底的溶洞去祭拜。这些魔鬼的存在比迪伯威尔、拉萨尔和印第安人要早，甚至比凶猛的野兽和林间的小鸟还要早。它本身就是梦魇，看到的人都死了。它会让人们做梦，所以人们一般都对其敬而远之。最近伏都教的几次祭祀仪式都在那个让人讨厌的地方举办，那个地方糟透了，也许这些仪式的核心位置比可怕的响声和事件更恐怖。

莱戈拉斯和其他警察一起在沼泽地里摸黑寻找奇怪的红光和沉闷的鼓声，想必他们在半路上听到的声音只能用诗歌或疯言疯语来诠释。其中一些就好像是人在说话，有的则好像是野兽的叫声。最让人匪夷所思的声音才最恐怖，它听起来像是鬼哭狼嚎，打破了这不见天日的树林的宁静，持续在林中回荡，就好像一阵阵狂风从地狱的深渊中刮起。有时候，这种鬼哭狼嚎的声音突然停止了，时不时地会有嘶哑的颂唱声响起，就好像经过训练一样，恐怖唱词如下：

"芬格鲁—马格那弗—克苏鲁—拉莱耶—乌伽那格尔—弗坦。"

后来，他们来到了一片树木稀少的空旷地，亲眼看到了终生难忘的壮观场景。这些人中，有四个人迈不动步了，有一个人昏倒了，还有两个人被吓得大声尖叫，但是眼前的一切很快就被祭祀仪式上疯狂的杂音淹没了。莱戈拉斯从沼泽地里取点水让昏倒的警察清醒过来，所有的警员都瑟瑟发抖，快吓呆了。

沼泽地中央有一个绿色的小岛，占地面积约一英亩[①]，小岛上光秃秃的，非常干旱。岛上群魔乱舞，当时的怪诞情景无法用任何语言表达，或许只有森那美和安哥罗拉那样的优秀画家才能用画笔描绘出来吧。这些混血的怪人赤身裸体地围着一片畸形的环状篝火在跳舞。烈焰如同一块巨大幕布，不经意间会被风吹开一个缺口，因此可以看到中间有一座巨型的花岗岩，约八英尺高，上面放着一座小型的不太协调且不堪入目的塑像。在火堆中心，按一定距离放置着绞刑台，上面倒挂着失踪居民的尸体，尸体上面有奇怪的标记。这些怪人们在尽情狂欢，在环状篝火堆和十具尸体围成的圆圈中间按照从左到右的方向尽情欢呼雀跃。这次祭祀活动就好像永无止境。

其中有个西班牙裔警员非常兴奋，他可能是受到自己的想象力或者耳边响起的古怪回声的刺激，竟然有了不可思议的幻觉，他坚信这片恐怖的森林在远古传说中就存在了。他叫约瑟夫·D.加尔维兹。后来，我亲自拜访过他，并且向他请教了一

①1 英亩≈4047 平方米。

些问题。我发现他的确具有非常丰富的想象力，但他的精神涣散。他竟然说自己听到了巨大的翅膀扇动的声音，还看到了一对闪闪发光的眼睛，一个庞大的白色身子在森林尽头游走。我怀疑他鬼话连篇，只觉得他是因为听多了当地的迷信传说才变成这样的。

　　警员们的当务之急是做好工作，所以他们马上镇定下来。虽然那边有上百个混血祭祀者，但是这些警员们都带着枪支等武器，他们勇敢地冲到了这群祭祀者中。他们混战起来，响声震天，持续了长达五分钟，那个场景简直难以用语言形容。双方展开了激烈的交战，虽然警员们枪法精准，但还是有人侥幸逃脱了。一共有四十七人被逮捕，这些囚犯犹如丧家之犬。莱戈拉斯让他们赶紧穿上衣服，警员们站成两排，这些囚犯整齐地站在中间。在这次逮捕行动中，有五个祭拜者死亡，两人受重伤，他们的伙伴用简易的担架抬着他们。当然，巨石上那个神秘的雕像被小心翼翼地拿下来，莱戈拉斯督察将它带回了警察局。

　　这些囚犯经过长途跋涉太累了，等他们的疲劳和紧张缓解之后，警察局总部对他们进行了详细审问。结果发现，所有祭祀者的精神都不正常，除了少数几个混血儿之外，大部分都是西印度群岛和佛得角群岛的布拉瓦葡萄牙人，因为这些人的存在，这个由多人种组成的异教充满了伏都异教的色彩。在详细审问这些异教徒之前，警方就已经意识到，他们所信奉的宗教中充斥着某些比非洲拜物教还要黑暗且古老的东西。

　　据他们交代，他们所崇拜的神是旧日支配者，在人类诞生之前就已经存在很久了。它们从天空来到了这个新生的世界，现在已经远离人类了，它们在地底和海底深处居住。旧日支配者的身体暂时死掉了，但是通过梦境，它将这些秘密告诉了第一批人类，所以先人们就成立了一个永不消失的宗教，即现在的伏都教。他们还说，不管是过去还是现在，伏都教将一直存在，而且将会在全世界流传下去，生生不息，不管是在遥远的废墟丛林里还是在不见天日的黑暗之中。如果伟大的邪神克苏鲁从庞大的海底城市拉莱耶中醒来，他就天下无敌了，全世界都将重新在他的掌控之中。当群星的宫位按照某个顺序排列时，克苏鲁就将重回地球，伏都教的教徒们也将随时听令协助克苏鲁苏醒。

　　警方只能获得这些情报，即使对犯人使用酷刑，也无法获得更多秘密。在地球上，有意识的生物肯定不止人类，因为极少数虔诚的信徒在夜深人静时有幸看到过异常的场景，但是没有人讲得清楚这是不是旧日支配者，因为不曾有人见过旧日支配者的真实面目。警察缴获的雕塑就是伟大的克苏鲁石像，但是没有人知道那到底是不是邪神的真实面目，也不知道那些古老文字的含义。关于克苏鲁的内容至今都是口口相传的。唱赞歌的祭祀仪式已经不是秘密，只是不能太明目张胆罢了，只能通过私下传播。唱词只有一种含义："沉睡中的克苏鲁正在拉莱耶的宫殿里等待复苏。"

　　当时，只有两名囚犯神志清醒，可以判其死刑，其他囚犯都被送到不同的精神病院里去了。所有人都说自己没有参与仪式上的谋杀，并且说死者是被长着巨大黑色翅膀的怪物所杀，这些怪物是从有鬼魂出没的上古集会地来的。囚犯们针对这个神秘的犯罪同伙各执一词，所提供的情报毫无意义。警察最重要的收获来自一个名叫卡斯特罗的年迈的梅斯蒂索[1]，他说自己在航海途中去过一个奇怪的港口，跟中国深山地区的一名异教领袖谈过话。

卡斯特罗说的恐怖传说中有些内容让神智学者们的推论出现了纰漏。它们将人类和世界当作不足挂齿的新访客和匆匆的过客，其他"存在"曾经统治了地球几十亿年，它们曾经拥有过大型城市。那位中国人对他说，可以去探寻这些城市的遗迹，如太平洋某个小岛上的巨石堆。在人类诞生前的几个世纪，它们就沉睡不醒了。但是，如果当星星在永恒的循环里运行到恰当位置时，它们可以被法术唤醒。它们事实上就来自星辰，同时带来了自身的影像。

接着，卡斯特罗说，这些旧日支配者不是有血有肉的。但是，它们是有形的。之前说它们来自星辰，就是最好的证据，但是这不属于物质组成形式。当星星处在恰当的宫位时，它们可以穿越天空，可以在不同的时空游走；若位置不合适，它们就会沉睡不醒。虽然没有生命，但是它们也不会真正地死去。它们在拉莱耶的大型石头宫殿里面躺着，受邪神克苏鲁魔咒的保护。当星星和地球准备好迎接它们时，当星星为了它们的复苏又一次运行到恰当宫位时，就需要借助外力将它们的身体拯救出来。魔咒保护着它们不受伤害，但同时也妨碍了它们的自由活动，所以任凭时光荏苒，几个世纪转瞬而过，它们也只能在黑暗中躺着，但是很清醒，它们在思考。它们知道宇宙中发生的一切，但是只能在自己的坟墓里走动。在无限的混沌之后，

---

[1] 梅斯蒂索：欧洲人和印第安人的混血儿。

先人们诞生了。旧日支配者托梦给敏感的先人们，与其交谈，将它们的语言传达给像人类这样有血有肉的哺乳动物。

卡斯特罗接着小声说，先人们按照旧日支配者托的梦，围绕着高高的神像成立了自己的教会组织，神像来自黑暗时代的黑暗之星。当群星的宫位运行到恰当的位置，此时就是异教的诞生之日。到那时，神秘的教徒们就会将克苏鲁带出坟墓，将仆人们唤醒，然后重新统治地球。克苏鲁复苏的时间很快就会揭晓，从那时候起，人类就可以像旧日支配者那样为所欲为了，没有善恶之分，置法律规则和道德伦理于不顾，所有人都会欢呼雀跃、四处杀戮、尽情狂欢。旧日支配者被解封之后，会教人们学会如何呼喊、屠杀、狂欢和如何享受新的人生，整个地球上的喜悦和自由之火将会燃起，散发着、燃烧着充满杀戮、喜悦和狂妄的烈焰。这个时候，先人们流传至今的异教应当举办一定的仪式，以此来祭奠古代的祭祀活动，并且预示着旧日支配者已经回归了。

再久远一些，被旧日支配者选中的幸运的先民会在梦里与邪神交流，但是很快就会发生一些变故。拉莱耶巨石城和里面的巨石柱及墓室一起坠入了深渊。深不见底的海洋里充斥着原始的神秘，甚至意念也穿透不过去。因此，邪神与先民就无法沟通了。但是记忆是永存的，虔诚的信徒们都在说，拉莱耶城将于星星运行到恰当位置时再次浮出海面。之后，将会再次出现腐朽的、暗沉的黑暗之灵，被遗忘在海底的石窟中到处都是有关邪神的隐晦传说。卡斯特罗不敢说太多，匆匆住嘴，不管用什么办法引导他，他都不肯再多说一句。连他也不想谈论关于旧日支配者体形大小的话题。说起异教崇拜的中心地带，卡斯特罗觉得是"千柱之城"埃雷姆，这座城市位于人迹罕至的阿拉伯沙漠中，那里面有隐藏的无法触及的梦境。邪神崇拜的起源和欧洲的女巫崇拜的起源不同，教派之外的人对其知之甚少。那个不朽的中国人说，疯狂的阿拉伯人阿卜杜拉·阿尔哈萨德写的《死灵之书》有两方面的含义，新教徒可以按照自己的喜好去理解。下面这个句子是人们讨论最多的："永远长眠的未必是死亡，在漫长而奇特的历史长河中，死亡也有它的终结之道。"

这些叙述给莱戈拉斯留下了深刻的印象，接下来，他想知道关于这个异教的历史渊源，但一无所获，这一点是他意料之中的。卡斯特罗说这个是秘密，他没有撒谎。杜兰大学的权威专家也丝毫不了解异教崇拜和邪神形象，督察面前就是全国最权威的人士，但是所有人提供的信息都没法与韦伯教授讲述的格陵兰岛的故事相比。

莱戈拉斯的陈述和那座奇怪的雕像引起现场人员的高度关注，其他在场的人员也积极地就此问题进行讨论，但是社会上正式出版的期刊基本上都没有提到过当时的具体情况。杂志社的编辑们经常会遇到吹嘘和欺诈行为，所以小心翼翼地报道了这件事。莱戈拉斯曾经将这座雕像借给韦伯教授，但是教授去世之后，莱戈拉斯督察又重新拿回了这座雕像，不久之前我还看到他保管的这座雕像。很显然，那座恐怖的雕像和年轻的威尔科特斯在睡梦中制作的浮雕属于同一类。

到目前为止，我终于明白叔祖父为何会在听到雕塑家讲的故事之后那么兴致勃勃了。叔祖父在了解了莱戈拉斯督察知道的与异教相关的情况之后，敏感的威尔科特斯突然出现。威尔科特斯不但梦到了沼泽地的石像和格陵兰岛石板中那个邪神的样子，还有具体的象形符号；不止这些，他在梦里还准确地听到了三个单词，与因纽特教信徒和路易斯安那混血儿在祭祀时的颂词发音相同，真是太巧了。显然，安吉尔教授马上对该事件进行了调查。我虽然心中还是怀疑威尔科特斯是否间接地听说过异教崇拜，并且刻意营造了一系列的梦境，让我的叔祖父当牺牲品，以此增加整个事件的神秘感，并且让它持续发酵，当然，叔祖父关于梦境的记录和新闻剪报足以证明，但是我头脑里的理性主义和整件事的荒谬绝伦还是让我认准了心中最符合逻辑的结论。我对叔祖父的书稿和莱戈拉斯督察提到的异教崇拜进行了进一步研究，并且参考了相关的神智学笔记和人类学笔记，另外还亲自拜访了居住在普罗维登斯的威尔科特斯，直言他唐突地欺骗了一位知识渊博的老人。

威尔科特斯还是一个人住在托马斯街的百合公寓里。那个小楼建于维多利亚时代，造型不好看，模仿17世纪法国布列塔尼地区的建筑风格，临街的那面刚装修过，在众多殖民地时期建设的楼群中独树一帜。值得一提的是，美国最著名的格鲁吉亚尖塔的影子正好将这栋百合公寓遮住。他看到我来了之后就立即停掉手里的活儿，根据他房间中乱七八糟地放着的雕塑样品可以断定，他造诣不浅，是个名副其实的人才。我觉得他很快就会被人们称作"最伟大的颓废派艺术家"之一。阿瑟·玛臣的散文、克拉克·阿什顿·史密斯的诗歌和画作中描绘的噩梦和幻想，全部被这个年轻人用泥塑实现了，以后可能还会用大理石将这些形象还原。

威尔科特斯皮肤黝黑，瘦瘦的，有点弱不禁风，头发乱糟糟的。当听到我的敲门声之后，他转过疲惫的身体，也没有抬头，问我有什么事。我告诉他我的来历之后，他有点激动，由于我的叔祖父激发了他探索奇怪梦境的好奇心，但是没有跟他说过研究他的梦的原因。我也没有跟他说具体的事宜，只是想让他说点实话而已。很快我就断定他说的都是真的，如果亲自听到他描述梦境，肯定会对他的话深信不疑。这些遗留在他脑海中的梦境对他的艺术风格影响很大。他给我看了一个怪诞的雕像，那个雕像充斥着邪恶，把我吓得战战兢兢的，这个雕像的原型就是这个年轻人上次在梦境中完成的，他不知不觉地完成了雕像的外形。这个雕像就是在他发神经时完成的。他真的对地下异教一无所知，只是叔祖父向他提出了很多问题之后，他才对整个事态略知一二。后来，我开始琢磨这个年轻人到底是怎么知道这些奇怪情景的。

他用奇怪的方式谈论他的梦境，绘声绘色地描述，让我好像亲眼看到了那座由一层绿色石头堆砌而成的充满恐怖和潮湿的巨石城。他说话的方式很奇怪，他说那个城市一点也不符合几何学的逻辑。他很害怕，但是又很希望能够从地底不停地传来“克苏鲁—弗坦、克苏鲁—弗坦”这样的一半来自肉体、一半来自灵魂的声音。

恐怖的祭祀仪式和颂词中出现过这样的字眼，颂扬的是伟大的邪神克苏鲁在拉莱耶城的石室中等待复苏的场景。这些唱词不怀好意，并且自带煽情效果，竟然能将我这么理智的人震动。我断言，威尔科特斯曾经无意间听说过有关这个异教的传说，但是在阅读了奇怪的作品和进行了一番神奇的想象后，就马上对这些传说置之不理了。没多久，他无意间得知的深刻印象最终以潜意识的形式呈现在梦里，呈现在泥塑雕像中，呈现在我眼前这个恐怖的雕像中。想必威尔科特斯也不是故意欺骗叔祖父。有时候，他的言谈举止有些矫揉造作，有时候又有点放荡不羁。我不喜欢他，但还是很坦然地承认他的天赋和诚实。我友好地结束了这次拜访，并且真诚地希望威尔科特斯的过人天赋能够助他越来越成功。

时至今日，我还是对有关邪神崇拜的情况很感兴趣，有时候我甚至想象自己能够凭借对这方面的起源和相关性的研究而出名。我曾经去过新奥尔良，去拜访莱戈拉斯督察和参加那次突击行动的其他警员，并且目睹了那个恐怖的雕像。我甚至还想，若是有机会，我肯定会对还在世的混血儿囚犯提一些问题。但是，很遗憾，卡斯特罗好几年前就已经去世了。我现在得到的一手资料只是更详细地证明叔祖父的笔记罢了。但是我还是对此很激动，因为我坚信我正在慢慢发现一个真实存在且非常隐秘的古老宗教，我想这个发现会让我成为著名的人类学家。

我曾经怀疑过叔祖父的死因，如今好像已经知道了真相：叔祖父肯定死于意外。他从码头往家里走，那个码头上到处都是外国的混血儿。在路上，一个黑人海员无意间将其推倒在狭窄的山间小路上。我还记得路易斯安那的异教徒都是混血儿，他们希望能够在海上探险。当知道了异教徒的秘密方法、祭祀方式和邪恶的信仰之后，这一切就不足为奇了。莱戈拉斯督察和他手下的警员们能够侥幸活下来，算是幸运了。曾经有位挪威的海员因为知道太多而暴死。叔祖父偶然间获得了年轻的雕塑家的相关资料之后继续调查。或许邪神已经听说了吧？我觉得安吉尔教授暴死肯定是因为他知道得太多了，或者是因为他将来会知道太多……我也不知道我是否会跟叔祖父一样离奇地死去，因为我现在知道的就不少了。

三、疯狂的海底世界

如果上帝稍微怜悯我一点点，但愿能够将我因为遇到一张纸片造成的所有后果一笔勾销。我平常肯定遇不到这种纸片，这是一张于1925年4月18日发行的澳大利亚旧报纸《悉尼公告》。叔祖父在那期报纸发行时，雇用了专职剪报员为他搜集研究资料。这张报纸竟然侥幸没有被他剪掉。

我大部分时间都在专心研究安吉尔教授说的"克苏鲁崇拜"，那时正在拜访一个住在新泽西州帕特森的朋友。他是一位著名的矿物学家，也是当地一家博物馆的馆长，拥有丰富的知识。有一天，我在博物馆的后屋欣赏随意放在储物架上的标本，突然看到标本下方垫了一张旧报纸，上面有一张奇怪的图片。这张旧报纸就是上述的《悉尼公告》。这张图片是一张半色调裁剪图，图上是一尊其貌不扬、充斥着邪恶的雕像，图中的雕像跟莱戈拉斯督察在沼泽地中缴获的那个雕像如出一辙。

我匆忙从标本下面抽出来这份报纸，仔细阅读它上面的每一条新闻。很遗憾，里面关于这个雕像的报道寥寥无几，报道的篇幅中等，但是它却深深地影响着我消失的学术研究热情。我小心翼翼地撕下了这则新闻供日后随时阅读，上面写着：

大海上的神秘发现

"警醒号"轮船将损失惨重的新西兰武装舰艇拖回来了。受损的舰艇上面有一位幸存者，还有一名男子的尸体。这个获救的海员讲述了当时在海上发生的激战及死伤情况，但不愿意透露更多详情。在他的行李当中发现了奇怪的崇拜物。后面再说详细情况。

默里森公司的"警醒号"货船从瓦尔帕尔索起航，今天上午到达达令港口的码头。这艘货船拖着新西兰达尼丁的"警戒号"，显然"警戒号"经历了一场激战，并且受损严重，现在已经不能行驶了。有人曾经在南纬34°21′、西经152°17′看到过这艘"警戒号"汽艇，上面只有一位幸存者和一具男尸。

"警醒号"从瓦尔帕尔索起航的日期是3月25日。4月2日，它遇到了罕见的狂风大浪，被风浪刮到南边偏离航线很远的地方。4月12日，有船员发现了"警戒号"汽艇，很明显这时它已经是一艘弃船了，甲板上有一个神志不清的男子，还有一具尸体，已经死了一个多星期。那个幸存者手里紧紧抓着一块石头，那块石头大概一英尺高，好像是某个异教的崇拜物，样子很恐怖。悉尼大学、皇家学会及学院街博物馆的所有专家都公开表示他们对此一无所知，不知道从何处着手。船上唯一的幸存者说，他在船舱中找到了它，一开始，它放在一个船舱的神龛里。

这个幸存者苏醒之后，说了一个关于海岛和杀戮的故事，情节非常怪诞。他叫古斯塔夫·约翰森，人很机灵，来自挪威，是奥克兰"艾玛号"双桅纵帆船上的二副。这艘船于2月20日开向卡亚俄，船上有十一名船员。他说，受到3月1日强风暴的影响，"艾玛号"延误了航程，它被风浪卷到了太平洋南部的广阔海域。3月22日"艾玛号"在南纬49°51′、西经

128°34′和"警戒号"相遇。驾驶"警戒号"的是一些长得怪异且邪恶的南洋群岛土著人和混血儿。他们无理地要求"艾玛号"返航。"艾玛号"的上尉柯林斯毅然决然地拒绝了对方的蛮横要求,并且继续往前行驶。这时候,这群长相怪异的船员们竟然疯了似的对着"艾玛号"开火了,突然拿出重火力的铜制大炮对着"艾玛号"双桅纵帆船猛攻。那个男子接着说,"艾玛号"的船员训练有素,在帆船的吃水线下方被铜制大炮击中、船身摇摇欲坠的危急关头,船员们想了个好办法。他们尽量靠近"警戒号"的船身,并且很快就登上了这艘船的甲板,然后跟那帮蛮横的土著人厮打起来。在这场厮杀中,虽然敌人异常凶恶、悍不畏死,但是因为战术不精,还是寡不敌众,最终被"艾玛号"的船员全部剿灭了。

"艾玛号"上的三名船员遇难,柯林斯上尉和格林大副也遇难。其余的八名船员听从约翰森二副的指挥,继续驾驶缴获的这艘船,朝着之前的航向行驶,想探究一下"警戒号"为什么要求"艾玛号"返航。次日,他们看到了一座小岛,太奇怪了!本来这片海域没有任何岛屿。他们收起船帆,上岸去了。后来,有六名船员不明原因地死在了岸上,约翰森对这件事只字不提,他只说他们掉到岩石鸿沟中去了。紧接着,他和仅剩的一个同伴一起登上了"警戒号",想驾驶这艘船离开。但是,很不幸,4月2日他们又一次遇到了强风暴。直到4月12日,也就是被救起的那天约翰森几乎失忆了,甚至想不起来他的同伴布利登·威廉已经死了。不知道布利登的死因,或许是因为兴奋过度吧,也可能是因为体力不支。根据从达尼丁发来的越洋报道,"警戒号"是有名的海上贸易商船,在滨水区附近已经恶名远扬了。这艘船由一群奇怪的混血儿操控，他们频繁集会，经常在晚上穿梭于丛林中，他们的行为让人们很惊讶。"警戒号"在3月1日遇到了大风暴和强地震，之后又匆匆起航了。我们的奥兰克记者对"艾玛号"和它的船员们大加赞赏，并且说约翰森是一个沉着冷静、值得尊敬的优秀海员。海军部队将于明日起对整个事件的经过展开全面调查，并且尽量劝说约翰森坦白更多详情。

　　我的脑海中浮现出了报道描述的场景，还有那如同地狱一样可怕的画面，想起来还很后怕。这份宝贵的资料是关于克苏鲁异教的。根据这份资料，无论在海上还是陆地上，这个异教的威力都很强大。混血船员们到底为何会让"艾玛号"返航呢？那个不为人知的岛屿让六名船员丧生，里面到底有何玄机呢？为什么约翰森二副不愿说起整个事件的经过呢？海军部的调查最新进展如何呢？关于达尼丁的那个异教到底是何方神圣？最神奇的是，这些事件的发生日期和叔祖父在笔记中记录的25日有何千丝万缕的关联呢？

　　通过研究国际日期变更线可以得知，3月1日，也就是我们的2月28日之前，那里发生了地震和强风暴。那时，从达尼丁起航的"警戒号"和那帮野蛮的船员就好像是被某种力量召唤，奋然前行。在地球的另一端，一个年轻的雕塑家在梦里塑造了恐怖的克苏鲁邪神的雕像；诗人和艺术家们也梦到了一座奇怪且潮湿的巨石城。3月23日"警戒号"登上了一个闻所未闻的岛屿，六名船员离奇地死在了那里。当天，一些敏感的人梦到了凶猛的怪物对他们穷追不舍，那场景非常真实，其中有一名建筑师疯了，一名雕刻家忽然之间就犯了神经病。4月2日这一天到底发生了什么事情呢？所有与这座潮湿的城市有关的梦就这样突然消失了；威尔科特斯突发高烧，但是病情在当天好转。一切预示着什么呢？卡斯特罗说的古神是由星辰构成的，现在被封印在海底，它们将来会统治世界，还讲了忠实的异教徒和操控梦境的能力，这都暗示着什么呢？难不成我正行走在超过人类能力范围的宇宙的恐怖边缘吗？如果这样的话，它们对人类的内心产生了恐惧。从4月2日那天开始，所有恐怖的事情都消失了。但是，人们心里受到的长期折磨才刚刚开始。

这一天，我忙着发电报和收拾东西，晚上跟主人告辞，然后坐上了去往旧金山的列车。用了不到一个月，我抵达了达尼丁，我了解到那边的人对神秘的异教成员不太清楚。那些教徒曾经出没在海边破落不堪的小酒馆里。虽然沿海地区还有关于这些混血儿曾经去过一次内陆的传言，但是这帮游荡海边的无耻之辈不足挂齿。我在奥克兰时听到了一些有关约翰森的传说。他之前有一头金黄色的头发，但是从悉尼回来时，他的头发都花白了。听说，他在悉尼时有人怀疑他，当他回到了奥克兰之后，就将位于西街上的房子卖了，然后和他的老婆一起回到了挪威的首都奥斯陆。约翰森针对他在那次震惊的海上历险之后跟朋友说的内容不比跟海军部官员说的多，所以，他们也只能告诉我约翰森在奥斯陆的地址而已。

后来，我去了悉尼，与海员和副海事法庭的人员进行了沟通，但一无所获。我在悉尼湾的环形码头上看到了正在被当作商品出售的那艘"警戒号"。但是，它那平凡的外形没能给我提供任何有价值的线索。那个雕像现在收藏在海德公园博物馆里，怪物长着乌贼的头颅以及恶龙的身体，翅膀上覆盖鳞片，蹲伏在刻有象形符号的底座上。很久之前我就开始研究这个雕像，它的做工精致，外形奇特，有很长时间的历史。它的材料很奇怪，竟然不是地球上的。我觉得这个雕像就好像是莱戈拉斯督察缴获的那个雕像的缩小版。博物馆的馆长是个地质学家，他跟我说这是个谜，他还说他肯定地球上没有一块长得跟它相似的岩石。我禁不住哆嗦了一下，我想起了卡斯特罗曾经跟莱戈拉斯督察说过的一句话："它带着自己的影像从遥远的星球而来。"

这是有生以来我最震惊的一次，因此我打算立刻去拜访居住在奥斯陆的约翰森。抵达伦敦之后，我马上坐船到了挪威的首都。当时是秋天，有一天，我到了埃格伯格阴暗处的码头。这座码头很干净，后来我就上了岸。我在哈罗德·哈尔德拉达王国的古镇上看到了约翰森留下的地址。历经几个世纪，这个大型城市曾叫"克里斯蒂安娜"，但是它现在仍然沿用奥斯陆的名字。当我乘坐出租车游览了一会儿之后，我开始非常激动，我敲开了一座整齐的古老建筑物的大门，前门上有灰泥。一个穿着黑色衣服的女人来开门，她神情沮丧，用蹩脚的英语告诉我，古斯塔夫·约翰森已经去世了。我觉得很遗憾。

约翰森的妻子说，约翰森在历经1925年的海上风波之后就一蹶不振，回来后没多久就去世了。但是，约翰森告诉妻子的有关内容也不比告诉公众的更多。他留下了一份很长的书稿，按他的原话说这是一份关于一些技术问题的相关材料，内容是用英语写的。很明显，他是为了保护妻子，不想让她看到之后遇到一些潜在的危险。约翰森在歌德堡码头旁边的一个夹道散步时，被从楼顶阁楼的窗户中掉下来的一捆文件砸中。两名东印度的海员马上过来将他扶起来，但是他没来得及等到救护车就已经咽气了。医生也没有说他到底是因为什么而死，只是说他的心脏可能有问题，加上身体太虚弱了。我现在觉得黑暗恐怖时刻刻想要我的命，如影随形，直到我"突然"倒下或者死于其他原因。我对他的妻子说，我和约翰森有"技术性材料"方面的联系，所以她才给了我这份资料。跟她分开之后，我就回到了伦敦，然后在船上阅读这份书稿。这份资料的内容很简单，没头绪，只不过是一个知识浅陋的海员关于该事件的记录罢了。他每天都在回忆那次糟糕的旅程，并且最后将其记录了下来。虽然我无法尝试将他的晦涩难懂、烦琐的文字一字不落地抄下来，但是我对这份文稿的理解足够证明我为什么会觉得海水拍打船沿的声音很难听，甚至不得不用棉花将耳朵塞住。

谢天谢地！就算约翰森亲眼看到了那个海底城市和那个可怕的邪神，也不一定非常熟悉整个事情的经过。对我来说，当我想到一直藏在时间和空间后面的恐怖时，想到从古老的星球上来的亵渎神灵的怪物被封印在海底深处时，想到龇牙咧嘴的异教徒们等着下次发生地震时可以解封恐怖的邪神，可怕的石头城拉莱耶就会从海底浮出海面，向天空升起……每当想到如此种种时，我就睡不踏实。

和约翰森对代理海军部说的一样，他开始远航了。2月20日"艾玛号"装上了压舱物离开了奥克兰，遭遇了地震引发的强烈风暴。这艘轮船恢复控制后，尽管3月22日因"警戒号"延误了航程，但是航行依然顺利。他还写了关于这艘船经历的爆炸、沉船等危险事件，以及他的一些遗憾。我明显感受到约翰森在跟"警戒号"上的那些异教徒对话时内心的恐惧。"警戒号"的船员身上的劣根性让约翰森等人为了自卫而展开屠杀。在法庭对其进行调查时，约翰森和其同伴被指控虐杀"警戒号"的船员，约翰森对这条指控表示强烈的抗议。因为好奇，约翰森让"警戒号"重新起航。他们看到海面上有一块巨大的石柱。在南纬47° 9′ 和西经123° 43′ 的位置，有一道海岸线，有很像巨石城的石屋，四处是泥浆、污流、杂草，这座石屋比地球上最恐怖的城市——噩梦般的死尸城还要吓人。拉莱耶城历史悠久，它那让人恶心的巨大形状透过黑暗的星光露了出来。克苏鲁及其部下就被封印在这绿色黏稠的穹顶之下，年复一年，日复一日，它们把恶念托梦给那些神经敏感的人，终于得逞了。尽管如此，它们并不善罢甘休，甚至还想召集信徒们继续为自由和复辟而战，太狂妄自大了。约翰森对所有这些都深信不疑，但是上帝知道他早晚都会知道真相！

我想海面上露出来的只不过是个山顶，克苏鲁就被封印在山顶那个恐怖的巨石城里面。当我想到极有可能还有其他东西也被封印在海底时，吓得起了一身鸡皮疙瘩，我都想马上自杀了。约翰森和他的手下都对那古老邪神藏身的犹如巴比伦城般雄伟和壮观的那座城市感到害怕。但是，不管在地球上还是在其他任何地方，如果这些怪物没有被解封，基本上无碍。约翰森等人都被那巨大的绿色石块吓住了，巨石块上面的雕刻令人眼花缭乱，雕像的特征让人瞠目结舌，甚至连在"警戒号"神龛上发现的那个浮雕上面的奇怪图案也让人恐惧。他在书稿当中描述了这些恐怖的场景，让人如同身临其境。

虽然约翰森并不知道什么是未来主义,但是当他描写拉莱耶城的古怪和壮观的场景时,已经很接近这个概念了。他没有对确切的结构或者建筑进行描绘,只泛泛地讲了一下这个城市的大体景象:石材的表面太大了,无法适应这块土地,图像看起来很吓人,而且上面刻着象形符号。我为什么要说他描写的角度呢?因为里面暗含的东西曾在威尔科特斯的噩梦里出现过。威尔科特斯说,他看到自己梦中的地方是不规则的几何图形,与欧几里得原理不相符,这让人想到地球之外的星球和次元。目前,这个没有多少文化的海员看着眼前可怕的一切,也有这种想法。

约翰森等人在这座城堡泥泞的斜坡上登陆,吃力地爬上湿滑的巨型石块,那绝对不是供人类使用的阶梯。从海水浸泡的魔窟中升起了瘴气,天上的太阳像是被扭曲了。变态的威胁和危险潜伏在巨石那难以琢磨的疯狂角度之中——第一眼望去是凸起,第二眼却变成了凹陷。

这些探险家们只能在这座小岛上看到岩石、软泥和杂草,四周仿佛被恐怖的东西笼罩着。如果不是因为害怕被别人嘲笑自己懦弱,他们早就逃跑了。这伙人漫无目的地在岛上搜寻着,希望能找到一些方便携带的纪念品,但是一无所获。

突然,葡萄牙人罗德格斯爬上了那石柱的底部,呼喊着说他有新发现。紧接着其他人也爬了上去,好奇地看着那扇巨形门,上面刻着浮雕。约翰森说它好像是一扇巨大的仓库大门,大家这么想是因为这扇门上有奢华的门楣、门槛,周围还有侧板,但是他们不知道这是水平放置的活板门还是倾斜着的地窖的外门。如威尔科特斯之前说过的，那里的方位错乱。由于不能确定这里的大海和地面是不是水平的，所有事物的相对位置也变幻莫测，如同幻影一样！

布利登推了好几处石头，但是都没有办法推动。多诺万认真思考门边的位置，一边走一边按每个凸起来的地方。他沿着这个石柱模型攀爬，停不下来——说他是攀爬，是因为无法确定那扇门是不是水平的。大家都想知道为什么宇宙中还有这么大的一扇门！这个以亩为单位的巨大的门慢慢地逐渐从顶部开始向里面移动，后来又平衡了。

多诺万可能是滑下来的，或者被推下来的，他又回到了同伴的旁边，看着这扇奇怪的巨大石门逐渐往后面移动。在棱柱失真的幻象当中，那扇门朝着奇怪的对角线方向移动，如此一来，所有的物理法则和透视规则都失效了。

门里面黑漆漆的，好像存在有形物质。这里黑漆漆的，看不到本该出现的墙壁。事实上，这种黑漆漆的场景就好像被憋急了的浓烟一样。当这股烟雾袅袅地离开束缚向天空冲去时，将太阳完全挡住了。从另一边飘来一股令人作呕的气味，最后，听觉灵敏的霍金斯说，他听见了从门里很远的地方传来一阵恶心的喷溅声。大家都情不自禁地仔细倾听。正听得入神时，众人眼前出现了一个拖着笨重身子的怪物。它拖着庞大的身子，身体呈绿色的凝胶状，跌跌撞撞地挤过那道黑漆漆的门，刹那间，周围充满了腐臭的气味。

可怜的约翰森写到这里时想停下来。他手下的六名船员无法再回到"警戒号"，其中有两人在那一刻活活被吓死了。真的很难形容这个怪物，无法用语言描述当时的尖叫声和远古疯狂的深渊。那个怪物违背了一切物质、能量和宇宙秩序，就跟小山一样，跌跌撞撞地走来。上帝啊！难怪地球上一个伟大的建筑师瞬间疯了，可怜的威尔科特斯突然发烧，这太匪夷所思了！信徒们崇拜的那个怪物，由星星组成的绿色黏稠状的怪物已经苏醒，并且准备统治整个世界。星星再次运行到一个恰当的位置，试图帮着它解封的信徒们失败了，一群傻乎乎的海员却无意间将其解封。许多年之后，伟大的邪神克苏鲁将再一次获得自由，然后对整个世界展开烧杀抢掠。

三个海员来不及转身就被它松软的爪子抓住了。如果宇宙中真的存在安息的说法，那么上帝肯定会让他们安息的。这三个人分别是多诺万、格莱拉和安格斯特朗。帕克滑倒了，另外两个人拼命地扎进了深不见底的绿色岩石上面，然后跟跟跄跄地爬到了船上。约翰森还保证说，帕克是被石头的一个角撞到了。本来那块石头不在那里，它有很尖锐的角，但是看样子很钝。因此，布利登和约翰森侥幸逃到了船上，他们拼命驾驶着"警戒号"前行。小山似的怪物摔倒在黏糊糊的石头上面，发出"砰"的一声。它犹豫了一小会儿之后，就开始在水边挣扎着站起来。

虽然所有人都上了岸，但是蒸汽发动机还在运行。正因为涡轮和引擎之间不停地上下滚动起了作用，这才让"警戒号"能够正常行驶。慢慢地，场景中出现了扭曲的恐怖，这种恐怖无法用语言形容，怪物开始在这片致命的水域挣扎。它在阴暗的岸边石头上流口水，嘟囔着，人们听不懂，就好像独眼巨人波吕斐摩斯不停地诅咒奥德修斯和他远去的舰队。相传克苏鲁比著名的塞克罗普斯更勇猛，它潜到水中，舞动着有力的四肢，激荡起层层波浪。布利登看着身后，不时地尖笑，直到有一天晚上死神将魔爪伸到了船舱，将疯疯癫癫的布利登带走了，就剩下约翰森一个人在漫无目的地徘徊，那时候他已经疯了。

那时候的约翰森还有点体力。他明白，如果"警戒号"不全速前进，那个怪物肯定会追上来。所以他决定破釜沉舟，将发动机调整了一下，全速冲上甲板转动方向盘。"警戒号"在臭熏熏的海水中行驶，后面掀起了巨大的漩涡和无尽的白沫。船的行驶速度越来越快，约翰森将船头调转，朝着凝胶状的怪物迎头撞去。这个怪物一直对"警戒号"穷追不舍，就好像是魔鬼大帆船的尾部一样。这时，怪物扭动着狰狞的触角，不停地朝前游，都快要碰到船头上坚固的斜桅杆了，约翰森仍然冷静地往前行驶。接着，这个怪物就好像囊状物一样瞬间爆炸，它爆炸之后，就好像太阳雨，散落了一地黏液，身体散发着恶臭味，就好像同时打开了一千个坟墓一样，同时发出巨大的声响，就算是编年史学家也无法用语言形容。我的天！船瞬间被遮天蔽日臭烘烘的绿色气体污染了。只看到船尾上好像有毒液在沸腾。到处都是陌生的太空生命体，就好像星云形状一样在聚拢，又重新组成了之前那种讨厌的样子。"警戒号"加足马力，速度越来越快，离怪物也越来越远了。

那件事之后，约翰森整日待在舰长室中，看着那尊奇怪的邪神雕像想入非非，只给自己和旁边傻兮兮的布利登准备了一些便餐。在经过这次海上历险之后，他就再也没有驾驶过船，他感觉丢了魂似的。接着，4月2日那天发生了强风暴，乌云密布，把他能感知到的一切都遮住了。那一天，就好像妖魔鬼怪们在清澈的深不见底的深渊里回旋，就好像晕乎乎地坐着彗星的尾巴穿过喧闹的宇宙；拼尽全力从深渊里一头扎到月球上面，然后又从月球上面一头扎进深渊里；一切都在扭曲，旧日支配者和长着蝙蝠翅膀的绿色怪物在群魔乱舞。

经历了那次的噩梦之后，约翰森被"艾玛号"救起，后来又上了代理海事法庭。他无法详尽地介绍整个事件的经过，不然别人会觉得他疯了。他只好趁活着将知道的情况写下来，还不能让他老婆怀疑。如果死了就会忘掉这一切，也算是解脱了。

上面所述就是我所看到的资料内容，我现在将这些资料和那个泥塑雕像及安吉尔教授的笔记连同我自己的笔记一起放进了锡铁盒中。我亲眼看到了整个宇宙中所隐藏的全部恐怖场景，从此，就算是春天的天空和夏天的花朵对我来说都是致命的毒药。我想我时日无多了，现在叔祖父去世了，可怜的约翰森也去世了，我可能很快也将随他们而去。我知道得太多了，但是邪神仍然存在。

我想邪神克苏鲁还在石室中长眠，那个石室在太阳刚诞生时就开始保护它。被封印的克苏鲁之城再次沉入了海底。"艾玛号"自从4月发生风暴之后再次经过那里，邪神教徒们还在孤独的远方继续将克苏鲁雕像放在巨型石块上面，然后围着雕像继续大吼大叫、手舞足蹈和杀戮。克苏鲁一定因自己陷入深渊而烦恼，否则世界肯定会有另一番情景，它所到之处都会有狂热且恐怖的号叫。谁能知道会有什么样的结果呢！已经升起的或许会沉没，已经沉没的或许将升起。深不见底的深渊里的那个怪物在等待和做梦，岌岌可危的人类城市面临着被摧毁的命运，躲是躲不掉的。我不想去想，也不能去想！如果这份书稿在我去世之后还存在，我的遗嘱执行人一定要小心保管，不能让别人看到它。

黑暗中的低语

一

记得整个故事结束之后，我始终没有看到任何真正恐怖的情景。为什么我会对这件事有这种猜测呢？这全都是因为它带给我内心强烈的冲击，只有这样做才能使我逃脱掉最后这段经历隐藏的事实真相。正是这种猜测拯救了我。

那天晚上，我一路狂奔，跑出了艾克里农场，然后从路边劫持了一辆汽车，开着这辆汽车在佛蒙特州荒凉的山间田野之中一路狂奔。虽然我曾经也听到过、目睹过一些阴森恐怖、变幻莫测的东西，但是我不能辨别我对这件事的惊人推测是否正确，即使现在也是如此。其实，艾克里失踪这件事不能证明什么。室内外墙壁上留下了弹孔，但是除此之外，人们没有在他的房间里找到其他证据。仿佛他是临时去山间闲逛去了，现在还没有回来，丝毫看不出有人来过这里。在他的书房里也没有任何恐怖的圆形缸和奇怪的机器。但是，他对层峦叠嶂、郁郁葱葱的群山和山间潺潺的溪水，还有这片生养他的土地感到非常害怕。这也不能说明什么问题——世界上数以万计的人都会有这种病态的恐惧。此外，这些奇怪的行为可以让人们解释他在生命最后出现的古怪行为和恐惧。

对我来说，整件事情起源于 1927 年 11 月 3 日，那天佛蒙特州发生了历史上前所未有的洪水。我当时是马萨诸塞州阿卡姆镇米斯卡塔尼克大学的一位文学讲师，业余还喜欢研究新英格兰民间传说。发生那场洪水后不久，报纸上铺天盖地地报道了受灾、救灾的情况，还报道了一些有关发现怪物的情况。据说在一些汹涌的河面上发现了奇怪的漂浮物。我很多朋友对此都非常好奇，着手讨论起这件事情，并且问了我一些相关问题。他们很关注我对民间传说的研究，这让我很高兴，同时我也会尽量去斥责那些太荒谬且含糊不定的说法。显然，那些光怪陆离的传说起源于在偏远地区盛行的古老迷信。有意思的是，我发现关于这件事的讨论当中，有好几个有着渊博知识的人竟然相信传闻当中可能暗藏着一些隐晦的、扭曲的事实。

如此一来，我倒是开始留意那些传说了。那些传说大部分源于新闻剪报上的报道。但是也有一个奇谈，是有人告诉我的。我一个朋友的母亲居住在佛蒙特州的哈德威克镇上。她给我的朋友写了很多信，信中多次提到一件怪事，好像是在三个不同的区域都发生过，其中有一例发生在蒙彼利埃旁边的威努斯基河，还有一例发生在努凡以北的温德姆郡的西河，另外一例则发生在加勒多尼亚郡中以帕苏姆西克河为中心的水域。有几个版本的传说对这件怪事的描述如出一辙。另外，还有一些说法比较具体，但是经过分析，感觉它们好像都属于上述三例事件。每一起事件当中，村民们都说他们看到洪水中有一个或者是几个让人感到很恐怖的怪物，而且洪水来自荒无人烟的山谷。村民看到这些怪物之后，联想起一连串的几乎被人遗忘的隐晦传说。这些传说都是从祖辈那里流传下来的，这些传说在这样的情况下又一次被传开了。

那些村民觉得他们看到的都是长着器官的生物，与之前看到的任何生物都截然不同。这实际上是一种自然现象。发生大洪水之后，很多人的尸体被洪水冲到下游；尽管这些怪物的尺寸和外形与人类的尸体有些像，但是村民们却觉得他们所看到的东西肯定不是人类的尸体。甚至还有目击者说，那些怪物肯定不是佛蒙特州境内的已知物种。根据这些人的描述，那些怪物的身上有一层外壳，呈粉红色，有五英尺长。背上有两只很大的鳍或者膜状的双翼，还有几对铰接式的肢体。在原来应该长头的位置上，有一个带有复杂结构的椭球体，长满很多短小的须。根据各种报道，大家得出的结果如出一辙，那就是真的不同寻常，让人很震惊。这期间，这片山区中也盛传相同的古老传说。惟妙惟肖的画面描述很可能让看到这些怪物的人印象更加逼真，因此描述时会有些添油加醋的成分，我觉得这件事没有那么离奇。所以，我的结论是，在每个相似的事件中，在偏远地区生活的那些村民因为文化水平低、思想愚钝，所以他们看到的只不过是洪水中被泡得面目全非、残缺不全的人类或者农场动物的尸体；这些愚昧无知的村民竟然给那些闪烁其词的民间传说、那些被水泡的尸体蒙上了怪异的面纱。

这个古老的民间传说非常恐怖，有的地方还有些含糊其词，大多数内容已经被当代人遗忘了。只是，还有一些东西不同寻常，很明显它们受到了一些历史更久远的印第安传说的影响。

我没有去过佛蒙特州，但是我读过伊莱·达文波特遗留的非常珍贵的著作。根据著作中的一些描述，我对这个民间传说有所了解。在这本书里面，伊莱·达文波特记录了1839年他从当地最年长的人群中获得的口头材料。此外，这些记录也与我从新罕布什尔州群山中的老人那里亲耳听过的传说很相似。简而言之，这个民间传说讲的是一些隐秘的恐怖怪物种族，正在遥远的群山、在高耸的茂密森林深处、在不知道来自何方的溪流冲击而成的阴暗山谷中游荡。

看到这种生物的人非常少，但是总有极少数人说这些生物真的存在。人们曾经在人烟稀少的山林中，或者在一些连狼群都不会去的悬崖峭壁下面的峡谷中发现它们存在的证据：它们在林间溪边的泥地里或者是荒芜贫瘠的干土上留下了奇怪的脚印或者爪印；留下了一些用石头堆成的奇怪的圈，周围的野草已经被踏平了。那些怪物好像之前并不在这个地方，根据形状可以看出圈不像是自然形成的。此外，深山中还有一些深不见底的洞穴，出口被巨大的岩石堵住了。根据洞口的情况看，也不是天然的。在这些洞穴的入口也看到了奇怪的进进出出的脚印。如果人们对那些脚印的方向判断无误，这些脚印的数量远超其他地方看到的脚印。更恐怖的是，曾经来这座深山老林里探险的人们看到过那些怪物。夕阳西下，在最偏远的山谷中，或者在普通人爬不上去的悬崖峭壁上的密林之中，人们曾经发现了它们的痕迹，虽然很少遇到这种情况。

如果村民们对这种生物的零散描述不是出奇一致，也不会让人感到特别不安和恐惧。但是，事实如此，几乎所有传言都有很多相同点。所有关于这种生物的描述都说它体形庞大，身体呈浅红色，像是一种蟹类生物。它们长了几对对足，背中央还长了一双犹如蝙蝠的翅膀；它们有时候用所有的对足来行走，有时候只用最后一对对足行走，用其他对足搬运不为人知的大型物品。有人曾经看到很多这种怪物聚集在一起，不计其数。如果遇到山林间的水流，它们就会分成几组，沿着浅溪涉水而行。每三只一起并肩行走，就好像训练有素的战士。有人还曾经看到，有一只在夜晚飞行，它从一个孤独的、寸草不生的山头起飞，扇动着翅膀。那时候，圆月的光辉笼罩着这个庞然大物。紧接着，它就消失在了夜空里。

看起来这些生物基本上安于现状，没有对人类进行骚扰。但是有时候，有些大胆的冒险者失踪可能是它们造成的，特别是当人们在山脚下或者在大山深处修建房屋时。当地有很多居民开始意识到不适合在这里安家。这种感觉在当地已经流传很久了。只是，当地居民早就忘了这种感觉起源于哪里。当地居民实在是记不起来到底有多少人在那些低矮的绿色山林沟壑中失踪，又有多少农舍被烧毁，但依然会担忧地抬起头，惊恐地看着旁边的悬崖峭壁。

按照最早的传说描述，它们好像只会伤害那些突然闯进它们领地的人。但是后来，听说这些生物对人类很好奇，它们曾经想尽办法闯入人类世界。有些记载中还提到过，有人早上醒来时看到窗边有奇怪的爪印；另外有一些记载了这里不曾有的生物模仿人说话来寻求帮助，当地村民对此感到非常吃惊；还有些居住在原始森林山脚下的人家，小孩子在院子里玩耍时会被听到的一些声音或者看到的怪物吓得魂飞魄散、大惊失色。一直都有这样的传说，直到人们渐渐将它们当作一种迷信，慢慢传到了其他地方。有些记载中还描述了一些深山之中的隐士和在偏远山区生活的村民。听说他们的思想和灵魂会在一定时期发生巨大变化，这种变化让人感觉无可名状的恶心。周围人都对他们退避三舍，拒绝和他们往来，私下里讨论他们古怪的言谈举止。到处都有这样的传说：这些普通人将自己出卖给了那些怪物。大约在1800年，在东北地区的一个郡，人们开始责备那些行为古怪、受到当地人排挤的隐居者，说他们正在逐渐受到那些让人类憎恨的怪物的同化，或者已经变成了那些怪物的傀儡。

那些怪物到底是什么呢？有各式各样的回答。人们基本上都觉得它们是"那些东西"或者是"古怪的东西"。各个地区在不同时期也给它们起过其他的名称。许多清教徒居民直接将它们当作魔鬼的走狗，并且怀疑那些恐怖的鬼神之说就是它们搞的鬼。凯尔特传说的继承者有一小部分居住在新罕布什尔州，他们是英格兰移民的后裔，这些人在获得了总督温特沃斯的殖民许可后可以在佛蒙特州定居；他们总是会将那些古怪的生物和邪恶的妖魔与在泥沼之中生活的矮人们关联起来；他们凭借代代相传的零星咒语来保护自己。最奇怪的就是印第安人对它们的看法了。虽然，印第安人不同的部落传说版本不同，但是在某些方面，所有部落的传说都很相似：他们普遍认为那些古怪的生物不是来自地球。

在各种传说当中，最生动的莫过于彭纳库克人的传说了。他们认为长着双翼的生物来自大熊星座，它们从天空降落到地球上的深山中，并且在山中采矿。它们希望在这里找到某种在其他星球上找不到的石头。这群怪物并没有在深山中定居，只是留下了放哨的前锋，它们将带着在山中找到的石头飞到自己在北方的星球。除非受到侵犯或者窥探，它们一般不会伤害人类。山间的动物会主动给它们让路，只是因为兽类本来就充满敌意，并非因为害怕被它们吃掉。据说它们不能吃地球上的一切东西，而是从自己的星球上带来食物。人们千万别去靠近它们，有时候一些年轻的猎人去山中打猎，后来就失踪了；也不要在深夜里偷听它们在林间的低语，它们会发出嗡嗡嗡的好像蜜蜂模仿人类的声音。它们能听懂所有人类的语言，包括彭纳库克人、休伦人和北美印第安人五个部落的所有语言。但是，它们好像没有自己的语言，也许它们根本不需要。实际上，它们用头部和同伴交流，头部皮肤会变幻出不同颜色来表达它们的意愿。

　　不管是白人之间流传的，还是印第安人部落之间流传的所有相关的传说，都会在短暂盛行一段时间后逐渐消失。但是，佛蒙特州人的生活方式已经固定，他们曾经根据某种特定的布置，确定了惯用路线和定居地点，并在这里繁衍生息。但是，他们为什么决定逃避呢？到底是什么样的恐惧造成的呢？越来越少的人知道其中的原因，这些人甚至都忘了自己的族人之前曾因一些恐惧而试图逃避过。大多数人只知道山里比较危险，又不能发财，也不能住在那里，不然可能会倒霉。通常，还是远离那些地方为好。最后，逐渐在风俗习惯和经济利益的驱使下形成的传统对他们赖以生存的土地影响深远，印刻在人们的心里。无论如何，他们都不愿意再走出那个安全区域，也不再追究经常在山林里出没的那些东西。除非在当地一些不同寻常的集体恐怖时期，平时只有那些大惊小怪的老祖母或者九十多岁怀旧的老人还会念叨一下在深山老林里生活的那些生物；这些老人甚至也承认那些生物已经习惯了住在那里，既然人们不去侵犯它们，也就无须害怕它们来侵犯人类。

实际上，我在很早之前就已经知道了这件事。我在书中读到过关于这方面的传说，新罕布什尔州的一些民间故事中也提起过。因此，发洪水期间，当那些谣言到处散播时，我很快猜到这些怪诞的传闻来自怎样的幻想。我费尽周折向朋友们解释，但还是有人持怀疑态度，他们仍然坚信那些新闻报道可能存在真实的元素，我只好一笑了之。这些固执的人说：早期的传说已经散播很久了，而且这些传说都有一些相似之处；此外，佛蒙特州的那些深山并没有得到勘探，没人能够断定里面有哪些生物，也没人敢断定里面没有东西，得出这种结论不合理。我跟他们说，所有这些传说都是人类早期编出来的——凭借众所周知的适用于大多数人的特定模式，这种经历会产生同样的幻想。即使这样，他们依然固执己见。

虽然佛蒙特州的传说跟普通的传说有所不同，但本质基本相同。我想说服这些不开窍的人，接下来，我试图用传说中的描述来证明我的观点：在古老的传说中，世上到处都是长得一半像人一半像羊的怪物、树妖和一半像人一半像兽的萨蒂尔；希腊近代传说中也描绘了邪恶的妖精卡里坎诺里亚；有一种个子比较矮、行为很奇怪而且有点可怕的外来物种出现在威尔士和爱尔兰的荒山野岭中，它们挖洞并且穴居在地下。不过，对他们来说，我说的内容根本没用。所以，我又跟他们说在尼泊尔的山地部落中也有一些与佛蒙特州传说非常像的传说。根据传说，恐怖的米·戈或者是原始的雪人还潜伏在喜马拉雅山山顶的岩石和冰山中。但是对他们来说，这些也不起作用。每当我拿出这些来证明时，反对我的人反过来用这些证据当作他们辩驳的例子。他们说，这些正暗示了古老传说中一些事情确实是真的，证明了人类之前地球上就存在有一些古老怪异的种族，但是当人类出现并且统治这个地球时，这些怪异的种族只能藏起来。只是，可以想象一下，虽然幸存的这些物种比较罕见，但极有可能依然存在，甚至到现在还存在。

我觉得这些说法很好笑，但他们依然坚持己见。他们还说就算去掉过往传奇的影响，新近的报道也是如此清晰、一致和详尽，叙述的口吻更是平淡而乏味，因此无法彻底置之不理。其中，有两三个极端分子说得越来越离谱了，他们提及印第安人中流传的古老传说，觉得这些传说暗示了那些神秘生物是地球之外的外来物种。查尔斯·福特写了一本离奇的书，里面有一句话——"有些从其他世界和外层空间来的星际旅行者经常造访地球"，他们还借用了这句话。只是，这些人当中的绝大多数只是一些浪漫主义者。阿瑟·玛臣写了一本出名的恐怖小说，书中塑造了一种神秘的"小人"，它们有超人的智慧，浪漫主义者们正在努力将其转到现实的世界中来。

二

在这种情况下，《阿卡姆商报》最终用书信记录了这场激烈的争论；佛蒙特州有此类传闻的地区报纸还转载了其中一小部分内容。《拉特兰先驱报》用半个版面将争论双方的信件刊登出来。《伯瑞特波罗改革家报》全文转载了我的一份历史与神话长篇综述，"闲笔"思想专栏上刊登了一些关于这方面的评论，对我的结论给予了支持。1928 年春天，虽然我之前没有去过佛蒙特州，但是在那儿我几乎成了知名人物。那时候，我收到了亨利·艾克里向我挑战的信。我对这封信的印象很深刻。他在信中描述了一个迷人的地方，那里有绵延起伏的群山，有悬崖峭壁，有潺潺的流水，有郁郁葱葱的树木。我被这么美丽的景色深深地吸引了，开始痴迷于这片土地——这是第一次，也是最后一次。

我对亨利·温特沃斯·艾克里的了解主要来自信件。在他的孤独农庄经历了种种事件后，我与他的邻居以及他在加利福尼亚的独子建立了通信联系。根据这些信件，我知道他的家族在当地有着悠久的历史，是个名门望族。他是这个家族当中最年轻的一代。该家族曾经出过法官、政府官员和农场主。但是，到了他这一代，主要家族成员从实际事务转移到学术性研究；他曾是佛蒙特州州立大学的著名学者，在数学、天文学、生物学、人类学以及民俗学等方面造诣颇深。我之前没有听说过他，在跟他通信的过程中，他也没有说过他的个人情况。只是，从一开始，我就认为他很有素质、很聪明、很有个性，喜欢独来独往，只是有些不懂得人情世故。

虽然艾克里在信中说得很玄乎，但是，我很快开始重视他所说的内容了。我对他比对待其他挑战本人观点的人士要严肃得多。原因很简单：一是因为他的确是目睹和触摸过那些奇怪的现象，并且还产生了奇怪的想法；二是因为他能够像真正从事自然科学的人那样，先将自己的推断放置一边等待论证，这让我很吃惊。一开始，他并没有说自己对这件事的看法，而是利用真凭实据——推断。当然，我考虑了他推论中的一些错误，不过他很聪明，就算是错误也值得肯定。读完信之后，我没有像其他朋友一样因为他对茂密的群山的想法和恐惧而觉得他疯了。我觉得他经历了很多事情，也能断定他说的一切都有待考究，只是这些奇遇和他推测的那些匪夷所思的说法毫无关联。后来，他给我寄来了一些实物作为证据。正因为这些实物，整个事情与我之前的猜测大相径庭，让我疑虑重重。

我觉得最好还是将艾克里的信件完完整整地抄写下来，这样读者可以更清楚地了解事情的来龙去脉。艾克里在这封长信中大致介绍了自己遇到的情况。这封信在我的思考过程中起到了重要作用。我现在已经找不到这封信了，但是我已经将信的内容完整地记下来了。我在这里要重申一遍：我坚信写信人的神智是清醒的。信的内容如下——我在收到这封信时，看到信纸上的字是用潦草的古体字写成的，不好辨认，很明显写信的人一直在潜心研究，很少涉猎学术之外的内容。

乡村免费邮递

佛蒙特州温德姆郡汤恩森德

1928 年 5 月 5 日

阿尔伯特·N. 威尔马斯先生 索顿斯托尔大街 118 号

马萨诸塞州阿卡姆

尊敬的先生：

我阅读了《伯瑞特波罗改革家报》(1928 年 4 月 23 日出版)上刊登的您的信件，我读信时兴趣盎然。您在信中谈论了一些关于去年秋天发洪水时，曾有人在洪水中发现的奇怪漂浮物的故事，还有一些奇怪民间传说和这些报道完全吻合。根据您的看法，我知道一个外乡人为何会选择您这样的立场，也很好理解有人给予您支持。佛蒙特州内外所有文化人都有这种看法。这些看法也是我年轻时（我现在已经五十七岁了）在尚未深入研究此事之前的看法。只是，我后来开始进行大量研究调查，并且也开始研究达文波特的一些书籍。根据那些书籍的内容，我对周边一带荒无人烟的深山老林进行了勘探，因此改变了当初的想法。我从当地村民那里听到了一些奇怪传说，然后以此为出发点对它们进行了研究，但我倒是希望自己从未参与过这件事。

我可以谦虚地说，我略微懂点人类学和民俗学的知识。我之前在大学里对相似的主题进行过大量的相关研究，也熟悉该领域的大多数权威和专家，如泰勒、卢卜客、弗雷泽、卡·特勒法热、默里、奥斯本、基恩、G.艾略特·史密斯等。此外，我也经常听到像人类一样古老的隐秘种族的传说。我已经读过了您在报纸上刊登的信件，也看过那些《拉特兰先驱报》中与您争辩的信件。因此，我觉得我能猜出来您现在对这件事的研究处在哪个阶段。

我现在想说，尽管根据目前所有的推理，您的观点可能是正确的；但我不得不说，您的反对者的观点比您的观点更符合实际情况，甚至他们本身也可能不知道他们的观点几乎与事实如出一辙。他们的观点只是理论上的，但是，他们并不知道我所知道的具体情况。如果我和他们一样对这件事知之甚少，我就会怀疑他们的观点是否合情合理，而完完全全支持您的观点。

我还是泛泛而谈，没有说出重点，或许是因为我真的害怕讨论此事吧。我真想跟您说的是，我有些确凿证据足以证明有些可怕的生物生活在荒无人烟的深山老林中。我并没有亲眼看过报道中所说的水面上的漂浮物，只是之前在某些情况下见过类似的东西，时至今日，我仍然害怕再次说起在哪里见过它们。我还见过它们留下的脚印。最近，我竟然在我家附近看到过这些脚印（我居住在汤恩森德镇南边艾克里家族的老房子里，就在黑山旁边），现在想来，我仍然心有余悸，不敢多言。我还在无意间听到有一些诡异的声音从山林深处传来，我不想用笔将这种声音描述出来。

我在一个地方听到过这种声音，很密集。所以，我用一台录音机将其录了下来，我将请您听一下我录下来的这种声音。我还专门找了一些居住在周围的老人，并且用录音机给他们播放这些声音，他们被其中的一种声音吓瘫了。原因是他们所听到的那个声音（达文波特曾在书中提起过从深林里传出一种"嗡嗡"的声音），与他们的祖母那代人提起并模仿过的声音一模一样。我知道如果一个男人说他听到了一些怪声，大多数人会以怎样的眼光看待他们。但是，请您在下结论之前先听一下我录下来的这些声音吧，然后问问居住在偏远地区的那些村民们对这些声音有什么反应。如果您还是觉得这些事情并不值得大惊小怪，这属于完全正常的现象，那也没办法了。只是，这些声音的背后肯定有一些东西，绝对不是空穴来风，您肯定也明白。

现在，我给您写这封信并不是要和您争论什么，只是想告诉您一些关于这件事的消息，我想像您这种高素质的人肯定都会对这些信息感兴趣。我只会在私下里跟您讨论这些事情。在公开场所，我依然会支持您的观点，主要是因为针对这些事情，我想还是不要让大家知道太多为妙。我现在只是私下里对这些事情进行了调查研究，我不想说什么吸引大家的注意力，以免他们争相探访我曾经发现的地方。那些非人类的生物一直在仔细观察我们的一举一动，它们还安排人类间谍来收集信息！这是真的，真真切切的。我是从一个倒霉蛋那里听说了这些事情，如果他的精神还正常（我觉得他之前是个神志清醒的人），他也是其中的一名间谍。我从他那里得到了大部分与此事有关的线索。后来，他自杀了。只是，我有理由相信还有其他间谍在活动。

那些怪物来自另一个星球，它们能够在太空中生存。它们凭借着一对笨拙但有力的翅膀遨游太空。只是，它们抵达地球之后，它们的翅膀太笨重，不便于把握方向，也就没什么作用了。读到这里，如果您没有觉得我疯了而不想理我，我以后会继续和您沟通。

它们来到地球的目的是寻找埋藏在深山下面的矿藏，这些矿藏中含有一种金属，它们想得到这种金属；此外，我觉得我已经知道了矿藏的来源。如果我们不去侵犯它们，它们也不会伤害我们，但是如果我们的好奇心太重，后果将不堪设想。如果有一支装备齐全的武装部队，就可以将它们的矿藏一锅端了。它们最担心这个。如果人类这么做，将来会有更多这类怪物从宇宙飞到地球上来。它们轻易就能将我们的地球征服，但是直到目前，它们还没有采取行动。它们希望一切都顺其自然，不想招惹不必要的是非。

我觉得他们可能会将我置于死地，因为我知道了一些不该知道的秘密。我在东边圆顶山上的森林深处发现了一块黑色岩石，上面有一些我不认识的象形符号，有一半已经被风吹日晒得看不清了。我将这块岩石搬回了家中。从此以后，一切都变了。我知道得太多了，我想它们很可能会把我弄死，或者将我带回它们的星球。它们偶尔也会将一些知识渊博的人带走，以便更好地了解人类。

接下来我会给您说一下我写这封信的另外一个目的。我想劝你停止辩论，不要再公开发表您的看法，以免引来大众的关注。人类一定不要进入那些深山当中，也是因为这个原因，您别再进行公开辩论了，免得人们对这件事的好奇心日渐加重，最后无法收场。现在，佛蒙特州到处可见推销商和房地产商，佛蒙特州荒原上的犄角旮旯到处都是游客，他们在夏天来旅游，每座山上都有不少简陋的木屋民宿。总之，照这样下去的话，不知道谁又要倒霉了。我很想跟您进一步讨论这件事。如您所愿，我会尽快将我的录音和那块黑色的石头寄给您（石头上面的字迹太模糊了，照片看不清）。

我刚才说会将这些东西寄给您，是因为我感到那些怪物在用某些方式来干扰我周围的事情了。村子旁边有一个农场，那里有个叫布朗的人，这个人不太喜欢说话，行为有些古怪，我想他就是这些生物安插在周围的间谍。它们正在想办法切断我与外界的联系，因为我知道得太多了。它们总有些出乎意料的办法知道我的所作所为。或许您可能看不到这封信。如果这种情况持续下去，我可能会搬家，搬到加利福尼亚州的圣地亚哥去，我的儿子居住在那里。只是，想要离开这里，也不是一件很容易的事情，我的家族已在这里生活了六代。再说了，目前它们已经开始注意我了，我也不敢将这栋房子卖给别人。它们正想夺回那块黑色的石头，并且想将我的录音销毁。如果我有其他办法，它们就不能得逞。目前来讲，它们的数量还不多，而且动作比较缓慢，我养了几只警犬，这些凶猛的警犬能够将它们吓退。我曾经说过，它们的双翼在地球上近距离飞行时几乎无用武之地。

最近，我一直在尝试用一种很恐怖的方法去破译那块黑色石头上面的符号，想必很快就会有结果了。对我来说，您在民间传说方面积累的知识很有用，这些能够为我提供充足的信息，弥补我的不足。在人类问世之前就已经存在的可怕的远古传说——《死灵之书》中提起过有关犹格·索托斯和克苏鲁的一些传说，我觉得您应该很清楚。我曾经得到过这本书的复印本，听说您那里也有一本，正收藏在你们大学的图书馆里。

最后，威尔马斯先生，如果我们能够合作，我想凭着我们在这件事上的探索和研究，肯定能给彼此提供很大帮助。只是，我很不希望让您处于任何危险当中，因此我想说，您拿到那块黑色的石头和我录制的录音带之后，您将处于危险当中；我想您肯定会觉得这些东西带给您的信息值得您为此去冒任何风险。如果您还需要其他的，我会开车到纽芬或者伯瑞特波罗邮寄给您，我觉得那里的快递收发服务更靠谱。我现在一个人住，无法雇人。它们一到晚上就试图接近这座房子，这时候，门外的警犬们就会狂吠不止，因此没人想住在这里。我妻子还活着时，我并没有痴迷于这件事，不然她可能会被吓疯的，这一点让我宽慰一些。

我希望这封信不会打扰到您，我也希望您读完此信之后与我联系，不希望您将此信当成一个疯子写的疯话，将其扔到垃圾桶里置之不理。

亨利·W.艾克里

附：我将之前拍摄的一些照片复印了几份，它们能够证明我在信中所说的几件事情。那些老人觉得这些照片有点吓人。如果您感兴趣，我会尽快邮寄给您。

读完这封奇怪的来信，我的心情很复杂，无法用语言形容。这封信的内容比之前那些平淡可笑的怪谈更夸张、荒谬。通常情况下，我肯定会一笑置之，但是根据这封信中所描述的内容，我不得不正视它。经过一番认真思考之后，我渐渐觉得这封信的作者神志清醒、态度诚恳，觉得他提出来的不同看法确实是根据某些真实但非同寻常的现象，他自己也只能凭借想象来解释。我很奇怪自己为什么会肯定这封信的内容。我想，实际情况可能和他的想法不同。只是，另一方面，这些事情有待用心研究。此人好像是对于某些事情太激动和担忧了，只是我真的无法想象他为什么会毫无根据地如此激动和担忧。他对某些方面描述得很具体，他的一些想法也符合逻辑，有条不紊。而且，他的描述的确符合某些古老的传说，甚至符合最疯狂的印第安人的传说，这就让人匪夷所思了。

他在不经意之间听到了从深山老林里传来的恐怖的声音，并且发现了他提到的那块黑色的石头，这些很有可能是真的。

尽管后来他推断出一些疯狂的想法——这些想法可能是根据那个说是外星物种的间谍、后来自杀的人的言论幻想出来的。这样的话，就不难推断出那个自杀者肯定是疯了，但是他之前说的一些有违常理的言论，有些从表面上看是符合逻辑的。当时的艾克里正在根据民间传说进行基础研究，因此就相信了那个自杀者的话。这么说的话，事情逐渐发展成为艾克里周围的那些无知村民也跟那个自杀者一样，认为半夜三更会有一些神秘的怪物包围艾克里的房子，所以警犬们才会狂吠不止，因此没有人想来艾克里这里当用人。

针对他的录音，我只能相信他是按照他说的方法录下来的。这声音一定代表着什么，有可能是某些动物的声音，听起来像是人在说话，或者是一些在深山老林中隐藏着的昼伏夜出的人类的声音，这些人类有可能在山林中退化到了和那些低等动物差不多的阶段。想到这里，我又开始考虑那块有象形符号的黑色石头了，并且开始推测它的含义。后来，我又想起艾克里在信中说他准备给我寄照片来，也就是那些老年人坚信且害怕的照片，上面到底有什么呢？

我又读了一遍那封不太好辨认的亲笔信，突然有一种陌生的感觉，跟我意见相左的反对者们对这件事的推测所得出的结论比我知道的要多很多！毕竟，就算传说中提到的外来物种并不存在，也可能会有一些古怪的、世代畸形遗传的人类因为厌世而逃到荒无人烟的深山老林当中去。如果是这样，漂浮在洪水中的怪物并非完全让人难以置信。根据这个可以推断出，远古传说和最近的新闻报道后面确实有大量的真实情况，这种想象是不是有点太鲁莽了呢？就算我还对此事有些疑问，亨利·艾克里的这封信中的奇特想法还是让我感到有些不知所措。

最后，我诚恳地给艾克里回了信，告诉他我对这件事很感兴趣，并且希望他说得更具体一点。他很快给我回了信。他履行了在前一封信中对我的承诺，给我寄来了一些用柯达胶卷拍摄的场景和实物，他用这种逼真的画面证明他曾经在信中所述的情景。当我将这些照片从信封中拿出来时，它们的画面让我有一种莫名的恐惧，就好像在接近一些禁物一般。虽然大多数照片都比较模糊，但是真真切切地证明它们的存在。这些东西是最明显、最直接的视觉影像，它们的传递过程不夹杂任何偏见、谬误或者虚假，只有真凭实据。

我越看越觉得之前对艾克里和他说的推论的评价并不恰当。这些照片很明显是一些证据，足以证明佛蒙特州的深山中真有一些东西。它们的存在已经远远超出我们所能理解的知识范畴和逻辑信念。最让人吃惊的是那些脚印，一张照片拍摄到的脚印位于荒芜的山地上的一处泥地上。一看就知道，这肯定不是廉价的虚假照片，上面有很明显的鹅卵石和草叶，画面的比例也正确，肯定不是通过二次曝光产生的图像。我刚才说照片中的印记为"脚印"，或许用"爪印"来形容更妥当一些。我至今都无法更好地形容这种印记，只好将它说成是长得很像螃蟹的印记。我们无法推测这种印记的去向，这些印记比较浅，并不像最近留下的，看上去它的脚印跟正常人的脚印差不多。从中间看去，就好像是锯齿状的螯印向两个方向延伸。如果这个怪物身上只有这个活动的器官，这种移动方式就太奇怪了。

另一张照片很明显是在比较黑暗的地方长时间曝光拍摄下来的。照片上有个山林中的洞穴入口，洞口刚好被一块巨大的圆形鹅卵石堵住了。洞口前面很空旷，可以看到一些密密麻麻的网状线路的痕迹。我拿着放大镜看，我敢说这些线路痕迹和前面的那张照片一样，我很紧张。第三张照片中有一个荒凉的山顶，上面有一个用石头堆成的圆环，好像是德鲁伊教派使用的圆环标志。我没有在这个神秘的石环附近看到任何脚印，石环周边的大多数野草都被踩踏过了，有些地方的草已经被踏光了。照片以远方为背景，很显然是荒无人烟的山区，层峦叠嶂的群山朝远处延伸，直到看不清为止。

要说这些照片中那些奇怪的脚印最让人忐忑不安，那么最让人纳闷的就是圆顶山林间发现的那块黑色石头。很明显，艾克里在书桌上拍下了这块黑色石头，原因是照片上在石头后面有几排书和弥尔顿的半身雕塑。艾克里拍摄的黑色石头的形状不规则，是曲面的，大约一英尺宽、两英尺高，简直无法用人类的语言来描述这块石头的表面或大概形状。我也不知道它是按照哪种奇怪的几何学原理来切割的，我敢说它不是天然的，有人为加工的痕迹。我以前从没有对任何东西这么好奇，它肯定不是地球上的。我只能分辨出这块石头上面的小部分象形符号，并且被其中一两个符号惊呆了。这些符号极有可能是伪造的，我想肯定也有别人读过阿拉伯疯子阿卜杜拉·阿尔哈萨德写的一本可怕又非常讨厌的《死灵之书》；我虽然这么想，但是那些象形符号让我很吃惊、很害怕，我感觉我读懂了某些符号的意义。根据这些象形符号，我想起了那些让人惊恐又恶心的流言蜚语。那些流言蜚语是在地球和太阳系内的其他星球诞生之前就存在的对某些东西的传闻。

另外还有五张照片，其中三张照片拍摄的是沼泽和深山，看上去好像有一些危险的居民在那里隐居。另一张照片是在一块空地上的奇怪痕迹。艾克里说，有一天早上他起床之后发现了这个痕迹，并且将它拍摄了下来。前一天晚上，他养的那几条狗叫得更凶了，第二天他就发现了这个痕迹。这个痕迹非常模糊，没有人能据此得出确切结论。只是，它和在荒山上拍摄的痕迹或者爪印一样，都让人感觉到恐怖。最后那张照片是艾克里的住处：那是一座白色的两层小楼，还有阁楼，看上去很整洁。这座小房子大概有一个世纪的历史了。房子前面有修剪得很漂亮的绿色草坪，还有一条铺满石子的小路，这条小路通向大门，大门上有精致的花纹，有乔治亚时代的风格。草坪上面有一个笑眯眯的男人，留着很短的灰色胡子，男人身边有几只大型警犬蹲着。我想他应该就是艾克里本人了。根据他右手中按着那个连接管子的球状按钮可以判定，这张照片是他自己拍摄的。

　　看完这些照片之后，我着手阅读最近收到的那封长信。在接下来的三个小时中，我被吓得魂不附体，无法用语言来形容。艾克里在前一封信中只说了个大概，但是他在这封信中详尽地描述了那些地方。他喋喋不休地描述了他无意中听到的声音；傍晚时，他在深山老林里看到红色怪物从灌木丛中伸出了头；还有一则可怕的宇宙传说，他与那个自杀者有过大量交流，并运用他渊博的知识进行分析，总结出了这个结论。我发觉自己面对的都是之前我在别的地方听说过的名词和术语，它们与一些恐怖至极的事物息息相关：犹格斯、克苏鲁、撒托古亚、犹格·索托斯、拉莱耶、奈亚拉托提普、阿撒托斯、哈斯塔、伊安、冷原、哈利湖、贝斯木拉、黄色印记、利莫利亚—卡斯洛斯、布朗及马格南·克萨诺斯。我觉得自己被一股力量控制了，穿过亿万年的悠久历史和超乎想象的思想空间，回到了那个古老的世界。那里有一些外星物种，即使是《死灵之书》的作者也只能用非常隐晦的方式去猜测。我还看到那些原始生命的栖居地，还有从那里汩汩而下的溪流。那些溪流最后分成无数条支流，汇聚在一起，形成了海洋，最终与地球的命运息息相关。

我的大脑眩晕混乱。我曾经一直想搞明白事情的来龙去脉，但是我现在已经相信那个异常得无法让人相信的奇谈了。各种重要的证据加起来非常多，但是又没法反驳，只能让人憎恨。艾克里冷静的科学态度排除了那些因精神错乱、狂热兴奋、歇斯底里乃至狂妄的推测和想象，深深影响着我的想法和判断。我读完信之后，将它放到了一边。这时候，我能理解艾克里为什么害怕了，我决定尽量劝人们不要接近那片荒无人烟的茂密山林。现在，我脑海中的印象虽然已经模糊，开始怀疑自己之前的经历和可怕的想法，但是我仍然不想再提起艾克里在信中描述的东西，甚至不会以任何书面形式写出来。这封信、录音带及艾克里拍摄的照片消失了之后，我竟然如释重负。我现在希望人们永远都不会发现在遥远的海王星之外的新行星。我即将说一下其中的原因。

读完那封信之后，我不再公开讨论佛蒙特州恐怖事件了。我不再回应反对者们的意见，也不再答应后续回应。这样，这件事的争论就会不了了之，最后人们都慢慢将其遗忘。5月下旬和6月，我一直与艾克里保持书信往来。只是，偶尔会丢失一封信，我们只好重新说一下各自的观点和想法，然后再花很多心思重新写一封。总之，我们尽量将那些晦涩传说中记载的与这件事相关的记录进行对比，找出佛蒙特州的恐怖事物和远古世界中的传说之间的关系。

首先，我们差不多已经确定这些怪物与在喜马拉雅山中出现的恐怖的米·戈属于同类，都是魔鬼。此外，我们还根据动物学知识进行了一番有趣的推测。若不是艾克里曾跟我强调此事只能他知我知，我肯定会就这个问题请教我的同事德克斯特教授。即便我违背了当初的保密承诺，也是因为我觉得现在对佛蒙特州的深山发出警告比保持沉默对公众的安全更有帮助。同样，也要警告一些日渐增多的希望去喜马拉雅山探秘的人。还有，我们正在讨论一件具体的事情，就是破译那块邪恶的黑色石头上的象形符号。也许这样能够探索出之前不为人知的更隐秘、更令人惊异的秘密。

三

我在 6 月底收到了录音带。艾克里不信任当地以北的陆运支线，于是从伯瑞特波罗通过水路将其寄来。他早就觉得自己被监视了。后来因为我们之间的通信经常丢失，这种感觉日益强烈。他在信中提到了某些人私下里正在为非作歹，他觉得这些人就是藏于深山中的怪物的工具和傀儡。他最怀疑的是性格乖张、比较阴险的农民沃尔特·布朗，这个人一直住在荒无人烟的山腰上，那里离密林很近。人们经常看到他在伯瑞特波罗、贝罗斯福尔斯、纽芬和南伦敦德里四处溜达，无所事事的样子，大家都对他的行为不解。

此外，艾克里还相信，有一次在某个情况下，他听到了一段恐怖的对话，其中就有布朗的声音。还有一次，艾克里在布朗家周围发现了一个邪恶的脚印或者说是爪印。因为这个脚印出现在布朗的脚印旁边，非常奇怪，两个脚印的方向是相对的。

因此，艾克里驾驶着他的福特汽车穿过了佛蒙特州人迹罕至的乡间小路，抵达了伯瑞特波罗。他通过水路从那里将录音带寄给我。跟录音带一起寄来的还有一张纸，上面写着：我现在已经开始害怕走那些乡间小路了，要不是在阳光明媚的白天，我肯定不敢去汤恩森德镇购买日用品。他还反复强调，知道太多不会有好下场，除非远离那些寂寞又可疑的深山，越远越好。他还说，他打算离开这片生他养他的故土，去加利福尼亚和他的儿子一起住，尽管这里有他所有的回忆。但是，搬家并不容易。

我从学校的行政管理处借来了机器，先翻看了艾克里寄来的所有信件，仔细阅读了信中对此事的描述，然后才将录音带放进去。艾克里说过，他在1915年5月1日凌晨一点左右，在一个被石头堵住的山洞口录制了这个录音带。那个山洞在黑山西面的山坡上，山脚下就是里斯沼泽地，经常有怪声从那里传来。正因为如此，艾克里才会带着录音机和空白带，想记录点什么。根据以往的经验，五朔节前夕的那天晚上可能比平常更有收获。根据欧洲一些隐晦的记载，那天半夜，信徒们会在这里举行集会。果然，不出所料。只是，从此他再也没有在那个地方听到类似的声音。

不同于大多数时候在森林中听到的声音，这个磁带中的声音很像是举行某种仪式时发出的。有一个很像人的声音，但是艾克里始终都无法确定，那个声音不是布朗的，好像是一个很有素质的人的声音。只是，里面还有一个关键的声音，是一种邪恶的嗡嗡声，虽然那些词语都符合正规的英语语法，很有韵味，但是与人类的声音截然不同。

艾克里当时用录音机在那里录音。整个过程中，录音设备故障频频。那个位置不适合录音，离举行仪式的位置比较远，那边发出来的声音有些低沉，不够清晰；因此，能够录到的比较清晰的声音都是一些零零碎碎的对话片段。艾克里给了我一份根据录音整理出来的文本，在播放录音之前，我先阅读了一下文本。文本内容并不太恐怖，只不过有点莫名的神秘罢了。但是，想到这份文本的来源，还有得到的方式，我就能够从这些文字中感受到更多超乎文本的内容，从它的第一个字开始就充满了极度的恐怖。我将这一切牢牢记住了，肯定不会马上或者轻易忘掉。

……（无法辨别的声音）

（一个文质彬彬的男子声音）

……是森林之主……

还是冷原之人的礼物……从黑暗的源头到时空的尽头，从时空的尽头到黑暗的源头，对伟大的克苏鲁、撒托古亚的颂扬，还有对那些不知名的"他"的颂扬将永世长存！对他们的颂扬永世长存，遍及黑山之羊。耶！莎布·尼古拉斯！孕育了千千万万子民的黑山之羊！

（一种模仿人类语言的嗡嗡声）

耶！莎布·尼古拉斯！孕育了千千万万子民的黑山之羊！

（人的声音）

它已经是森林之主了，正在……七步、九步，走下黑色的玛瑙铺成的石阶……颂扬深渊之中的他，阿撒托斯，汝教授……吾等奇迹……用黑夜之翼穿越到星际之外，穿越……犹格斯是最年轻的孩子，一个人在黑色的太空边沿遨游……

（嗡嗡声）

……走出去吧，去人类的世界中，去寻找到那里的路径。那里是深渊中的"他"梦想的地方。奈亚拉托提普是伟大的信使，你将知道所有的一切！"他"将以新的姿态，以人类的姿态出现在众人面前，戴着蜡制的面具，穿着掩藏一切的长袍，从七日之界降临到人世间，去俯瞰……

（人声）

奈亚拉托提普，伟大的信使，穿越虚空之门为犹格斯带来特别的快乐，造福无数人，是他们的再生之父，正在大步朝……

（到这里，声音戛然而止）

刚播放录音就听到了这些怪声，我感到很恐惧，很不情愿地按下了录音机的按钮。唱针发出刮擦声，录音带开始是模糊且断断续续的人的声音，让我感到一丝欣慰。那个声音敦厚且很有涵养，好像带点波士顿口音，肯定不是佛蒙特州当地的居民。我迫不及待地追寻这模糊的声音，好像从艾克里精心准备的文件中找到了一部分文字。那个声音开始用那敦厚的波士顿口音吟诵：

"耶！莎布·尼古拉斯！孕育了千千万万子民的黑山之羊！"

接着，我听到了另一个声音。我虽然已经看了艾克里的所有文本，做好了思想准备，但是这声音太让我震撼了。后来，我向别人描述过这个录音，他们的结论是，除了一些低劣的欺骗和疯狂的成分，就没有别的声音了。但是，他们有没有亲自听过被诅咒的录音带呢？有没有亲眼看过艾克里写的大量书信呢？特别是第二封信，里面有很详细的恐怖描述。如果他们听过那被诅咒的录音带，或者见过信中的内容，他们肯定会彻底改变想法的。但是，我没有违背对艾克里的保密约定，我没有将其播放给别人听，我们之间的往来信函也都丢了，这让我感到非常遗憾。我知道事情的背景及相关的情况，当我亲耳听到真实声音时觉得非常恐怖。在人的声音之后响起来的是仪式中的应答，但是我觉得好像是从不可描述的地狱中发出来的、穿越时空传到这里的回声，这声音让人不寒而栗。两年前，我最后一次播放那个亵渎神灵的录音带，就算是这样，以及在这之前，我一直都能听到恶魔似的模糊的嗡嗡声，清晰得仿佛第一次听到它那样。

"耶！莎布·尼古拉斯！孕育了千千万万子民的黑山之羊！"

我的耳畔始终萦绕着这种声音，但是不能详细分析也不能形象地表达出来。这声音听上去有点让人想吐，就好像是巨型昆虫硬生生地模仿异族语言。但是，我敢断定发出这种声音的器官与人类或者其他哺乳动物发出声音的器官截然不同。那声音的音色、音调的幅度还有泛音的音频都非常奇怪，好像不属于地球生物的声音范畴。因此，当第一次听到这种很怪的声音时，我非常吃惊，不知所措，我的头晕乎乎的，听到后面彻底懵了。当我播放到很长一段嗡嗡的声音之后，我才从刚才较短的那段录音中清醒过来，突然觉得这好像是在亵渎神灵。这种感觉越来越强烈，将我深深地刺痛了。最后，我播放到了一些带点波士顿口音的人的声音，这个声音表达得非常清晰，录音带到此戛然而止。我当时愣在了那里，呆呆地看着那台已经停止播放的录音机。

后来，我反复播放那个录音带，尽量将其与艾克里的文本进行了比较，希望分析一下那个声音的意义。但是，我们的结论并没有太多用处，这让我们俩都更加不安。不过，我还可以说一些信息，我们俩都从这声音中找到了一条线索，其根源就是神秘且古老的人类宗教中有一些令人讨厌至极的非常古老的习俗。对我们来说，那些神秘外来物种和一些人明显存在着一些久远且错综复杂的同盟关系。这种联系多么广泛呢？与远古时期相比，它们的现况有什么区别呢？我们无法就此进行推断。只是，这条线索至少给我们留下了恐怖猜想的余地。在几个明确的阶段，人们与那些未知的无限时空好像有一些非常古老的无法猜测的关系。这都说明那些在地球上曾经出现过的怪物都是从太阳系边缘的某颗星球上来的，这颗星球就是黑暗星球犹格斯。此外，这颗星球好像被一种可怕的太空种族霸占了，这个可怕的物种肯定来自比太阳系更远的地方，甚至超越了爱因斯坦所设想的连续统一时空，或者超越了人类已知的无限宇宙。

　　我们同时还探讨了那块黑色的石头，想找到最好的办法将其搬到阿卡姆。艾克里不建议我去探访他噩梦般的研究现场。因为某些原因，艾克里不再相信普通的交通路线。他最终决定亲自带着那块石头从乡村到达贝罗斯福尔斯，然后利用波士顿至缅因州的铁路系统途经基恩、温彻顿和菲奇堡等地寄给我。但是，这样他就得一个人驾车走在更加偏僻的地方，还需要穿过更多森林路线。艾克里说，他在伯瑞特波罗给我寄录音带时，曾经看到一个男子在邮局旁边逗留，神情和举止都让人觉得很不安。那个男子似乎很想和工作人员交谈，后来，那个男子还跳上了运输录音带的火车。艾克里承认，在此期间比较担心能否顺利邮寄录音带，直到收到我的信，知道我已经收到录音带，他才放下心来。

　　这时，也就是7月的第二个星期，我寄出去的另一封信又丢失了。后来，艾克里寄来了一封信说明他的焦虑，我才知道这件事。从此，他让我不再将信寄到汤恩森德，而是让我将所有信都寄到伯瑞特波罗邮局的邮件寄存点。这样，他就会经常开车或者乘公共汽车去那边，那时候公共汽车取代了铁路支线缓慢的客运服务。我觉得他更加焦虑了。他已经在信中具体说明，在漆黑的夜晚，门边的警犬叫得越来越频繁；他还说，有几个早上，他在农场大院后面的小路上及泥地里看到了新爪印。还有一次，他跟我说他看到了一行一行、整整齐齐、密密麻麻的脚印，这些脚印的正对面正好有他的警犬留下的同样密密麻麻的脚印，很显然两者是对立的。艾克里还寄来了一张照片，让人非常不安，以此来证明此事。这些脚印都是警犬狂吠整晚之后发现的。

　　7 月 18 日上午，那天是星期三，我收到了从贝罗斯福尔斯发来的电报。艾克里在电报中说，他刚寄出那块黑色的石头，现在已经在波士顿到缅因州铁路系统的 5508 号列车上了。这趟列车在中午 12 点 15 分准时离开贝罗斯福尔斯，将于下午 4 点 12 分到达波士顿北站。我感觉这块石头最迟将在第二天中午抵达阿卡姆，所以，我星期四上午一直待在家里等它。但是，到了中午之后，我还没有等到那块石头。所以，我给邮局打了个电话，邮局那边的人说并没有收到任何邮寄给我的东西。这种回复让我非常吃惊，我马上给波士顿北站的快递代理员打电话，他们告诉我那里根本没有我的货物。前一天，5508 号列车只晚点了 35 分钟，但是那趟列车上没有给我的包裹。只是，工作人员答应我会对此事进行调查。我当天晚上就给艾克里写了一封信，大体告诉了一下当天发生的情况。

　　次日下午，波士顿铁路办公室完成了对此事的调查报告，速度很快，值得夸赞。工作人员在弄清楚整个事情之后，赶紧打电话通知我。5508 号列车上的铁路快递工作人员想起当天发生的一件事，好像跟我的包裹丢失有关：下午 1 点多，火车暂停在新罕布什尔州基恩车站，该工作人员与一个男子起了争执。那个男子长得很瘦小，口音有些奇怪，身上到处都是灰尘，看上去很土。该工作人员说，当时那个男子对一个很重的盒子很感兴趣，还说那是他的。但是，列车乘客名单和公司邮寄记录里都没有他的名字。他说他叫斯坦利·亚当斯，他的口音很奇怪，发出很重的嗡嗡声，口齿不清。那名工作人员听到这种声音之后感觉头昏脑涨，昏昏欲睡。这名工作人员记不清他们争吵过后发生了什么，只记得当火车离开站台时，他才清醒过来。波士顿办公室的工作人员还跟我说，别人都认为那个工作人员很年轻、很诚实，比较靠谱；而且，他的家庭情况也都清白，已经在公司工作很久了。

那天晚上，我从邮局大厅里获悉了这名工作人员的名字和住址，亲自去波士顿与他见面。他很坦诚豪爽，很让人喜欢。只是，我觉得他跟我说的和我之前听到的消息基本差不多，也没有更多消息。很奇怪，他竟然不太确定是否能够认出那个与他发生争执的怪人。一番谈话之后，我感觉他不能给我提供更多信息，所以我就回了阿卡姆，当天晚上分别写信给艾克里、快递公司和警察局，还有基恩车站的代理员，写完时已经到了第二天凌晨。我觉得，既然那个怪人能够这么奇怪地影响那个年轻工作人员的精神状态，肯定是整个邪恶事件中的一个关键人物。所以，我想从基恩车站的工作人员以及电报局的记录开始调查，希望那里的人员和记录能帮我查到这个怪人的情况，并且能够查清楚他在什么时间、什么地点、用什么方式询问车站的工作人员。

但是，我必须承认我的调查一无所获。确实有人在7月18日下午一两点在基恩车站旁边看到过那个声音怪异的人，有一个闲逛的人隐隐约约看到那个男子带着一个很重的箱子，但是他对那个男子毫不知情，之前也从来没有见过这个人，后来也没有见过。根据当前所获得的信息来看，那个奇怪的男子没有去过电报局，也没有从那里收到过任何东西；办公室也没有告诉任何人将那块黑色的石头放在了5508号列车上。发生这件事情之后，艾克里也对此事展开了一番调查，他还专门去了一趟基恩，去询问车站附近的人们；但是，他觉得这件事是命中注定的。他好像觉得那个装着黑色石头的盒子在途中丢失是必然的。此外，我们也不再希望能够找到它了。后来，艾克里还说那些隐藏于深山里的神秘外来物种和它们的傀儡肯定具有某种神奇的催眠本事和心灵感应能力；他还在一封信中暗示这块黑色的石头可能还在地球上的某个地方。对我来说，这件事情太奇怪了，让我很生气。我觉得自己本来有机会根据石头上历史悠久的已经模糊不清的象形符号找到一点线索，说明一些让人惊讶的东西。若不是艾克里后来很快给我寄来了很多信，我可能会一直对此事觉得很遗憾。后来，艾克里给我寄来了信，信中说那些藏在深山中的恐怖的东西最近发生了一些变化，这让我将所有的注意力都转移到这上面来了。

四

艾克里战战兢兢地写这封信时，可以看出他内心是何等恐惧，这让我觉得他很可怜，很同情他。他在信中说，它们最近好像是决心将他包围起来，慢慢靠近他的住所。在漆黑的夜晚，或者在月光昏暗的夜晚，他的警犬不停地咆哮，让人非常害怕；即使在白天穿过偏僻的小路时，他也能感觉到自己好像一直在被监视着，它们想阻止他做任何事情。8月2日那天，他开车去乡村，公路上有一截粗树干挡住了他的去路。那个时候，他车上两只大型警犬开始狂吠不止。很显然，这是在告诉他：当时那些东西就藏在周围。如果没有带这几只警犬，后果将不堪设想。不过现在，他每次出门都会至少带两只忠实、强壮的警犬。

此外，8月5日和6日公路上也有一些情况发生：有一次，有人朝他车里开枪，子弹从车身擦过；另外一次，门前的警犬又开始狂吠，提醒他好像房屋周围有不好的东西。

8月15日，我收到了一封逻辑不清的信。这封信打乱了我的思绪，让我感到很恐惧。读完这封信之后，我希望艾克里能放下他孤僻寡言的习惯，去报警，寻求法律援助。他在信中说，8月12日晚上，有人在他的农舍里开枪，瞬间子弹横飞。次日早上，他发现自己养的十二只警犬死了三只。房子旁边有大量爪印，其中还有沃尔特·布朗的脚印。这种情况下，艾克里马上又从伯瑞特波罗订购了一些警犬，但是他在电话中没有来得及说几句，就发现电话线被人切断了。后来，他专门开车去了伯瑞特波罗，在那里他知道了线路工人们在纽芬北部人迹罕至的深山中有所发现，在这里铺设的主电缆已经全被切断了。他在那边又购买了四只健壮的警犬，还为那支大口径步枪购买了几箱弹药。他在带着警犬和弹药回家之前，在伯瑞特波罗的邮局中给我写了这封信并且将其寄出。这封信来得很顺利。

这时候，我对这件事情已经从科学客观转为对人身安危的关注。一方面，我很担心独居在偏僻农场里的艾克里，另一方面，我也担心自己的安危，我最近已经参与到深山中的这起诡异事件中了。这时候，事情有进展了，它会涉及我，并且将我干掉吗？我在给艾克里的回信中力劝他赶紧去找人帮忙，并且对他说，如果到现在还保持沉默、按兵不动，我就会亲自采取必要的行动了。我顾不上他的劝诫，在信中对他说自己要去佛蒙特州一趟，帮他跟有关部门说清楚情况。但是，我只收到了一封从贝罗斯福尔斯发来的电报，上面写着："谢谢支持，没有用的。一定不要来，不然只会伤害到我们两人，以后再解释吧。亨利·阿克力。"

但是，事情越来越糟糕。我回复这封电报之后没多久，就收到了艾克里的回信。他在信中说，他根本没有给我发过任何电报，也没有收到我之前寄出的那封信，这让我非常震惊。艾克里在收到信之后赶紧去贝罗斯福尔斯询问相关事宜，得知这封电报是一个男子发出的。那个男子长着一头浓密的头发，声音很奇怪而且很低沉，有嘶嘶的声音，邮局的工作人员也不知道更多具体的情况。后来，工作人员还让艾克里亲自看了一下发件者书写的电报原文。电报是用铅笔书写的，字迹很潦草，艾克里从来没有见到过那种笔迹。很明显，那封电报上的签名是错的，写成了"阿克力"，不是"艾克里"。艾克里肯定会对此有些猜想，就算是危急关头也拦不住他向我描述详细的情况。他对我说，他的警犬又死了几只，后来他又去买了很多；他还买了枪支弹药。因为在每个漆黑的夜晚，它们都成了必要的防身武器。他最近经常在农场后院看到布朗的脚印，在那些奇怪的爪印中间至少有一两个鞋印。艾克里觉得这件事糟糕至极，他还说不管能否将这座房子卖掉，都要尽快搬到加利福尼亚州和儿子一起生活。但是，离开唯一的家乡并不简单，他需要再忍一下，或许能够将那些可怕的侵略者吓跑。他已经表明不再采取任何行动，不再进一步打探它们的秘密。

我赶紧给艾克里回信，再次提了一些有用的建议，并且说我想去见他，并且帮他跟有关部门解释，帮他解围。从他的回信中可以看出他没有像之前那样坚决反对，只是说他想再坚持一段时间，整理一下所有的东西，然后说服自己永远离开家乡。

因为周围的人们肯定都怀疑他的研究和推测，所以他得悄悄地走，最好不要引起村民的注意，也不让他们产生怀疑。他觉得他快崩溃了，如果可能的话，他还是希望能够坦然离开那里。

8月28日，我收到了这封信。读完信之后，为了鼓励他，我又写了一封支持他的回信。可能是我给他的回信帮了忙，他在回信中没有提起那些恐怖的事情。事情虽然如此，不过他还是有些悲观，并且在信里说最近比较平静，可能是因为现在是满月，月光皎洁，那些怪物不敢太明目张胆地行动。他希望最近晚上不要有云彩，并在信中隐约地提起月亏时他就去伯瑞特波罗去住。后来，我又写了一封回信，还是鼓励和支持他。只是9月5日那天，我收到了一封回信，很显然不是针对我那封信的回信，是艾克里给我寄的一封新信。针对这封信，我不能再给予充满希望的答复了。这封信很重要，考虑到这一点，我觉得最好还是根据记忆将其原封不动地写出来，内容大概如下：

星期一
亲爱的威尔马斯：

这封信是自我上封信之后紧接着写的，我要说一些令人难过的事情。昨天晚上阴云密布，虽然没有下雨，但是月光被乌云遮住了。情况非常糟糕，尽管我们一直希望事情有所改善，但我想我可能要完蛋了。过了半夜，不知道什么东西砸到了屋顶上，警犬马上跑过去看了一下。我能听到它们在房子附近撕咬、到处乱窜，其中一只甚至从低矮的侧房跳上了屋顶。一场可怕的厮打发生了，我还听到了让人害怕的嗡嗡声，这声音让我终生难忘。后来，还有一种可怕的气味传来。几乎同一时间，屋外飞来几颗子弹，打破了窗户上的玻璃，与我擦肩而过。我想这时候警犬正忙着和屋顶上的怪物作战呢，它们的大部队借此机会来到了这座房屋旁边。我不知道屋顶上战况如何，只是担心它们早就掌握了更好地控制遨游太空的双翼。我将屋里的灯光熄灭，倚靠在窗口上进行射击，将步枪倾斜到一个高度，这样就不会打中警犬。我朝房子四周扫射了一圈。也许正是因为我的反击，那天晚上它们没有再发起进攻。次日早上，我看到院子里到处是血迹，旁边还有绿色黏稠物，并且有一股从未闻过的恶心味。我爬上屋顶，看到那里有更多绿色黏稠物。我四处查看了一圈，发现五只警犬被杀死了。其中有一只可能是因为我反击时枪口太低被误杀，它是从背后中枪的。现在，我在修理枪战中损坏的窗户，并打算去伯瑞特波罗再买些警犬回来。养狗场的工作人员可能觉得我疯了吧。先写到这里吧，过几天我再给你写信。我可能在一两个星期内就搬走，虽然每当想起要离开这里时就感觉心如刀绞，但是我必须得走了。

匆忙执笔

艾克里

这并不是艾克里寄给我的最后一封信。第二天早上，9月6日那天，我又收到了他的另一封信。这封信中的字迹非常潦草，我都有些泄气了，很茫然，全然不知后面该怎么说或者该怎么做。我只能再次凭借记忆将这封信的原文复述一遍：

星期二

天空的乌云依然没有散尽，今天晚上还是没有月亮。无论天气阴晴，月亮一直在慢慢亏缺。若不是我知道它们会在电缆修好之后立即再次将其切断，我肯定会让整个房屋通电，然后安一个探照灯。我觉得我可能是疯了。也许我写给你的所有的信都只是说了一个梦境或者是在发疯时的胡言乱语。曾经的一切本来就够糟糕了，但是现在的情况更糟糕。

昨天晚上，它们和我对话了。它们用那种邪恶的嗡嗡声和我讲了一些事情，我都不敢向你重复。警犬在狂吠，我清晰地听到了它们的声音。有时候，我还听到了它们的人类代言人的声音。威尔马斯，你不要再插手此事了！这件事情比我们想象的更糟糕。它们现在已经计划阻止我去加利福尼亚了，它们想让我消失，或者说想让我发疯。它们不仅要将我带到犹格斯星球，还有可能带到那个星球之外的太空，银河系之外甚至宇宙之外的空间里去。我对它们说，我不会如它们所愿，也不会让它们按照它们的恐怖计划将我带走，只是我的警告苍白无力。我的住处太偏僻了，很快，它们就会在光天化日之下放肆地来到我这个地方，犹如在晚上一样。今天，我发现我的六只警犬又被杀了。白天时，我开车去伯瑞特波罗，走过林间的公路时，我一直都感觉到它们就在附近。之前，我将录音带还有那块黑色的石头寄给你，这本来就是个错误。你最好尽快销毁那个录音带，不然后悔莫及。如果我还在这里，明天再写信给你。我希望我能将书籍和其他东西都收拾好，然后带着这些东西到伯瑞特波罗去。如果行的话，我会不顾一切地逃跑，不过我的有些意识在阻止我这样做。我可以偷偷地跑到伯瑞特波罗，那里对我来说应该是安全的。不过就算我到了那里，也感觉和在这里差不多，感觉一直在被监控。我知道就算放弃一切、尽最大努力也于事无补了。事情太恐怖了，你就别再插手了。

你忠实的朋友

艾克里

　　这封信太可怕了，我读完之后彻夜未眠。我不知道艾克里的神志是否还清醒，信的内容不着边际，毫无道理。只是根据之前发生的所有情况，他在信中说的情况虽然很可怕，但还是很有说服力的。我不想回信了，只是希望艾克里能够抽空回我给他寄出去的最后一封信。第二天，我果真收到了我想要的回信，只是信里描述的新状况让我的去信变得毫无意义。下文就是信的内容，字迹很乱，到处都是脏污，就好像是在极度疯狂和仓促的情况下完成的。

　　星期三

威尔马斯：

　　来信收悉，只是目前来看，再说什么也没意义了。我的命已经交给上帝了。我不知道自己是否还有毅力与它们抗争。就算我不顾一切地逃离这里，也摆脱不了它们，我还是会被它们抓住的。昨天，它们给我寄来了一封信，我到伯瑞特波罗时，乡村邮递员将信递给我，信封上印着贝罗斯福尔斯的邮戳。信中说它们即将对我采取一些措施，我就不跟你说详细情况了。你自己要当心！赶紧将那个录音带销毁吧。今天晚上还是多云，月亮还是在亏蚀当中。我希望能够有勇气去寻求帮助，获得外界的帮助可能会让我精神抖擞并且能够坚定意志，只是我觉得所有敢来这里的人都会觉得我疯了，除非我有确凿的证据。我不可能平白无故地就将其叫到这里来，多年来，我几乎没有和外界联系过。还有，威尔马斯，我还没有跟你说最糟糕的情况呢。我强打着精神跟你说下面的事情，你会更吃惊的。我现在跟你说真实的情况吧。

我现在真真切切地看到并且接触过其中一个怪物，或者说是这个怪物的一部分。天啊，太恐怖了！当然，它已经死了。它被我的猎犬逮住了，早上我在养警犬的房子周围发现了它。我想将它放在柴房，借此让别人相信整个事情的经过，但是它在几个小时内就消失不见了，没有留下任何痕迹。你知道的，曾经在河面上漂浮的那些东西只不过是在发了大洪水之后的第一个早上被人看到过。但是，最可怕的是，我当时想将它拍下来寄给你，但当我冲印照片时，发现照片上只有柴棚，其他什么都没有。它们到底是由什么组成的呢？我亲眼看到过，也亲手摸过，而且还看到过它们的脚印，所以它们肯定是由什么物质组成的。但到底是什么物质呢？我根本不知道怎么形容它的外形。它就好像一只大螃蟹，本来应该是头部的位置，长了很多角锥状肉环或肉瘤，黏稠，肉嘟嘟的，还有很多触角。我之前说的绿色黏稠物是它的血液或者体液。目前，每分钟都有更多这种东西来到地球上。

此外，沃尔特·布朗消失不见了。他之前经常在村庄街角四处溜达，现在我在这里都找不到他的踪影了。肯定是我开枪将他打中了，这些怪物将它们的伤员或者死者带走了。今天下午，我很顺利地到达镇上。只是，我害怕它们不想再接近我，它们觉得我肯定在劫难逃了。我在伯瑞特波罗的邮局写这封信，可能这是最后一封信了。请给我的儿子乔治·古迪纳夫·艾克里写封信，他住在加利福尼亚圣地亚哥普利斯特大街 176 号。你就别来这里了。如果你在一个星期之后还没有收到我的任何信件，也没有看到报纸新闻里有关我的消息，就写信告诉我的儿子。

我还有两张底牌，如果我的意志力还够坚定，我就要甩出这两张底牌了。首先，我想用毒气来对付它们（我买到了适当的化学制品，并且已经给我本人和我的警犬准备好了防毒面具），如果毒气没法将其杀死，我就告诉警察局长。如果他们觉得我疯了，就将我关到精神病院去。即使这样，也强过让那些怪物折磨我。虽然房子周围的脚印比较模糊，但是每天早上都会有脚印，或许我能让警察看到这些脚印。只是因为警察觉得我性格古怪，他们可能会觉得是我用某些方法伪造了这些脚印。我一定想办法让一个警察晚上住下，让他目睹一下所发生的事情。只是，它们可能从别的渠道知道此事，那天晚上就不来了。现在，只要我想办法去拨电话，它们就会将电话线切断，维修线路的工人觉得太奇怪了，如果他们还在这里，若知道不是我将电话线切断的，他们就可以给我当证人了。我已经一个多星期没让他们帮我维修电话线了。我可以找一些村民来帮我证明那些可怕的怪物，但是别人肯定觉得这些人说的话太好笑了，不会放在心上。况且，他们很长时间以来一直故意避开我的房子，因此他们不知道这里最近发生了什么。不管怎么样，都不能从这些愚民中找到一个微笑着来到我的房子里的人。邮递员经常听他们说一些话，并经常对我冷嘲热讽。我的天，如果我将这件事的真相告诉他该多好啊！我觉得我会让他去看那些脚印，只是邮递员只有下午才来，那些脚印到了下午就消失了。如果我用盒子或者平底锅盖将一个脚印保存下来，他肯定又觉得那是假的或者是一个恶作剧。

　　我后悔一直以来都是一个人住了，若不是这样，肯定就会有很多人像以往一样经常来做客。我只给一些愚昧无知的人看过那块黑色的石头和用柯达相机拍摄的一些奇怪的照片，并没有向其他人展示过，也没有去播放过那些录音带。原因是他们觉得我是主谋，只会嘲笑我，并没有别的。但是，我可能会让他们看到那些照片。即使照片中没有那些东西的影子，却能将它们留下的脚印清晰地显示出来。今天早上，那个怪物在消失之前没有别人看到，真是太遗憾了。

　　我知道我并不在乎这些。经历了这么多荒诞的事情之后，对我来说，或许精神病医院是个好归宿。那里的医生们能够帮我重构思想，让我将这间屋子里发生的事情遗忘殆尽，让我彻底摆脱这一切，这样可以拯救我。如果以后收不到我的消息，就尽快给我的儿子写信吧。再见，将那个录音带销毁，不要再卷入其中了！

你忠实的朋友

艾克里

　　老实说，读完这封信之后我就陷入了无限的恐惧当中。我不知道怎么回信，只能用一些零零碎碎的语句来给点建议和鼓励，然后用挂号信寄出去。在回信中，我催促艾克里赶紧搬到伯瑞特波罗寻求政府庇护，说我将带着那些照片去他所在的城镇向地方法院证明他是个精神正常的人。我觉得我该写点什么警告大家注意防范潜伏在人们当中的一些生物了。由此可见，我在这种关键时刻完全信任艾克里说的一切，虽然我觉得他不能拍摄怪物尸体的照片不是因为怪物真的那么违背自然规律，而是因为他非常兴奋造成的失误。

<h1 style="text-align:center">五</h1>

我在 9 月 8 日星期六下午又收到了一封信，但是这封信不是针对我之前那封信的回信。与之前信的内容截然不同，这封信是用打字机工整地打印出来的。信中说了一些让人欣慰的话，并且邀请我前去，这与在深山中发生的噩梦般的恐怖事件完全不同。我再次根据记忆将这封信的原文叙述出来。由于一些特殊原因，我尽量将这封信原来的风格保留了下来。信封上的邮戳是贝罗斯福尔斯，寄件人的签名和信件的正文一样，都是打印出来的，对刚学会打印的新手来说，这种情况很普遍。只是，信中的内容非常准确，不像是初学者所为。因此，我判断艾克里之前在上大学时肯定用过打字机。这封信虽然让我绷紧的神经暂时放松了一下，但还是会感到很不安。如果艾克里在万分惊恐的状态下还能保持理智，他的这封信也是正常的吧？他在信中提到"关系缓和了……"到底是什么意思呢？这封信的风格与艾克里之前的态度大相径庭！我凭借还算可以的记忆将这封信的原文认真复述下来，如下：

佛蒙特州汤恩森德
致马萨诸塞州阿卡姆密斯卡托尼克大学
阿尔伯特·N. 威尔马斯先生
1928 年 9 月 6 日星期四

亲爱的威尔马斯:

　　我之前在信件中告诉了你那些愚蠢的事情,我希望你读罢此信之后能够放心。我用"愚蠢"这个词来形容,是指我受到惊吓之后对事情的看法,而不是指我在信中描述的那些怪事。那些情况是真的,有很重要的意义。但是,我错误地用了一种不恰当的违反常规的态度去对待它们。我认为信中提起的那些不速之客可能在想办法跟我联系,并且尽力跟我交流。昨天晚上,我们对话了。它们发出了某种讯号,我对其做了回应。得到我的许可之后,包围我房屋的那些生物派了一名使者来到了我的房子里,那是一个人。接下来,我大概说一下当时的情况。他说了许多我们意料之外的事情,并且向我证明了我们完全误判和曲解了那些外来生物一直在地球上建立秘密基地的目的。关于它们曾经给人类带来了什么,还有它们希望从地球上得到什么,这些邪恶的传说都是因为对古老传说无知的误解和扭曲。那些传说都是以我们人类的文化背景和习惯为基础的,已经定格了,其实,跟我们的想象有很大区别。我的无端推测已经超越了那些没文化的村民和野蛮未开化的印第安人的任何猜想。我曾经觉得恐怖的、恶心的东西,其实是令人敬畏的,这些可以丰富人们的想象力,甚至可以说是伟大的。之前,我的猜想和判断只是人类永恒时代中一个阶段的思维趋势,在这个阶段,人们总是会对与他们截然不同的事物表示憎恶和害怕,甚至想逃避。

　　那些夜晚,我与它们发生了一些小冲突,在这个过程中,我对这些不速之客造成了伤害。现在,我对此感到后悔和抱歉。如果我一开始就同意跟它们冷静地交流该多好啊!不过,它们不恨我，它们完全不同于我们人类。此外，它们在佛蒙特州找到了一些处于社会底层品质恶劣的人当代理，这真是它们的遗憾。不久之前的沃尔特·布朗就是个例子，他让我们对这些怪物误会很深。实际上，它们并不是故意伤害人类，是我们误会它们了，并且对它们严密窥视。有一群邪恶的人组成了一个秘密小组，我将这个组织与哈斯塔、黄色印记联系在一起，你在神秘主义学识方面见地颇深，像你这种人应该会理解的，这个秘密小组代表着某些来自其他方面的邪恶力量，正在全力追击它们。为了对付这些攻击者，那些怪物才积极响应，并不是针对普通人类的。顺便说一下，我们丢失的那些信件也不都是被它们偷走的，而是那些恶意的神秘小组派出的间谍所为。那些怪物本来希望和人类和平共处，互不干涉，然后进一步加强交流。因为我们的发明和设备延伸了人类的知识范围和行动能力，这些科技知识的发展让那些怪物无法在地球上设立秘密基地，因此，对它们来说，很有必要与人类加强沟通交流。它们希望能够更好地认识人类世界，也希望有一些掌握领先哲学和科学知识的人能够对它们有更好的了解。通过知识交流，它们和人类之间能够和谐共处，还能建立一种让彼此满意的生活方式。它们肯定不会想方设法去奴役人类或者逼迫人类退化，这种说法太荒谬了。这种关系刚刚开始改善，它们很显然会选择我当它们在地球上的主要代言人，因为我对它们有很深的了解。昨天晚上，它们还跟我说了一些让我非常吃惊的实际情况，让我开阔了眼界。以后，它们还会以口头和书面的方式让我了解更多事情。它们希望我最近不要外出，只是这段时间之后，我很想且很可能会外出，我会用一种特殊方式去体验迄今为止还无人体验过的神秘旅程。它们以后再也不会侵犯我的住处了，一切都会恢复正常，我也不需要再养警犬了。现在，我不害怕了，反而觉得学识和智力上的冒险会让我精神饱满，这种快乐的感觉只有很少人才有机会体验。

据目前所知，在宇宙中或者宇宙之外的所有时空成员里，那些怪物有可能是最厉害的有机生命体。跟它们相比，其他生命都很低级。如果必须用地球上动植物术语来表达它们的物质构成，它们的生命形式更像是植物。它们的构成当中有几分属于菌类植物，身体里却存在一些跟叶绿素相似的物质，还有非常奇特的营养系统，这让它们完全不同于真正的真菌类植物。实际上，这个物种是由另一种物质构成的。这种物质跟地球上的任何物质都不同，它们本身带着截然不同的电子振动率。我虽然能用肉眼看到它们，但是地球上的普通相机却无法捕捉到它们的影子，原因就在这里。只是，如果掌握正确方法，任何一个化学家都可以制作一种感光照相乳剂帮助摄影机拍摄它们的影像。它们的特点就是能够以有形的实体在没有热量和空气的太空穿梭，但是它们的部分变异物种只能靠着机械设备的协助或者某些怪异的外科手术来完成这个动作。

此外，其中只有小部分变种才具有生活在佛蒙特州的这种生物具备的遨游太空的双翼。那些在深山老林中栖息的种族，是用其他方式到达地球的；从外表来看，这个种群更像动物，且它们的构造也更像我们所理解的物质构造。与佛蒙特州种群相比，它们的进化过程是平行的，不是密切的亲属关系。佛蒙特州种群生物的脑容量比现有的其他任何生物的脑容量大得多。即便这样，也并不说明在我们附近丘陵一带生活的有翅膀的物种就是这种物种的最高级生命形式。它们通常利用心灵感应进行内部交流，但是也基本都有发声器官，通过一种小手术，基本上能够模仿出用语言作为主要交流方式的有机体物种使用的所有语言，它们精通这种让人不可思议的手术，做手术是稀松平常的事情。这个种群基本上生活在太阳系边上的一颗行星上。这颗行星位于海王星之外，是太阳系中的第九颗行星，人类迄今为止还没有发现它，原因是这个行星基本上不发光。

就好像我们之前所推测的那样，那些古老的禁书中暗示的"犹格斯星球"说的就是这颗行星。因为我们的世界正在尽量促进精神上的沟通和交流，那里很快就会是一个奇特的聚集地。如果天文学家能够充分感受到这些精神交流，就会发现犹格斯星球。当然，前提是它们同意，所以我并不吃惊。只是，犹格斯星球只不过是一块垫脚石罢了。大多数这种生物都在一些有序的奇怪深渊当中，那些深渊完全超过任何人类的想象力。人类觉得宇宙由所有时空中的实体组成，这种宇宙只不过是那些种族庞大的真实世界中的一个原子罢了。庞大的世界也有浩瀚的知识，人类的大脑根本不够用。现如今，那些广袤的知识海洋正在逐渐敞开大门。自从地球上诞生人类以来，最多50个人享受过这样的神奇经历。

威尔马斯，你一开始可能觉得我在说胡话，但是，终究会有那么一天，你能体会到我在无意间得到了多么好的机遇。我希望尽量与你一起来分享。我想跟你说很多事情，但是无法用语言表述。我之前一直警告你不要贸然前来跟我见面。现在一切都安全了，我愿意收回那些警告，并且真诚地邀请你来我这里。不知道你会不会在开学之前来这里一次呢？如果你愿意，我想这段旅程肯定会让你感到很开心。来的话，请带上那个录音带，还有我写给你的所有信件，以作为我们讨论的素材，我们需要用它们详细说明这个奇特事情的来龙去脉。在最近这种惊险刺激的经历中，我将拍摄的底片和洗出来的照片丢失了。但是，我需要给这些一开始摸索出来的一手资料添加一些真凭实据，还要对这些附加的事实进行伟大的设计。因此，来时最好带着那些相片的复印件！

别再犹豫了！我现在已经不被它们监视了，你也不会遇到任何危险。你来吧，我开车到伯瑞特波罗车站接你，你准备一下在这里尽量多待一段时间，我想跟你彻夜讨论那些让人匪夷所思的事情。开往伯瑞特波罗的列车的服务很好，你可以在波士顿查到具体的时刻表。你可以乘坐波士顿到缅因州的火车，先在格林菲尔德下车，然后换乘短途车就可以到达了。我觉得你最好乘坐下午4点10分离开波士顿的那趟火车，这辆车于晚上7点35分到达格林菲尔德，晚上9点19分那里会有去往伯瑞特波罗的火车，晚上10点1分将到达。确定好的话，就跟我说具体的日期，我开车去站台接你。

请原谅我用打字机来写这封信。你知道我最近写信的字迹都非常潦草凌乱。我觉得自己不能再写很多内容了，因此才用打字机来写信。这台新的日冕牌打字机是我昨天在伯瑞特波罗买的，很好用。我期待你的来信，希望你能带上那个录音带，还有我所有的信件和那些柯达相机的复印件尽快过来。

期盼着你的到来

亨利·W.艾克里

这封信的内容出乎我的意料，我反复阅读，并且陷入深深的思考当中。我当时的心情非常复杂，无法用语言表达。我曾经说过，读完此信之后，我很快如释重负，但总是惴惴不安。这种说法只是大体概括了我当时的复杂心情。这种很复杂的心情夹杂着一些轻松和不安的焦急，我自己也搞不明白。首先，信的内容完全不同于艾克里之前描述的那些恐怖场景，之前那种极度的恐惧变成了冷静的满足，还有些狂喜，这种反差太让我意外了，而且这种变化太快、太彻底！不管艾克里在信中说有什么让人欣慰的秘密，我都无法相信仅仅才一天的时间，他的转变会如此之大。再说了，艾克里在星期三时还给我写了一封告别信，信中言语疯狂。一会儿之后，我开始怀疑，产生了一种完全矛盾的假象：难道在远方的深林里发生的整个事件的大多数情景都是我自己虚构的？接着，我又想起了那个录音带。所以，这一切让我更加茫然不知所措。

这封信几乎完全出乎我的意料！当我开始分析自己的感受时，感觉它包括两个完全不同的部分。首先，我断定艾克里之前是正常的，他的头脑清晰、神智健全，到现在也是正常的。另外，艾克里的表达方式、态度以及语言都发生了很大的变化，这些变化远远超出正常的或者能够预料的范围。就好像不知不觉中，他的人格和个性都发生了翻天覆地的变化。他的这种变化太大了，两种完全相反的态度让我搞不明白他之前的心智和现在的心智是否正常，所以我不知所措。他的措辞和拼写习惯也发生了彻底变化。我对学术方面的文风是非常敏感的。根据这种敏感，我觉得他平常的反应和信中的回应有很大区别。一个人的情感发生彻底的变化，其遭遇的情感波动肯定是极端偏激的！只是，从另一方面来看，信中还反映了艾克里的特点，他仍然热情追求无限的可能，学者才有那种强烈的求知欲。我多次怀疑过这封信是否是假冒的，或者被人恶意地篡改了。但是，信中邀请我亲自去看个究竟，这部分内容是真是假，不正好证明这封信的真实性吗？

那天晚上我彻夜未眠，整个晚上都坐在椅子上，考虑这封信背后隐藏的秘密和神奇。我头疼欲裂，脑子里反复掠过四个月以来必须面对的那些恐怖情景，又在各种怀疑和信任中去思考这惊人的一切。在这个过程中，我再次回忆起曾经面对那些怪异的事情时我的所思所想。到了深夜，我心中油然升起一股强烈的好奇心，我之前夹杂着困惑或者不安的复杂情绪逐渐消失了。不管是疯狂的还是理智的，不管是从里到外的根本变化还是短暂的缓解，艾克里确实已经对自己的危险探究有了不同的看法；某些情况的变化很快就帮他解了围，不管这种情形是真的还是幻想出来的，这些根本变化也让他以全新的角度去了解太空和一些超出人类的知识。读了这封信之后，我也突然对未知的情况充满了好奇心。我还觉得自己被越来越强烈的突破障碍的念头深深触动了，放弃那些郁闷且讨厌的有关时空和自然的限制，与茫茫无际的外界建立联系，以此接近那些黑暗得深不见底的无限终极秘密。这件事情的确值得用性命、灵魂和智力去冒险！再说了，艾克里跟我说现在已经完全安全了，他不再像曾经那样跟我说不让我去，而是极力邀请我去跟他见面详谈。当我想到他可能要跟我说什么时，我就非常激动。我禁不住想到自己坐在那个偏僻的农舍当中，那里不久之前还被围攻过，在那里跟艾克里讨论那些真实存在的外来物种，身边还放着一沓艾克里之前写的信件和一卷可怕的录音带。这些都让我沉迷其中无法自拔。

所以，我在周日上午给艾克里回了电报：若方便，我将于下周三，即 9 月 12 日去伯瑞特波罗见面。只是，我没有按照信中的建议选择车次。我实在不想半夜三更抵达佛蒙特州那种诡异的地方，所以打电话给车站选择了另外一趟车。我一大早就起来了，然后乘坐去往波士顿的列车，8 点 7 分到达，之后搭乘 9 点 25 分前往格林菲尔德的列车，中午 12 点 22 分到达。我刚好可以赶上下午 1 点 8 分抵达伯瑞特波罗的列车。与其晚上 10 点 1 分见到艾克里，然后跟他一起驶入神秘的林间区域，不如在这个点见面更放心一些。

我发电报时，跟他说了我选择的列车。艾克里晚上给我回电报了，他同意我这个选择。他给我发的电报内容如下：

我同意你的计划，我会在星期三下午 1 点 8 分去车站接你，别忘了拿录音带、信件还有照片。请对行程保密，期待见到你。

艾克里

我收到的这封电报是艾克里直接回复的。要做到这一点，必须经过官方的邮差，或者是用修好的电话线将我的电报内容从汤恩森德站发送给艾克里。出于这方面的原因，我不再怀疑那封曾经让人匪夷所思的信了。我如释重负。实际上，我现在也无法描述那种特别轻松的感觉，心里不再有任何疑虑，不再每天惴惴不安。当天晚上，我睡得很香，睡了很久。在后来的两天里，我开始为去伯瑞特波罗着手准备一切。

六

星期三，我按计划出发。我带了一个小行李箱，里面放了一些日常用品和资料，还有那卷恐怖的录音带、柯达照片的复印件及艾克里给我写的所有信件。按照他的要求，我没有向任何人说过这次出行的目的。原因是，我觉得既然事情已经有了转机，还是尽可能保密为好。跟外星生物进行实际接触和交流，就算是我了解情况且有心理准备也会让别人非常吃惊。要是毫不知情的人知道这件事，还不知道会怎么想呢。我在波士顿换乘，然后向西驶去，火车慢慢离开了我熟悉的地方，到了一个完全陌生的地方。我此时也不知道自己的心里到底是恐惧多还是对这次冒险的期待多。火车途经沃尔瑟姆、康科德、艾耶尔镇、菲奇堡、加德纳和亚索尔。

我乘坐的火车晚点了七分钟到达格林菲尔德。幸好往北开的那趟快车还没有离站，我急忙赶上那趟快车。午后阳光明媚，火车驶入一片我在信里见过但却没有到过的地方，耳畔萦绕着车轮撞击铁轨的隆隆声。我突然觉得有一种说不出来的紧张，压抑着我，让我无法呼吸。我知道我正在朝新英格兰地区方向行进，这些年来我一直生活在发达的沿海城市和南部地区，这边与那里相比发展相对落后，还比较陈旧。先人们曾经在这块土地上生活过，这里环境好，没有外来人员，没有工厂的烟雾缭绕，也没有富丽堂皇的广告语，没有水泥路，这里的一切都很原始。还有一些土著居民世代生活在这里，这些人祖祖辈辈都生活在这里，他们是这块土地真正的主人。这些土著居民时至今日还保留着一些奇怪且古老的记忆，也正是因为这个，那些鲜为人知的神秘且阴暗的信仰才有了滋生的土壤。

我不经意间往车窗外望去，只见阳光普照下蓝色的康涅狄格河闪闪发光。火车经过诺斯菲尔德之后，穿过康涅狄格河，正前面是一片长满茂密植被的绵延起伏的群山，充满神秘的色彩。我是在列车员来到车厢之后才发现自己已经到了佛蒙特州。列车员让我将表朝后拨一个小时，因为最新的夏令时制不适用于北方的丘陵地带。我将时针往后拨的瞬间，就好像将日历往前翻了一个世纪。

火车沿河而行，河对岸是新罕布什尔州。我从车窗里往外看，只见火车逐渐靠近怀特斯提奎特峰的陡坡，各种古老怪诞的传说从那里的深山中流传出来。后来，我看到左边有街道，右边是缓缓流淌着的河流，河流中间有一座绿色小岛。此时，人们蜂拥起身朝车门边挤过去，我也跟在他们后面。火车到站了，我走下火车，来到了伯瑞特波罗车站的站台上。

站台外面有一排正在等人的汽车，我扫了一眼，想找到艾克里的福特车。但是，正在我找车之时，竟然有人认出了我。他朝我径直走来，并且伸出了手，问我是否是阿卡姆的阿尔伯特·N.威尔马斯，他的声音稳重且带有磁性。只是，他并不是艾克里。他跟照片上的艾克里完全不同，艾克里的头发花白，还留着胡子。但是这个人的衣着考究，留着黑色的小胡子，看上去很年轻，而且很有素质、很有礼貌。他的声音很奇怪，好像在哪里听过似的，这让我感到有些不安，但我忘了曾经在哪里听到过这个声音。

我向他询问艾克里的情况，他说他是艾克里的朋友，代表艾克里从汤恩森德过来接我。艾克里突然犯了哮喘病，不能开车来接我。他说艾克里的病情并不算太严重，所以并没有决定改变我来访的计划。我不知道诺伊斯先生（他是这么介绍自己的）对艾克里之前的研究和发现知道多少，但是我看到他一副若无其事的样子，由此感觉他好像对整个事情并不了解。我想到艾克里曾经一个人隐居，所以我对他有这么一个随时可以帮忙的朋友而感到吃惊。只是，虽然我心里有点疑惑，但依然坐上了他跟我说的那辆车。按照艾克里在信中的描述，我曾经认为他的车应该是一种老式的小型轿车，但是我坐的这辆车并不是这样。这辆车是最新款，车体很大，很干净，很完美，很明显这是诺伊斯本人的车。这辆车的车牌是马萨诸塞州的，车牌上有当年可笑的神圣鳕鱼图案。我想诺伊斯应该是夏天才搬到汤恩森德居住的。

诺伊斯上了车，在我旁边的驾驶位上坐好，立刻启动汽车。

诺伊斯在路上很少说话，这一点让我感到很开心，因为周围气氛紧张，我也不想多说话。午后，车子在经过一个斜坡后右拐转到了主干道上。这个小镇在阳光的照耀下别有一番滋味，让我充满好奇。它好像我小时候的记忆中新英格兰地区寂静古老的城市。屋顶、尖塔、烟囱和砖墙组成的轮廓，其中有些东西深深地触动了我。可以这么说，我正朝一个将我带到一个时光沉淀的地方的路上走，那里有一些古老而神奇的东西，它们长期在这个地方自由成长，没有受到任何干扰。

当汽车驶出伯瑞特波罗时，我看到了绵延起伏的茂密的群山，山势险峻。冰冷且险陡的花岗岩峭壁，还有这种深山老林中独特的氛围都很神秘，我不禁想起了一些从远古时代流传至今的未知怪物，竟然心中一颤，感觉不祥，而且这种感觉越来越强烈。有一段路，汽车始终在水面宽广的河流的一边行驶，河水不算深，但是河水可能源自北面一些神秘的山中。诺伊斯跟我说这就是西河，听到这里，我情不自禁地打了个寒战。我记得有些新闻报道过这条河，发生那次洪灾之后，人们发现了螃蟹似的怪物漂浮在水面上。

周围越来越偏僻，越来越荒凉了。山涧中间有一座破旧不堪的古石桥；一条近乎废弃的铁轨顺着河流一直往前延伸，与山涧平行，隐约散发出荒凉的味道；巨大的山谷轮廓鲜明，让人胆战，中间的悬崖峭壁突兀地耸立在那里。山间植被茂密，绿意盎然，更加衬托了新英格兰山岩中原始的阴郁和险峻；峡谷中有汹涌澎湃的激流奔腾而下，溪水在荒无人烟且非常神秘的深山沟壑中蜿蜒流淌，流向山下。经常会有一些岔路出现，绝大多数岔路都在茂密的林间，非常狭窄和隐秘。这片原始森林中有无数高大且古老的树木，也许这里藏着成千上万的精灵。看到眼前的一幕，我禁不住想起了当初艾克里开车在这条路上行驶时觉得好像一些未知怪物在阻挠他前进。这时候，我感受到了他当时的心情。

我们用了不到一个小时就抵达了纽芬的一个古村庄，那里风景别致、独特。在我们的生活当中，人们本可以尽情地去开发和占有大自然，但是这个古村庄还保留着自己独特的风格。我们离开那里之后，就将舍弃对可见可及、可随时间改变的事物的依赖，然后进入虚幻的世界中，这是悄然无声的世界。在没有人烟的茂密森林中，在荒凉萧条的峡谷里，崎岖不平的小路如同缎带一样狭窄，就好像是故意这样在林间蜿蜒曲折似的。

除了汽车的声音和途中几个农场里有一点点动静之外，我在整个行程中只听到幽暗的山林间有数不清的泉眼发出的汩汩水声。

绵延起伏的群山簇拥在一起，只有狭窄的通道，两边的山崖离我们太近了，这让我有点喘不上气来。眼前的山势比我根据传闻想象出来的更加险峻，跟我们所知道的普通世界千差万别。人迹罕至的悬崖峭壁上植被茂密，非常神秘。我觉得这些群山组成的轮廓好像也隐藏着被岁月遗忘的痕迹，就好像是传说中所说的巨人族留下来的奇怪象形符号，这种巨人族的辉煌曾经出现在极少人的梦境当中。我的脑海中不断呈现出与之有关的所有传说，所有根据亨利·W.艾克里的信件和相关物件总结出来的让人惊讶的结论，让我渐渐感觉到危险逼近。这时候，我的心头涌现出我此行的目的和一度引起恐慌的怪事，心中开始有一股刺痛的寒意，这股寒意比我迫切想要探索怪事的热情还要强烈。

诺伊斯坐在我的旁边，他可能察觉出了我内心的不安。当眼前的道路越来越荒芜、崎岖时，我们的车速也越来越慢，车子不断上下颠簸。一开始，他只不过是偶尔解说一下，后来就开始喋喋不休。他说了一些乡间美丽的风景和奇怪的事情。通过谈话，我知道他对艾克里在民间传说方面进行的研究了解很深。根据他有礼貌的提问，很明显，他已经知道我来这里进行科学探索的目的了，他还知道我身上带着一些重要的数据资料；但是，他并没有提起艾克里最后了解到的那些恐怖知识。

他行为端庄，言语正常，举手投足间很有素质。本来他的话可以让我放心并且平复一下内心，但是，汽车驶向了崎岖未知的深山老林和荒野之后，我更加不安了。不经意间，我发现诺伊斯在试探我，他好像试图了解我对这块土地上的恐怖秘密的了解程度；他说的每一句话，都让我更加觉得好像在哪里听到过他的声音，这让我感到很困惑。虽然这个声音也没有什么与众不同的地方，语气平缓，但是我感觉这种熟悉感非同寻常。不知道为什么，我总是将这种熟悉的声音跟有些已经遗忘的噩梦联系在一起，并且觉得如果我能够将这种声音辨认出来，我可能也就崩溃了。如果理由充分，我觉得我肯定会半路放弃，然后回家。但事实上，我做不到。我还想在见到艾克里之后，他会亲自和我冷静地交谈一番，我想我肯定能平复一下心情。

　　道路崎岖不平，汽车一路颠簸前行。路上的自然风光美不胜收，可以放松心情，我的心情逐渐平复。身处这个偌大的神秘世界，我失去了时间观念。周围开满了鲜花，美如仙境，我在这里又一次感觉到曾经的美好：灰白色的小树林充满古老的韵味，绿油油的草地清新自然，周围开满了秋季的各种鲜花；离树林较远的地方，有一处很小的棕色农庄，这座农庄周围都是参天的古树；就在几乎垂直的峭壁下面，开满了野蔷薇，绿草茵茵，香气扑鼻。就连阳光也不同以往，仿佛这里的一切都与众不同。除了曾经在意大利原始艺术创作中看到过这样魔幻的场景，我再也没有见过这种真实的场景。索多玛和莱昂纳多之前曾幻想过这种广阔的情景，并且在文艺复兴时期将其呈现在拱形的游廊穹顶上面，但那只是远距离的场景。我们现在正穿过的却是这样一幅广阔的画景。我仿佛从这种如梦如幻的场景中发现了神奇的东西，就好像自生下来就知道或遗传自祖先的东西，我一直在寻找，但没有收获。

　　车子越过一个陡坡之后，道路就比较平缓了，这时候车子突然停了下来。我看到左边有一片经过精心打理的草坪，这片草坪一直延伸到路边，草坪边上有一块用石灰刷白的石头标识牌。草坪的另一边有一栋两层半高的白色房屋。这栋房屋的尺寸在这片区域显得很特别。房子的右后边有一个用拱廊连接起来的谷仓、柴房和磨坊。我曾在艾克里之前寄给我的照片中看到过这个地方，所以我马上就认出来了。我看到路边的邮箱上写着亨利·艾克里的名字。这时候，我很镇定。在房子后面不远处，有一片沼泽地，那里地势比较平坦，上面没有多少树木。再往后看，有一座高耸的山峰，地势险峻，上面长满了茂密的森林，山峰上的树木参差不齐。我想那就是黑山的山巅，我们现在已经在黑山的半山腰上。

我正打算从车上将自己的行李箱拿下来，诺伊斯让我稍等，他先去向艾克里通报一声。后来，他又对我说，他在别的地方还有一些重要的事情要处理，不能在此久留。于是，他就快步走到那条通往房子的小路上。我下了车，伸展腰身，想着马上能专心和艾克里进行一番畅谈。艾克里曾经在信中说过那些可怕且怪异的围攻，他的描述现在还萦绕我的心间。但是，这时候我已经置身其中。当我想到这些时，我又一次紧张至极。实话实说，想到马上要进行有关知识禁区和外星物种的讨论，我就非常害怕。

一般情况下，与外来物种进行近距离的接触不会让人感觉期待和向往，而是非常恐惧。艾克里就是在这布满尘土的小路上发现那些可怕的爪印的。经过了漆黑夜晚的恐惧和死亡之后，就是在这里看到了那些痕迹。想到这里，我怎么也开心不起来。我漫无目的地朝周围看了一下，但是没有看到艾克里和他驯养的警犬。难道那些外来物种跟他交谈一番之后，他就立刻卖掉了所有警犬吗？如果是我，我肯定不会对艾克里最后那封奇怪的信中描述的真诚与和解表示全信。只是，他太单纯了，不谙世事，缺乏社会经验。不知道和解背后是否还有一些更深的邪恶。

思绪指引着我，我将目光转移到了布满灰尘的路面上，就是在那里，艾克里曾经发现了那些可怕的证据。前几天天气一直很晴朗，有些崎岖的路面上到处都是各种印记。虽然这个地方非常偏僻，一般人不会来，但我还是看到路上有很多车辙。我开始有些好奇，便去仔细察看那些痕迹的大致轮廓，同时也尽量压抑自己心中与这个地方有关的那些骇人幻想。这里非常安静，让人感觉阴森森的，隐约能够听到远处传来的溪流声。放眼望去，眼前都是层峦叠嶂的茂密森林，悬崖峭壁上长满了密密麻麻的黑色树木。在这里，我感受到了一种威胁，这让我心中非常不安。

此时此刻，我脑海中有一个念头一闪而过，原本不清晰的凶险和各种可怕的想象就显得无足轻重了。我突然感到非常恐惧，我的全身都僵硬了，这种恐惧让我不再好奇。路上的种种痕迹基本上都是凌乱地重叠混杂在一起的，我只是随便看看，并没有太在意。但是，当我忐忑地望向通往房子的小路和公路交会处的路口周围时，我看到了一些细微的痕迹。很显然，这时候我已经感觉到这些痕迹的可怕了，这让我非常绝望。我之前观察过艾克里寄来的怪物爪印照片好几个小时，并不是毫无用处，现在终于有用武之地了。我已经非常熟悉那些恐怖的爪印了，那些没有确定方向的爪印肯定不是地球上的生物留下的，我肯定不会搞错。我确定在那里看到了客观存在的爪印，至少有三个。这些爪印和从艾克里家里进出的大量人的脚印混杂在一起，恶意满满。而且，看上去这些爪印应该是几个小时之前留下的，也就是从犹格斯星球来的有点像菌类的生物留下来的爪印，让人感到心惊胆战。

我赶紧压抑住自己的尖叫声。毕竟，如果我真的相信艾克里在信中描述的内容，这种情景也是意料之中的。他说，他已经和那些怪物约好要和平相处了。那么，几个怪物来这里拜访也就没什么好奇怪的了。但是，我并没有觉得有丝毫的欣慰，依然感到非常恐惧。难不成有人会在初次见到外星生物留下的那些真真切切的奇怪爪印时还觉得稀松平常吗？此时，我看到诺伊斯从房间里走出来，正朝我快步走来。我想我必须保持冷静，因为他可能还不知道艾克里进行的那些惊人的调查研究，我不能让他产生怀疑。

诺伊斯急忙对我说，艾克里听说我来了很高兴，正准备来见我；只是，他很可能在一两天内无法好好招待我。艾克里这次突然犯病比较麻烦，犯病之后紧接着就发起了高烧，现在浑身没劲，非常虚弱。艾克里的病情还在发展，现在的情况不妙。艾克里只能小声说话，行动缓慢，也没法到处走动。艾克里的脚肿到了脚踝的位置，只好将双脚包扎起来，看上去就好像得了痛风。今天，艾克里的情况不太乐观，所以我只能自己照顾自己了；只是，艾克里还是希望跟我交谈。这时候，艾克里正在前厅左边的书房里呢，房间里拉上了窗帘，光线很暗。在生病的过程中，艾克里的眼睛对光很敏感，不能见阳光。

后来，诺伊斯向我礼貌地告别，他开车去北边了。我慢慢地朝那座白色的房子走去。大门半敞着，我走到门口时，小心翼翼地观察了一下周围，想确定到底是什么东西让我产生这种朦胧的怪异的感觉。库房和谷仓都很整齐，好像也没什么异常；车库的门没有上锁，门敞着，车库很宽敞，艾克里的那辆破福特汽车就停在里面。接着，我就发现了神秘之处，原来这个地方非常寂静，鸦雀无声。一般来说，农场里会饲养各种牲畜，最起码会有一些动静。但是，这里没有任何生机。鸡和狗都去哪里了呢？艾克里曾经在信中说他养了几头奶牛，有可能是将其放到草原上去吃草了吧，那些警犬也可能是被卖掉了；但是，如果连鸡也没有，就太奇怪了。

我在房子前面的小路上停留了片刻就走进了那扇大门，并且随手关上了门。我当时的内心在挣扎，这样做表明我将置身这个房子当中。我突然特别想逃跑：不是因为这个地方有凶兆或者是危险；恰巧相反，房间的走廊干净优雅，保留着殖民时代晚期的风格，我很欣赏布置这些家具和装饰物的品位。我想逃离这里，是因为有一些不好确定的细微之处：可能我觉得自己已经闻到了某些怪味吧，只是我也知道就算在最豪华的农舍里也难免会闻到霉味，没什么大惊小怪的。

七

我尽量压抑着心中的恐惧和疑惑，按照诺伊斯的指示，推开了左边那扇包铜边的六镶板白色木门。门后面的房间很暗，当我走进房间时，感觉房子里那种怪味更浓了，空气里好像有些节奏或者是震动的感觉。突然，从紧闭的百叶窗那里透进来一点光线，我可以看到一点东西，只是带着歉意的声音或者低沉的私语转移了我的注意力，我的注意力集中到房间中黑暗的角落里那把安乐椅上面。我看到在这房间中一处阴暗的地方有一张白色的脸和一双手；我赶紧朝那个正想跟我说话的人走过去，向他问好。这里的光线虽然非常暗，但是我还是能够感觉到他正是邀请我来的主人。我曾经多次看过他的照片，他的表情坚毅，脸上布满沧桑，留着灰白的短胡子。就是他，我没看错。

　　只不过，当我再次打量他时，我觉得有点着急和难过。他看上去非常憔悴：脸上的皮肤紧绷，面部僵硬，毫无表情，眼神呆滞，不会眨眼睛。我觉得这种症状肯定不是突发哮喘病造成的。另外，我还感觉到长期经受的那些恐怖事件给他的身心造成了很严重的创伤。难不成这些还不够让一个普通人崩溃吗？即便比这个勇敢的学者年轻，也同样会被那种"细思极恐"的事情折磨成这样。突然放松身心或许已经太晚了吧，还无法让他彻底消除崩溃，恢复正常。他的双手瘦得皮包骨头了，他将其放在膝盖上。他的动作迟缓，没有半点活力，让我觉得他很可怜。他穿了一件宽松的睡衣，在头上裹了一条颜色鲜艳的黄色围巾或者头巾之类的东西，将脖子遮住了。

　　我看见他想跟我说话，但是语气依然很低沉。刚开始时，我听不到他在嘀咕什么，因为他花白的胡子将他的唇形都遮住了，况且他说话的语调让我非常不安。我尽量集中精力去听，后来很快就知道他想说什么了。他的口音没有夹杂乡土气息，并且语言比我根据他的信件内容猜测的更加有文采。

　　"我想您就是威尔马斯先生吧？对不起，我起不来了。就如诺伊斯先生跟您说的一样，我的病情很糟糕。不过，我依然坚持邀请您过来。您已经看完了我给您写的最后一封信，如果明天我好点的话，我会跟您说很多事情。跟您通了很多信，您不知道我见到您本人有多高兴。您已经将那些信件、照片和录音带带来了吧？诺伊斯将您的行李箱放在大厅了，您可能已经看见了。想必今天晚上需要您自己照顾自己了。您的房间在楼上，就在这个房间的正上方，浴室就在楼梯口的边上，门开着。从这扇门出去，右边是餐厅，餐厅里面已经给您备好了饭菜，您什么时候吃都可以。我明天会尽量招待您，但是现在没有办法，我身体很虚弱，连自己都照顾不了。

"来到这里就像在自己家里一样吧，您拿着包上楼之前可以先将信件、照片还有录音带拿出来放在桌子上面。我们明天就讨论这些，留声机在那个角落里。

"不用了，谢谢，您无须做什么，这些都是旧疾，您也没法帮我。您可以在附近转转，太阳落山之前回来，我们聊聊，要是困了就去楼上休息吧。我就在这里休息，也许我整晚都在这里，平常也是这样的。明天早上我就会好很多，到时候就可以和您讨论我们需要讨论的话题了。我们的境地肯定会让您非常吃惊，肯定会有一些关于时空的知识超出人类科学和哲学的概念，地球上只有少数人知道这方面的知识，包括咱俩。

"您知道吗？爱因斯坦错了。宇宙中有一些物质和力量，其运动速度早就远远超过光速了。我也可以按照某种方式自由自在地穿梭在时光隧道中，穿越到过去或者是将来，目睹和体会遥远的过去和未来。您肯定无法想象那些生物掌握的科学技术的高级程度，它们可以随意把控生物有机体的思想和身体！我希望能去其他星球，乃至其他恒星和星系。第一，我想去太阳系最边上的犹格斯星球，天文学家们至今还没有发现这颗星球呢。我肯定曾经在信中跟您说过这些吧。您应该知道，如果时机恰当，它们就会跟我们直接进行思想交流，让地球人知道那个世界的存在，可能会从人类中找个同盟来跟科学家们解释。

"犹格斯星球上有很多大城市。城市中有一排排黑色岩石挨着西坡建成的巨大建筑物，我之前给您寄的那种黑色岩石的样本就来自犹格斯星球。在那颗星球上，太阳光不如星光灿烂。但是，那些生物并不需要光线。它们有更加微妙的感官，这一点与地球生物不同。它们也不会在巨大的房子和神庙里安窗户。光线甚至会伤害和妨碍它们，让它们头脑混乱。这是因为一开始它们生活在外太空的黑暗宇宙当中，那里根本没有光线。没有坚强意志力的地球人如果去犹格斯星球肯定会发疯，即便如此，我也是要去的。犹格斯星球上还有一些神秘的大桥，这种桥是由一种已经灭绝的种族修建的，这个种族在那些生物从终极虚空来到犹格斯星球之前就已经灭绝了。大桥下面还有黑色的黏稠河流，水流速度比较慢。如果经历过这些的人类能够条理清晰地讲出这些，可以让任何人成为新的但丁或者爱伦·坡。

"实际上，这个有着细菌似的生物和没有窗户的建筑物的黑暗星球也没什么可怕的，只不过是我们感觉有点害怕而已。也许在远古时期，那些生物造访地球时，也一样这么害怕过。但它们很早之前就已经来到了地球，那个时候还处于传说中的克苏鲁时代，传说中的拉莱耶城还没有沉没，依然位于水面上呢，它们记住了所有事情。它们来到地球，但是人们丝毫没有察觉。它们当中有一部分生活在佛蒙特州的深山里，那个深山中还有一些未知的生命：发蓝光的坎杨、发红光的尤斯，还有黑暗的没有光泽的凯恩。您应该知道，在《纳克特抄本》《死灵之书》和亚特兰蒂斯高级牧师卡拉卡什·唐保存的康莫尼姆传说体系中讲述过像蟾蜍一样不定型的强大生物。

"我们以后再聊这个话题吧。现在应该是四五点，您先去拿出行李箱中那些东西来吧，然后去吃饭，以后我们再慢慢聊。"

按照艾克里的建议，我慢慢地走出去，去拿我的行李箱，然后将他需要的文件拿出来并放好，最后去了给我准备好的房间。我这时还在想路面上的那些爪印，艾克里的声音非常小，好像是在窃窃私语，这让我觉得很奇怪。在谈话的过程中，他说的那个好像菌类的生物集体生活在未知的世界中，他对这件事情的熟悉程度让我心惊胆战。我对艾克里糟糕的病情感到很惋惜，但没办法，他那沙哑而低沉的话语既让我同情，也让我不安。如果他没有执迷于探索犹格斯星球上隐藏的秘密就好了！

艾克里给我安排的房间设施很齐全，很舒服。这个房间中没有霉味，也不会让人感到不安。我将行李箱放到房间之后，又去楼下和艾克里打了个招呼，然后就去吃他给我准备好的饭菜。餐厅在书房的旁边，厨房也在这个方向上，只不过离得稍微远了一点而已。桌上摆放着丰盛的食物，还有三明治、蛋糕和奶酪，在碗碟的旁边有一个热咖啡用的保温壶。等我吃完这些美食，我给自己倒了一大杯咖啡。但是我很快发现在这个细节上，厨房的准备工作不够完善。我喝了一小口咖啡之后，感觉咖啡里面有点儿不太好喝的微辣味儿，于是我就将咖啡杯放到一边，没有继续喝。吃饭时，我觉得艾克里可能在隔壁黑暗房间里的椅子上安静地坐着。

我邀请他和我一起吃饭，但是他小声说自己没有胃口，在睡觉之前喝点麦芽精就行了。他当天就只吃了一点儿。

吃完之后，我收拾了一下桌子上的碗盘碟子，然后将其放在厨房的水槽里洗干净，顺手将不好喝的咖啡也倒掉了。收拾完之后，我回到了书房，然后拿了一把椅子放在主人旁边，准备跟他讨论一些他感兴趣的话题。那些信件、照片和录音带还在房子中间的桌上放着，但是我们现在还没聊到这些。一小会儿之后，我将那股奇怪的味道和振动的感觉忘记了。

我之前说过，艾克里在信中描述过一些情景，第二封信是最长的。我甚至不敢去引用其中的语句，害怕将其内容付诸文字。我有些害怕，有点犹豫，今天晚上我在偏远山区中的黑暗房子里听到艾克里窃窃私语时也是这个感觉。我也不敢提起那种沙哑的声音所说出来的宇宙间的恐怖。艾克里早知道很多隐藏着的秘密了，只不过他跟那些外来物种达成和解之后又知道了更多诡异的事情，这些是正常人无法忍受的。他和我说了一些与终极无限的结构体和维度空间层面有关的知识，还说了我们已知的宇宙在超级宇宙中的位置。宇宙原子组成了无尽的链条，这些链条纵横交错，形成了一个超级宇宙，这个超级宇宙是由物质和半物质的电子组织构成的，有弧线和角度。即便是在当前情况下，我也不愿相信他的话。

之前，任何正常人都不会冒着这么多的危险接近那些秘密，任何生物的大脑都无法这么接近超越一切形式、力量和对称性的混沌。根据艾克里的叙述，我知道了克苏鲁的起源，也知道了历史上记载的出现时间很短的大多数星体为什么会昙花一现。

艾克里在讲述时也会因为害怕而犹豫。根据他的讲述，我猜到了那些星云所隐藏的秘密，还有古老的"道学"所暗含的真理。这些内容明确说明了杜勒斯的预言，我因此知道了廷达洛斯猎犬的本质（而非起源），众蛇之父伊格的传奇被褪去了象征性的外衣。他跟我说到宇宙之外无限的原子混沌空间时，我开始变得烦躁，《死灵之书》用阿撒托斯这个名称善意地来掩饰其本质。这么详细地说明那些神秘传说中噩梦般的事情，真的让我感到非常震撼。说得实在太直白了，已经远远超过了远古时期和中世纪的神秘主义者最大胆的讲述，让我感觉非常讨厌。我开始认为，首先在私底下传播这种邪恶传说的人肯定和艾克里一样接触过那些外来物种，而且还与其进行过思想交流，甚至可能真的去过外太空，那个地方就是艾克里梦寐以求的地方。

艾克里讲述了那块黑色的石头和它所代表的意义，我没收到，为此我感到很欣慰。之前，我对石头上象形符号的猜想都是准确的！但是，艾克里好像已经完全接受了他不经意间发现的这些非常恐怖的事情。他不满足于这些，希望进一步探索。我很想知道，他在寄给我最后一封信后，到底和什么样的外来物种进行过交流，也想知道这些生物中有多少曾经是人类，就像他提到的那个人类间谍一样。这时候，我已经很紧张了，甚至有点儿崩溃。我的脑子里开始产生对这个阴暗的房间里那些弥漫着的怪味和能感觉到的颤动的各种离奇想法。

这时候，天色已晚了。我记起来艾克里在信中对那些夜晚的描述，又想到今天晚上没有月亮，有点儿害怕。我很讨厌这个农舍的地理位置，它位于茂密森林的山坡下面，这个山坡通往人迹罕至的黑山山巅。经过艾克里的批准，我点亮了一盏小油灯，将光线调暗，然后将它放在远处的书架上，挨着幽灵般的弥尔顿半身像。不过后来，我又后悔了，不该这么做，因为在这盏小油灯昏暗灯光的照耀下，主人面无表情，他的脸僵硬，双手萎靡消瘦，看上去非常奇怪，就好像死了一样。他好像动弹不了了，但是我又在不经意间看见他硬邦邦地点头。

　　听完他的一席话，我简直不敢想象明天他会跟我说哪些更深奥的秘密。不过，最后他说了明天要跟我讨论的话题，就是他要去犹格斯星球和外太空，而且我也可能会去。当我听到自己会去遨游太空的时候，我顿时惊慌失措。艾克里肯定会觉得这种表情很可笑，因为当我露出一副慌张的表情时，他开始猛摇头。后来，他轻声跟我说，人类该怎样进行这种似乎不可能的星际旅游，实际上有人已经完成了。人类的身体肯定没法完成这种星际旅行，但是那些外来物种会利用意想不到的外科手术、生物、化学和机械方面的技术，将人类大脑里的思想输送出去，并不是将人类思想所依附的肉体输送出去。

　　将人类的思想和肉体分开，并且让分离的肉体器官在没有思想意识的状态下保持活性。没有东西可以依附，体积较小的思想则被浸泡在某种液体当中，然后装进一个真空金属圆筒中，还时不时地往里面添加点液体。这个圆筒是用犹格斯星球上开采的某种金属制成的。电极从圆筒中穿过，然后与某种精密仪器连接在一起，从而模仿视觉、听觉和语言这三种重要功能。对于那些有翅膀的真菌生物来说，很容易携带这些圆筒穿过太空，并且将它完好无损地带到另一个星球。然后，它们就可以在它们的文明所抵达的每个星球上找到很多可以调节功能的设备，让它跟密封在圆筒中的思想连接起来；经过简单的试运行，这些思想就具有了生命，虽然它只是一种没有躯体的机械形式，但是在连续的时空旅行中，在每个阶段都会得到完好的感官、直觉和语言能力。就如同随身携带一张留声机唱片，只要能够找到合适的留声机就可以将其播放。原理就是这么简单。艾克里并不担心这种方法是否行得通。难道这种方法已经经过反复的试验并且成功完成过太空之旅了吗？

这个时候，艾克里第一次举起了他的手，他的手好像没有动过，简直要残废了，僵硬地指向房间另一边的书架。书架上整齐地摆放着十多个我从未见过的金属圆筒。圆筒大概一英尺高，直径略小于一英尺，每个圆筒凸起的表面上都有三个怪异的插槽，像等腰三角形。其中有一个圆筒的两个插槽连接着在后面放着的两台机器。它们的用途很明显，我颤抖起来，就好像得了疟疾一样。后来，我看到艾克里的手指向了旁边的一个墙角，那边有一些工艺复杂的仪器，上面还有线路和插头。其中有几个与书架上圆筒后面的设备类似。

"威尔马斯，这里有四种不同的仪器，"艾克里小声说道，"每种仪器都有三个功能，共十二个部分。你看那上面的圆筒表示四种截然不同的生物，三个是人类，一个是不能用实体在太空中行走的菌类生物，还有海王星上的生物。天啊，如果你能看看这些生物在它们各自星球上的形状就好了，其他生物都源自银河系外一个特别有趣的暗星，它们生活在那个星球中的洞穴里。在圆顶山中的主要根据地里，你会看到更多圆筒和机器，这里面有些是装着来自遥远太空的同盟者和探索家从宇宙外带来的思想。它们的器官和咱俩知道的完全不一样，只是有专门的机器能够快速给它们提供合适的感觉和表达能力。和这些生物在各个宇宙大多数的主要根据地一样，圆顶山是一个宇宙综合体。当然了，它们只会将最普通的类型供我体验。

"现在，将我给你指的那三台机器搬到桌子上面，前面装着两个透镜的较高的机器，那个装有真空管和传音器的盒子，还有那个顶端装有金属圆盘的机器。之后，将那个贴着'B-67'标签的圆筒也拿来。如果够不着书架，就站在那把温莎椅上。是不是很重啊？不用担心！必须确定是'B-67'，别搞错了。别动那个连接两台测试仪还闪着灯的圆筒，那个上面写着我的名字。把'B-67'放在桌子上，离那些机器近一点，然后将三个机器上的转盘开关调到最左端。

"将那个装有透镜的机器连接到圆筒最上面的那个插槽上，就在那里！将那个装有真空管的机器连接到左下边的那个插槽里，将带有金属碟的仪器连接到最外面那个插槽。现在，将机器上所有开关转到最右端，先旋转透视镜的开关，然后再旋转金属碟的开关，最后再旋转真空管的开关。是的，就是那样的。我想还是先跟您说吧，那是个人，就好像我们中的任何一个人。明天再让你尝试其他的。"

截至今天，我都搞不明白自己为什么会照着那个低沉沙哑的声音做，也搞不明白我将艾克里看作正常人还是神经病。发生了那么多事情之后，我想我已经准备好应付一切了；但是，这种机械的体力表演非常像那种典型的发疯的发明者和科学家的异常行为，而且我也开始怀疑。即便之前跟我说了那么多荒诞怪异的事情，我都没有产生过这么多的疑问。这个人说话如窃窃私语一般，他的行为已经超乎了人类的想象。但是，难道地球外面更遥远的太空没有其他东西吗？难道只因为没有确凿的证据就可以否定一切吗？

当我的脑子还在发晕时，我听到刚才连接圆筒的三台机器都发出一种夹杂着摩擦声和转动声的声音。这种夹杂在一起的声音很快就消失了，然后一片寂静。怎么了？我会听到机器的声音吗？如果这样，我凭什么可以证明它不是由某个藏在一边始终密切监视我们行动的人正利用一些巧妙混制的无线电装置在发出声音呢？即便到了现在，我也不想承认我听到了什么，也不想承认我亲眼看到了什么。只不过，真的要有事情发生了。

简而言之，那个装着真空管和传音器的机器开始说话了，而且它的语言表达言简意赅，充满智慧。很显然，这些说明了说话的人的确就在现场，并且正在看着我们。那个声音很大，还有金属的磁性，死气沉沉的，根据每个发音的细节可以清楚地知道它只是机器发出的声音。音调没有变化，也没有人类的情感交织在一起，只是很准确且沉稳地发出声音，滔滔不绝，那个声音就好像刮擦金属片般刺耳。

那个声音说道："威尔马斯先生，但愿没有让您受到惊吓。咱俩都是人类，但是我的身体目前正放在这里往东大概一英里半路程的圆顶山上，非常安全，正在补充营养呢。我的思想和您在一起，在这里。我的思想装在那个圆筒里，我能利用这些电子振动仪器观察、倾听，而且还能说话。我之前多次尝试穿越时空，一周之内我会再次穿越时空，我很期待艾克里先生能和我一起去，我也希望您能一起去。我之前就听说过您的大名，也仔细查看过您和我们的朋友之间的书信往来，现在又亲自看到了您，我感到很开心。只有少数地球人能够与外来物种通过思想交流结成同盟，我就是其中之一。我是在喜马拉雅山脉附近初次与它们结识的，并且给它们提供了很多方面的帮助。它们让我体验到了只有少数人才有的经历并以此来报答我。

"假如我说我去过三十七个星球，其中包括行星、暗星和一些未知星球，其中有八个星球在银河系之外，还有两个星球超出我们的时空范围，您知道这说明什么吗？我毫发无损。那些外来物种通过裂变熟练地将我的思想从身体中取走，这个过程非常简单，完全不需要什么外科手术。那些外来物种掌握了很多技术，所以提取别人思想的过程很简单，甚至都见怪不怪了。当人类的思想从身体中被抽走时，他的身体不会随着时间的流逝而衰老。另外，我还需要说明一下，那些外来物种会经常更换浸泡身体的液体，借此可以提供机械的动能和补充营养。这样做的目的就是让提取出来的思想长生不老。

"总之，我非常希望您和艾克里先生以及我本人一起去参加这次旅行。外来物种非常希望能够认识像您这样知识渊博的人，还希望让你们亲眼看到我们大多数人幻想过的伟大深渊。也许您会觉得第一次见它们会比较奇怪，但是我想您是不会在意的。我觉得那个将您带到这里的诺伊斯先生会跟我们一起去。早在几年之前，他就是我们的成员了。我想您能够辨别出他的声音，就是艾克里先生给您寄的录音带中的一个声音。"

听到这里，我非常激动。说话者停了一会儿，又继续说："因此，我希望威尔马斯先生能够认真考虑一下；此外，我清楚您一直很热衷于探索研究奇闻怪事和民间传说，您这种人肯定不会错过这么宝贵的机会。别害怕！所有的转变过程中你都不会感到疼痛，在机械感官状态下会有很多乐趣的。人在断开电极连接之后就会进入一个非常生动的梦境状态。

"如果您不介意，我们先谈到这里吧，明天再继续。晚安！您只需要将所有的开关都转回到最左边即可。别担心它们的顺序，只是，将装着透视镜的那个机器最后关掉为妙。艾克里先生，晚安，好好款待我们的客人。准备好将开关关闭了吗？"

就这样，我机械地按照指示执行，将三个开关关掉。不过我非常怀疑刚才发生的一切，脑子里晕乎乎的。我听到艾克里用低沉的声音跟我说不用管桌子上放置的所有仪器时，我还是晕乎乎的。关于刚才发生的事情，他并没有说什么。实际上，我不知道如何更好地说出我刚才感受到的压力。他跟我说我可以将油灯拿到我的房间里，想必他希望能够一个人在这黑暗里休息。是时候休息了，从下午到晚上，他一直在跟我说话，就算是精力充沛的人也会感到非常疲劳。我晕乎乎地跟主人说了"晚安"。虽然我随身带着一个质量不错的小手电筒，但是我仍然带着那盏油灯朝楼上走去。

楼下的那个书房里一直有股怪味，而且我一直隐约地感受到一种颤动。从那里走出来之后，我心情好多了。但是，当我想到自己现在的处境还有即将面对的神秘力量时，我还是不能彻底放松，心里很忐忑。这里位置偏僻，周边很荒凉，房子后面就是高耸的黑山，密林近在咫尺。我又想起了路面上奇怪的脚印；黑暗中病恹恹的艾克里发出低沉的声音，但是身体却纹丝不动；那邪恶的圆筒和仪器，还有奇怪的手术和邀请我遨游太空，这一切都非常诡异。我对这一切都感到很陌生，它们就这样毫无征兆地闯进了我的生活。这种越来越多的外力搞得我筋疲力尽。

我今天晚上才知道，将我带来的诺伊斯竟然是录音带里那场邪恶仪式中的人类司仪，就算我之前已经根据他的声音感觉到我好像熟悉这种说不清楚的讨厌，但是我知道事情的真相之后，还是很震惊。另外，让我感到特别吃惊的就是我对主人的态度，无论何时，我都不假思索；我真心喜欢给我写信的艾克里，但是我现在很讨厌他。本来我应该对他的病情表示同情，但是现在他让我感到很害怕。他看上去身体僵直，面无表情，就好像死人一样；还有他的声音滔滔不绝，根本不像人的声音，这让我感到非常讨厌。

突然间，我想到他的低语与我之前听到过的所有声音都不同。虽然说话者的嘴唇被胡子遮住了，好像一动不动，但是这个突发哮喘病的病人的声音却隐藏着一种力量，就好像是在不同的房间里，我也能听到他说话。有一两次，我甚至觉得那种声音虽然很小，却有一股神秘力量，这说明说话者不是真的虚弱没有力气，而是故意将自己的声音压低。我不知道他这么做的本意是什么。从一开始我听着他的音调就觉得非常不安。现在，当我尝试着去考虑整个事情时，我想我能够根据那种感觉找到潜意识里的那种熟悉，跟我从诺伊斯的声音中能感觉到一丝模糊不同。只是，我记不起来到底在哪里听到过这种声音。

但是，我可以确定我肯定不会在这里多待一晚上。我对科学的热情已经在惶恐和厌恶中荡然无存了。我现在只想逃离这张用离奇的恐怖和异常的事实编织而成的网。我知道得太多了，不想再知道其他了。可能真有宇宙时空的联系，但是这些联系并不说明我们人类可以参与其中。

我周围好像充满了邪恶的力量，让我难以呼吸，这种力量似乎控制我的思维意识。我想在这种情况下肯定睡不着，我只好将那盏油灯熄灭，然后穿着衣服躺在床上。虽然我的这种做法有点不可理喻，但是我当时真的准备要应对一切可能的突发状况。我的右手紧紧握着随身携带的左轮手枪，左手拿着小手电筒。楼下很安静，我在想象着主人这时候可能像死人一样僵直地坐在黑暗当中的场景。

　　我听到有个地方传来时钟的嘀嗒声，听到这种习以为常的声音我竟然心存感激。但是，这种声音让我想起这个地方另一个奇怪的特点，它让我感到很不安：这里没有任何动物。可以肯定附近没有家畜，但是这时候我竟然也听不到野生动物在夜晚发出的声音。从远处传来了一些看不见的水流发出的让人觉得比较凶险的声音。除此之外，这里静悄悄的，不同寻常，就好像星际的那种沉寂。我想知道究竟是什么样的无形的荒凉笼罩了这块土地。我想起有些古老的传说中曾经说过，狗和其他兽类一直对外来物种充满敌意，很讨厌它们。我也开始想路上的那些痕迹到底说明些什么。

八

　　出乎意料的是，我竟然迷迷糊糊地睡着了。别问我睡了多长时间，也别问我后面发生的事情多少是梦境。如果我说，我在某个时刻醒来时听到了什么和看到了什么，你肯定会说那时候我还在睡觉，我说的那些都是梦，直到我冲出房子的那一刻。那时候，我冲出了房子，踉踉跄跄地跑到停着福特车的车棚。我疯狂地驾驶这辆破车，在这个经常有外来生物出没的深山老林里乱窜，一路颠簸几个小时之后，我才费了九牛二虎之力穿过那片危险的森林，最后到了一个后来才知道叫汤恩森德的地方。

你们肯定认为我在胡说八道。你们肯定会说，所有照片、录音带里的声音，还有圆筒和机器发出的声音和其他类似证据，都是一些有企图的人利用亨利·艾克里的失踪给我下的一个套；你甚至还会说，这是艾克里和其他行为怪异的人精心策划的，是艾克里本人拿走了快递，也是他让诺伊斯录制了那个录音带。只是，奇怪的是始终没有确认诺伊斯的身份。按理说他经常来这里，但是在艾克里家附近居住的所有居民都不认识他。我希望那时候能够将诺伊斯的车牌号码记录下来，也许我什么都没有做反而更好。不管你们怎么认为，不管我怎样经常试图说服自己，我都知道那些外来生物一直潜伏在荒无人烟的深山老林里，也知道它们派了大量间谍和密探潜伏在人群中。以后，我希望离开那些外来物种的影响和它们的密探们，离得远远的，越远越好。

我跟当地的警察讲述了这件荒诞的事情。一群警察赶到那个房屋时，艾克里已经消失了，而且没有留下任何线索。他宽松的睡袍、黄色的头巾还有脚上的绷带都还在书房里放着，这些东西被扔在安乐椅旁边的地板上，但是不知道其他衣物是否已经跟他一起消失不见了。已经确定他养的警犬和一些家畜失踪了，在房子内外的几面墙上还发现了一些奇怪的弹孔。除了这些，没有其他非正常的线索。房间内没有圆筒和仪器，没有怪味和颤动，我放在行李箱里的那些资料也消失了，房子前面的路面上那些奇怪的印记也没有了，最终我没有发现任何可疑的线索。

从那里离开之后，我在伯瑞特波罗停留了一个星期。在这段时间里，我向认识艾克里的人打听了一些相关情况。根据询问结果，我断定这件事情并不是做梦或者虚构出来的。艾克里之前经常大量购买警犬、弹药和一些化学药品，他的电话线也经常被切断，所有这些情况都是有记录的；他的所有熟人，包括他在加利福尼亚的儿子也承认他针对那些稀奇古怪的研究提出了一些独特看法。老顽固们觉得他疯了，并且断定所有证据只不过是他发疯之后捏造的，就像是搞了一场恶作剧，而且很有可能是受到了某些行为古怪的同谋的挑唆。但是那些无知的村民却认可他曾讲过的每个细节，确信事情是真的。他曾经让一些村民看过那些照片和那块黑色的石头，也让他们听过那卷恐怖的录音带，这些村民都说照片中的脚印和嗡嗡声与古老传说中记载的几乎一样。

他们还说，自从艾克里将那块黑色的石头带回来之后，村民们经常看到艾克里房子周围有一些可疑的迹象，还会听到一些怪声。除了邮递员和少数意志坚定的人，现在其他所有人都会绕开艾克里的住处。黑山和圆顶山是当地公认的诡异之地，好像没有人去过那里的密林深处。历史记录上都有相关的记载可以证明有当地人在那里失踪。失踪的人当中也有艾克里在信中提到过的那个平日里游手好闲、四处游荡的沃尔特·布朗。在发洪水时，曾经有村民目睹过洪水泛滥的西河河面上有些怪物。我甚至还去找过这个村民，只是他乱七八糟地说了一通，并没有什么价值。

我离开伯瑞特波罗时就决定再也不去佛蒙特州了，并且发誓我肯定能够做到。那些深山老林肯定是那些外来生物的根据地。有一则新闻上说，经观测发现了海王星后面的第九大行星。我看到这则新闻时，对此更加深信不疑。那些外来生物说过人类通过观测肯定会发现"它竟然这么巧合"。天文学家将那个行星称为"冥王星"，也许他们也没感觉到这个名字恰如其分。我觉得"冥王星"这个名字肯定与那颗黑暗的犹格斯星球吻合。但是，为什么那个星球上的怪物会在这样一个特定时间让地球人探测到它们的星球呢？当我尝试着找出答案时，心里打起了寒战。我想说服自己，那些可怕的生物不会危害我们的地球和地球上的正常生物，但是这一切都没有用。

只是，我依然需要讲我在那间农舍里面那个可怕的夜晚发生的事情，以此来结束这个事情。我曾经说过，我那天晚上在惶恐当中昏睡过去。我做了一些奇怪的梦，我看到了一些奇怪的景象。不知道最终是什么惊醒了我。但是，我敢肯定我当时真的清醒过来了。一开始，我迷迷糊糊地感觉到屋外地板上有一种很小的"咯吱咯吱"的声音，后来就是一阵迟缓的摸索门把手的声音。但是，这个声音好像转瞬即逝了。周围一片寂静，我听到了楼下的书房中发出的声音，这时候便开始真正清醒过来。我好像听到那里有好几个人在说话，并且能够断定他们在吵架。

几秒钟之后，我已经完全清醒了。那些特殊的声音实在让人无法入眠。那些人的语气很奇怪，各种语气都有，但是完全相同。只要听过那个邪恶录音带的人，肯定会一下子就判断出其中两个声音。我非常害怕地想：这时候，我和那些外来物种正同处一室，那两个声音正是邪恶的嗡嗡声，它们就是用这种声音跟人交流的。这两种声音也有着本质的区别，不同的音调、不同的口音，还有不同的语速。但是，这两种声音都很邪恶。

第三种声音很显然是将机械传音器连接到装着思想的一个圆筒中发出来的。之所以可以确认这个声音，是那种声音很响，夹杂着金属感和毫无活力的刮擦声，而且语调和情绪都不变，这是一种客观存在的准确的滔滔不绝的声音，我之前对这个声音的印象很深刻，肯定不会记错。有段时间，我完全没有想过这个刺耳声之后是否就是之前跟我交谈的那个人，但我认为就是他；不过，后来我马上觉得如果那些思想所连接的是一个传音器，则任何思想所发出来的声音都完全相同，可能唯一的不同点就是声音表达所用的言辞、节奏、语速和发音等方面。其实，在这场邪恶的讨论当中，还有两个真人的声音，其中一个很显然是乡下土包子的声音，不太熟悉；另一个则是带我来的诺伊斯文雅的波士顿口音。

我尽力想听清楚他们讨论的内容，但是那些声音却被结实的地板阻挡了一些。这个时候，我还能听到楼下的房间里发出一阵骚乱，好像有东西在地面上来回拖拽。所以，我很自然地猜测下面的房间里肯定有很多活物，其数量远远超过我能听出来的几个说话的人。我无法用语言准确地形容这种骚乱声，因为几乎找不到适当的声音来形容。楼下的房间里经常有东西在穿梭行动，就好像有意识的实体存在一样；它们的脚步声就好像坚硬的外壳碰撞地板发出的咔嗒声。若用更为形象的比喻来描述，就好像人穿着肥大且坏了的木屐在光滑的地面上拖沓行走时发出的声音，但是这样形容并不准确。究竟是什么东西发出那些声音的呢？它们会是什么样子的呢？我简直不敢往下想。

没过多久，我感觉到自己根本无法分辨这种连续对话的意思。我不断听到楼下传来一些单词，特别是那个机械的传音器说的话中，我还听到了艾克里和我的名字。因为没有上下文，我不知道意思。到现在为止，即便是那些字句暗示什么，我也不想凭借我听到的片段来得出明确的结论。我敢断定楼下正在召开一场可怕的秘密会议。但是我不知道这时候开的这个会议在讨论多么恐怖的内容。虽然艾克里曾经跟我保证那些外来物种不会伤害我们，只是很奇怪，我断定充满邪恶的氛围在周围弥漫开来。

　　我继续耐心监听。最后，我能清楚地分辨不同的声音了。虽然还是不知道每个声音在说什么，但是我好像已经明白一些说话者独特的表达方式了。例如：有个嗡嗡声很明显表示权威；那个机器发出的声音虽然模仿了正常人响亮的声音，但是还能听得出来它很被动；诺伊斯的语气里夹杂着一种缓和安抚的口气。我不再详细解释其他声音了。我并没有听到艾克里熟悉的低沉声，我明白那样的声音不可能透过这么结实的地板传到我的房间里。

　　（机器传音器）……我自己引起的……把信号和录音带送回去……结束它……吸收进来……看见听见……该死的……非人类的力量，毕竟……有光泽的新圆筒……老天……

　　（第一个嗡嗡声）……我们停下来时……弱小和人类……艾克里……思想……说……

　　（第二个嗡嗡声）……奈亚拉托提普……威尔马斯……录音和信件……拙劣的骗局……

　　（诺伊斯）（一个非常不好准确发音的词语或者名字，有

可能是恩伽·克恩）没有恶意……和平……好几周……夸张的……早就跟你说过

（第一个嗡嗡声）……没有理由……原定的计划……影响……诺伊斯能坚守圆顶山……新圆筒……诺伊斯的汽车

（诺伊斯）好吧……都给你……就在这里……休息……地方

（这时候还有几个声音一起混杂在不能判断出来的谈话里）

（很多脚步声响起，包括那奇怪的骚动或者咔嗒声）

（一种奇怪的拍打声）

（汽车的发动声和后来开走的声音）

（寂静无声）

　　这就是我亲耳听到的从楼下传来的大致谈话内容。那时候，在那个位于深山之中的怪房子里，我在二楼床上静静地躺着，右手紧紧握着一把左轮手枪，左手抓着小手电筒。我曾经说过，当时我已经彻底清醒过来了，但是筋疲力尽。楼下的声音消失了很久以后，我还是浑身无力，反应迟钝。我听到楼下的一个地方传来了一阵杂乱的鼾声。我想在开完那场奇怪的秘密会议后，艾克里可能困了，这时候一定是睡着了，并且我断定他现在真的要休息了。

　　只不过，我还没决定接下来要做什么或者采取什么行动。毕竟，我听到的谈话内容已经远远超出了我按照之前的信息得出的判断。难道我还不知道那些不明外来物种已经可以明目张胆地进出这个房间了吗？可以肯定的是，艾克里对它们突如其来的访问觉得很意外。那些断断续续的谈话暗含的意思让我感到非常吃惊，并且非常担心。我迫切希望自己赶快醒来，证明这只不过是一个梦。我想我的潜意识可能已经觉察到一些特别的东西，只不过自己还没有真正察觉到而已。那么，艾克里呢，难道他不是我的朋友吗？如果会对我造成什么伤害，难道他不会保护我吗？突然，我内心更加恐惧了，楼下传来的平稳的鼾声好像正在嘲笑我的不安。

或许艾克里已经被它们利用了，然后被当作诱饵引诱我带着那些书信、照片和那个录音带来到这片深山老林当中。它们会不会因为我们知道了太多秘密想将我们一起除掉呢？我又想到了艾克里给我的倒数第二封信和最后一封信，两者中间那段时间到底发生了什么，让整个事情急剧变化。我本能地觉得这其中肯定有某个环节出了问题，也许事情不是我看到的那样。我又想起来我没有喝完的微辣的咖啡，难道是隐藏的什么东西给我下了药？我必须赶紧和艾克里谈一下，让他知道这些，再次权衡一下事情的严重性。他痴迷于那些外来物种向他表示要解释宇宙秘密的承诺，但是他这个时候应该清醒过来，必须理智起来。我们必须先逃离这里。如果他不够坚强，没法逃离这里获得自由，我肯定会帮他的；如果我不能说服他离开这里，至少我可以自己走。如果这样的话，我就会开着他那辆福特车，将其开到伯瑞特波罗，然后将车停在那边的车库里。我已经观察过这里的车库，艾克里觉得现在已经安全了，因此并没有将车库的门锁上。对我来说，这倒是个好机会，我可以趁机逃跑。我曾经有那么一瞬间讨厌过艾克里，但是这个时候，我已经完全不讨厌他了。现在，我们俩的处境差不多，我们必须联手抗战。我清楚他身体抱恙，也不想在这时吵醒他，但是我知道我必须要这么做。这时候，我不能待在这里袖手旁观了，无法等到明天早上。到时候，一切都晚了。

最后，我觉得该行动了。我抖擞了一下精神，然后放松了一下紧绷的身体。我没有想太多，只不过是在潜意识里开始小心谨慎了。我将帽子戴上，然后拿起行李箱，用手电筒照着路往楼下走去。我很紧张，右手紧紧握着那把左轮手枪，左手抓着行李箱和手电筒。我也不知道为什么要这样，只是因为那时候我要叫醒睡在这个房子里的另一个人罢了，而且是唯一的人。

我蹑手蹑脚地走下楼梯，来到了楼下的大厅里。那时候，我能更清楚地听到人睡熟之后发出的鼾声，并且肯定他就在我左边的房间里睡觉，那个卧室我没有进去过。之前听到声音的右边书房门是敞开着的，里面黑漆漆的。卧室没有从里面锁上，我轻轻将其推开。然后凭借着手电筒的光，顺着鼾声的方向谨慎地往前走，手电筒最后落在了那个人的脸上。但是，接下来的一秒，我急忙关掉了手电筒，就好像猫一样蹑手蹑脚地退回了大厅。回到大厅之后，我才觉得我小心一点是对的，这不但是条件反射，更是明智的选择。那个在床上睡觉的人根本不是艾克里，而是带我来的诺伊斯。

我无法想象真相如何。但是经验告诉我，现在最安全的办法就是在任何人醒来之前尽量弄清楚事情的真相。我回到大厅之后，就将身后卧室的门轻轻关上了，并且用锁锁上，不希望吵醒诺伊斯。后来，我小心翼翼地走进了那间黑暗的书房，希望能在那里找到艾克里。我觉得不管他是否醒着，这个时候应该会在房间角落里的那把安乐椅上，显然那是他最喜欢休息的地方。当我往前走时，手电筒的光线照在了桌子中间邪恶的圆筒上。我看到那个圆筒已经连接上了视觉和听觉的机器设备，旁边就是传音器，随时可以接上。我想，这肯定是在刚才那场可怕的会议当中说话的那个放在圆筒里的思想。在几秒钟内，我有一股强烈的冲动，想将它和传音器连起来，听一下它会说什么。

我觉得，就算它现在不能发出声音，肯定也知道我来了。因为那些已经连接好了的视觉和听觉设备肯定能够感觉到手电筒的光和我在地上行走时发出的微弱的声音。不过，我还是不敢操作这个。我无意间发现这是一个带着光泽的新圆筒，上面标着"艾克里"，我之前在书架上看到过它，当时主人还不让我动它。想起当时的情景，我现在只能为自己的胆小而后悔，真希望当时能够有勇气将它和传音器连接起来，听听它想说什么。谁也不知道它会怎么描述一些隐晦的秘密、恐怖的疑虑和问题。但是，那个时候我没有这么做，也许这是一种幸运。

手电筒的光线转移到了房间里的那个角落。我觉得艾克里会在那里，但是，当我看到那把安乐椅上空空的时候，很纳闷，椅子上面无人在睡觉或者醒着。那件熟悉的衬衣还搭在椅子上，有一部分已经落到了地上，旁边的地上散落着那条黄色的头巾和缠在腿上的绷带，看上去都很奇怪。看到这些，我有点犹豫，尽量去想艾克里到底去了哪里，为什么他又脱下了身上的病服？

这时候，我感觉房间里已经没有了怪味和振动。不知道到底是什么发出的那股怪味和振动。突然，我有个奇怪的想法：它们只会在艾克里的周围出现，特别是在他坐着的位置，那种感觉更加强烈。在他所在的这个房间及房间门外，在别的地方完全感觉不到那种怪味和振动。我停下来，站在这个黑暗的房间里面，用手电筒四处照射，费尽心思想知道真相。

我真希望自己的手电筒不会再次停留在那把空椅子上，能够悄悄地走出去。实际上，我没有悄悄离开这里，而是发出小声的惊讶声，肯定惊扰到了在大厅那边熟睡的诺伊斯，但是没有完全将他吵醒。发出惊讶声之后，诺伊斯还是继续发出鼾声，这声音是我在密林周围诡异的深山中、在这山脚下恐怖的农舍里听到的最后的声音。周围都是绵延不绝的群山，茂密的森林，远处的山林当中传来邪恶的溪流声，这片寂静的土地完全笼罩在一种超自然的恐怖当中。

我慌忙逃离这里。在这个过程中，我依然带着手电筒、行李箱和那把左轮手枪，情急之下，依然还能做到这些真是不可思议。实际上，当我蹑手蹑脚地走出这个书房和这座房子之后，就没有再听到任何动静了。后来，我迈着沉重的脚步将行李放在那辆破旧的福特车上，然后发动了汽车，在漆黑的夜晚，朝着一个我觉得安全的方向快速奔去。后来，这一路颠簸的旅程就好像爱伦·坡或者兰波的诗歌，或者是多雷的画卷，一路狂奔，我最终到了汤恩森德。这就是整个事情的经过。经历这一切之后，若我还能保持清醒，那肯定是太幸运了。我有时候会觉得恐惧，一直担心这几年会发生奇怪的灾难，尤其是当人类意外发现称为"冥王星"的新行星之后，我更加惴惴不安。

刚才我说我用手电筒巡视了一下这间屋子之后，又一次照向了那把空椅子。当时我第一次观察到那把椅子的座位上面竟然还有一些东西。因为挨着那件挂在靠背上的肥大浴袍，它们不太明显，一开始我根本没有看到。那里共有三件东西，但是，警察赶到之后一件都没找到。我也曾经说过，它们看上去并不可怕。真正可怕的是根据那些东西想象出来的结果。即使是现在，我还经常怀疑，并且认可那些怀疑论者的一些看法，他们觉得我所有的经历都是噩梦、妄想或者发神经。

那三个物件的结构非常精致，上面还有精巧的金属夹，可以将它们夹在某些生物上面。我已经不敢想象那些生物到底是什么。不管我内心的恐惧说那些是什么，我都希望，虔诚地希望它们只不过是一个能工巧匠制造的蜡制品。天啊！在黑暗之中隐藏的，散发着怪味和颤动气流的窃窃低语者是巫师、间谍、变形者、外来物种……那压抑的嗡嗡声，让我浑身颤抖的声音……还有一只放在书架上崭新的有光泽的圆筒里的东西……可怜的人啊……那些奇怪的外科手术还有生物、化学和机械方面的精湛技能……

那些放在椅子上的东西，做工精致，就算利用显微镜观察，每个细微之处也和真的如出一辙，或者可以说那就是实物，它们是亨利·温特沃斯·艾克里的脸和双手。

节日

"人心让魔鬼给迷惑了，所以虚幻变成了现实。"

——拉克坦谛

我远走他乡，被山脚下出现的东海深深地吸引住了。傍晚的夕阳笼罩着大地，我能看到山边的大海，能听到波涛汹涌的声音。此时的天空万里无云，刚出现的点点星光辉映着山上的杨柳。遵从老一辈的召唤，我要去城郊一个古老的城镇。我沿着崎岖的山路艰难地前进，雪花飘飘。我站在林间抬头望天，天空中闪烁着金牛星。我突然觉得很孤独。再往前就是那个古老的城镇了，之前我从来没有去过那里，但是经常梦到那里。

人们将这个节日称作"圣诞节"，虽然他们知道圣诞节早于伯利恒（耶稣的出生地）和巴比伦的成立，也比孟菲斯甚至是人类还早。周围圣诞节的气氛很浓，我终于抵达了这座古老的海滨小镇。我的族人们生活在这里，即便是在早期，在明令禁止过这个节日的时期，他们依然坚持过这个节日。他们要求子孙后代们每过一百年都要庆祝一次圣诞节，这样才不会忘却这个节日的根源。曼族有着悠久的历史，早在三百年前人类登陆这块土地时这个民族就已经存在了。曼族的人们很奇怪，如梦幻的南方兰花园那么神秘，行为古怪。他们在学会蓝眼渔民的语言之前，一直都说另一种语言。现在，他们散居在其他民族之间，但是仍然坚守着自己神秘的民族仪式，其他民族对此都很不理解。但是，我是那天晚上唯一回到这个古老渔村的人，亲眼见证并且记住了那一刻。

越过山顶之后，我看到了金斯堡，在夕阳的余晖当中，我看到了古老的风向标、尖塔、房屋、屋顶的烟囱、码头、小桥、垂柳和坟地；街道四通八达，就好像迷宫一样，陡峭、狭窄且拥挤；中央峰看上去让人有点头晕，峰顶上有一座不知年代的教堂；这个城镇的各个角落里有很多零零散散的殖民风格的房屋，就好像小孩子随便搭的积木一样；山墙和屋顶上堆满了积雪，上空弥漫着古老的味道。寒冷且昏暗的暮色笼罩着大地，扇形窗楣上的小格子窗户和天空中的猎户星座以及古老的恒星隐隐发光。破烂不堪的码头被海浪冲击着，人类早就在这神秘且古老的海边诞生了。

山顶的路边，有一个凸出的小丘陵，一阵寒风吹过，让人发冷。我看到那个小丘陵是一块坟地，暗黑的墓碑矗立在雪地当中，看上去极像一具正在腐烂的硕大尸体上已经破损的指甲，让人毛骨悚然。脚下的路已经被皑皑冬雪覆盖，了无痕迹。不经意间，我感觉我听到的风声如同夹杂着绞刑架吱吱嘎嘎的声音，好像从遥远的地方传过来。我想起来有四个曼族的族人在1692年因为被判巫术罪而被绞死，但是我不知道他们的刑场在哪里。

沿着朝海边倾斜的下坡继续往前走，我试图倾听傍晚村庄的嘈杂，但是什么都没有听到。后来，我想起当时正是冬天，也许这些清教徒的圣诞节风俗跟我们的截然不同，也许他们只是在家里的炉子旁边与家人一起静静地祈祷。所以，我就没有再尝试倾听圣诞节的欢声笑语，也没有看到路上熙熙攘攘的人群。我继续往前走，穿过了一片有光但寂静的农场，还有阴暗朦胧的石墙。那边，海风将老店和酒馆的招牌吹得吱吱作响，各种形状的门环发出微弱的光，顺着从窗帘中透出来的微弱光线，可以看到脚底下没有铺好的路。

我曾经在地图上看到过这个城镇，知道在哪里能够找到我的族人；我也听说他们认识我，还听说我在这里会受到他们的热情款待——有关乡村的神话传说里一直都是这么写的。因此，我快步前行，穿过后街，沿着这个城镇的石板路，经过市场后面的那条格林路就来到了环形广场。我很顺利就找到了这里，看来我没有白看那张古老的地图。在阿卡姆时，也许他们对我撒谎了，他们说这个地方通了电车，但是我抬头看了一下，连一根电线都没有，要么可能是因为积雪将路轨覆盖了。幸运的是，我一路步行过来，从山上往下看，整个村庄风景优美。现在我迫不及待地想去敲响族人的家门，那是格林路左边的第一座房子，上面有古老的尖形屋顶和突出的二楼，这是在 1650 年之前建造的房子。

我走到那座房子面前，发现里面有灯光。我从窗户的菱形格子往里看，只见房间里摆满了古色古香的物品。房子上面的部分楼层是悬空在浅草丛生的街道上的，好像和对面的房子悬在外面的部分连接了起来。这样看上去，我现在的位置就好像一个通道，积雪并没有覆盖低矮的石阶。这里没有人行道，路边有很多房屋。房屋外门都比较高大，门外有用铁栅栏围着的双层石阶。这种场面比较奇怪。我不太熟悉新英格兰，因此，之前也不知道它究竟是什么样。只是，若我能够在街上看到雪地里的脚印，能够看到街上熙熙攘攘的行人，路边房屋的窗户没有被厚厚的窗帘遮住，那么我会很欣慰，也会更开心一些。

我轻轻敲着门环。当我听到古老的门环发出的声音时，心里突然有点恐慌。这种恐慌在体内聚集，可能是因为遗传的陌生感觉，也可能是因为此地的傍晚有点阴森，再加上这座古老的城镇鸦雀无声，安静得让人发慌。后来，我听到有人答应来开门，当时我很害怕。门"吱嘎"一声开了，但我并没有听到任何脚步声。还好，很快就不害怕了。开门的是个老年人，他穿着长袍，踏着拖鞋，面无表情。我曾经的各种疑虑顿时消失了，心里的不安也逐渐消失。他打了个手势告诉我他不会说话，并且用身上携带的铁笔写下了非常古雅的诗句，表示欢迎我来。

我随他朝屋里走，来到了一间矮房子中。房间里面点着蜡烛，我透过昏暗的烛光看到了室内的景象：房屋的橡木都露在外面，里面放着 17 世纪的黑漆漆的家具，简直是老古董了。这里摆设陈旧，到处都是古老的东西。屋里有个洞穴状的壁炉，还有一架手纺车。有个驼背的老太太忙着纺纱。她穿着宽松的袍子，头上戴着帽子，帽子边沿压得很低。她背朝着我在纺车前面坐着，默默地纺织，即使是过节，她也不休息。感觉这里很潮湿，我想在这里能否点火。房间内的长椅正对着左边的窗户，椅背很高，窗户上面挂着很厚的窗帘。我觉得好像有人在那把长椅上坐着，但是又不敢确定。我感到氛围紧张，不喜欢这里。因此，刚刚消失的恐惧又涌上心头，而且比刚才更强烈。我开始打量带我进门的那个老人，他面无表情。我盯着这张毫无表情的脸仔细看，越看越觉得恐惧。他的两眼一动不动，脸上的皮肤看起来好像是蜡制的。最后，我确信他的脸不是人脸，而是魔鬼面具。我突然呆住了。只是，我看到他的双手毫无力气，戴着奇怪的手套，又想起他刚才在纸片上写下的欢迎我到来的诗句。在去往节日场地之前，我需要耐心一点。

　　那个老人指了一下椅子，让我坐下来。椅子前面有张桌子，上面堆满了书。后来，那个老人出去了。我坐下来，开始看堆在桌子上面的书。我发现这些都是古书，书页都已经长毛了。在这堆古书里，有毛利斯特古老而荒诞的《科学的奇迹》、约瑟夫·格兰威尔在1681年出版的惊世骇俗的《撒督该教徒的胜利》，还有1959年在里昂出版的震惊世人的《克苏鲁崇拜》。最糟糕的是，里面还有禁书——阿拉伯疯子阿卜杜拉·阿尔哈萨德写的《死灵之书》。这本书用的是奥洛斯·沃尔密乌斯已经被禁用的拉丁文版本。我之前没见过这种书，但是听说这些书中有很多恐怖的记载。我好像还听到不断的窃窃私语声，但房间里并没有人跟我说话。窗户外面的吊牌在风中摇曳，纺车的轮子发出嗖嗖的声音。老太太仍旧坐在纺车的前面忙碌着，默不作声。我对屋里的氛围、古老的书籍和沉默的老太太感到很害怕，心中更加不安。

　　我因为谨遵老一辈的古老传统才来这里参加奇怪的节日盛宴。我早已做好思想准备，在这里会碰到一些奇怪的东西或者古怪的人。我翻看了一下桌上的那堆古书。过了一小会儿，我就沉浸在那本邪恶的《死灵之书》中了。书中的各种暗示还有所描述的恐怖传说讲述了丑恶的人心或者意识，让人胆战心惊。我非常讨厌这种感觉。我好像隐约地听到有人在关窗户，就是屋内的长椅正对着的其中一扇窗户，好像之前是一阵嗖嗖的声音将那扇窗户打开了。那种嗖嗖的声音不像是老太太的纺车发出的。只是，我并没有在意，因为老太太还在纺车上纺织，房间中那个古老的时钟也一直在发出单调的声音。那个领我进门的老头换好了长靴和宽松的古长袍回到这里并坐在长椅上时，我竟然毫无察觉，也没有感觉到有人背着我在长椅上坐下了。这种等待让人着急，很显然，我手里那本亵渎神明的书让我更加不安。

当时钟敲响十一下后，老人站了起来。他走向屋子角落里的一个衣橱，那个衣橱和房间内的其他家具一样古老，上面刻满了花纹。他从衣橱中拿出两顶有罩盖的斗篷，他和老太太分别戴上一顶，老太太此时已经停下了手里的活儿。然后，老太太跌跌撞撞、步履蹒跚地走出门外。老头将我正在看的书收起来，示意我跟他们一起走，然后就将斗篷上的罩盖扯下来盖在他那僵硬的脸上，或者说是盖在他的面具上。

我们行走在这座古老城镇中错综复杂的道路上。天空中没有月亮，周围黑漆漆的。一路走来，我看到路边房屋窗帘里发出的灯光逐一熄灭了。漆黑的夜晚，天狼星照射着从各家走出来的人们，他们都披着斗篷，用黑色的纱罩将脸罩住。这群奇怪的人在街上走着，途经古老的招牌在风中摇曳的店铺，破旧不堪已经脱落的山墙，屋顶上长满茅草的破房子，还有路边菱形格子的老窗户；后来，他们穿过越来越危险的小路，路两旁有杂乱的破房子，有些已经倒塌了，然后经过露天广场和教堂。他们一路上很安静。摇曳的灯笼映照着若隐若现的星辰，在夜色当中看上去更加诡异。

在这鸦雀无声的人群当中，我紧跟着带着我来的那个老头。行人熙熙攘攘，有时候挤压我的身体，我感觉到碰触我胳膊的那些人非常柔软，超乎我的想象；当我的胸脯碰到别人时，我也感觉对方的身体非常柔软，有点不正常，就好像果浆一样。但是，在人群中，我并没有看清任何人的样貌，没有听到过一个字。这群人太奇怪了。队伍蜿蜒前行，当走进城中央山顶上的一个巷子时，我看到所有人都聚集到同一个地方，那里有一座宏伟的白色教堂。黄昏时，我在山路上远眺金斯堡城镇时曾经隐约地看到过它。金牛星在鬼魅般的教堂的螺旋尖顶上面闪烁着，非常诡异。我很害怕。

教堂周围很空旷，部分空地已成了坟地，到处都是鬼魅般的墓碑。广场建成了一半，上面盖着一层白雪，刮了一阵狂风之后，上面的积雪所剩无几。教堂旁边有一排排破烂不堪的房子，这些房子都有尖房顶，还有伸出来的三角墙。坟地里不停有鬼火在跳动，就算没有鬼影，也很邪乎。坟地里没有房屋可以挡住我的视线，我能穿过山顶看到海港上的光。在这种氛围烘托下，感觉这个城镇就要消失在漆黑的夜里了。行人提着灯笼穿过蜿蜒曲折的小巷。现在这些人都默默地走进了教堂，人潮涌动，朝那扇黑色的古老大门涌去，后面有几个零星的路人也都进去了，我待在一边不想进去。领着我来的那个老头扯了一下我的衣袖，我暗自决定要最后进去。我终于还是进去了。跟着那群邪恶的人走进了教堂。走到教堂入口时，我就感觉到人们都聚集在这座殿堂里。这里是完全未知的黑暗。坟地里的鬼火瞬间发出微弱的光，我赶紧转身朝教堂外望去，我被吓呆了。刮了一阵狂风之后，广场上几乎没有什么积雪了，只有教堂门口附近的空地上还有一些积雪；但是，当我刚刚转身看了一眼时，我简直不敢相信自己的眼睛，门口的积雪上面并没有任何脚印，我自己的脚印也消失了。

人们将灯笼带到了教堂里，但这里依然黑漆漆的，大多数人此时已经消失了。人群穿过了白色的高排座椅之间的通道，然后挤到地下室的环形入口。那里位于布道坛的前面，好像很多张开的大嘴，让人讨厌。人群安静地缓缓前行进入入口。我默默地沿着众人踩踏过的台阶走下去，来到了阴暗潮湿的地下室，快让人窒息了。队伍最后面的那个人看上去很恐怖，我看他们快涌入古老的地下墓穴时，就感觉他们的行为更恐怖了。我紧跟其后。到了下面之后，看到更加简陋的石阶，这些石阶非常狭窄，一直呈螺旋状往下延伸。里面很潮湿，气味难闻，让人突然觉得有股不祥的感觉。数不清的台阶一直延伸到深山当中，途经山墙还有呈下坠状的石钟乳和有裂纹的石灰岩。人们在这整个过程当中都鸦雀无声，让人不敢相信。在经历了短暂的恐惧之后，我竟然发现这些数不清的石墙和台阶发生了变化，它们就好像是从山上开凿出来的，轮廓清晰。最让我迷惑的就是这么多人在深山里行走竟然没有任何动静，既没有脚步声，也没有回声。走了似乎长达好几个世纪之后，我看到周围有很多侧道或者洞穴，如漆黑的夜晚一样神秘。洞穴的数量逐渐增多，就好像底下的墓穴藏着未知的危险。呛人的霉味让人更加难受。我知道这时候我们已经从地下穿过了这座山，现在正在金斯堡镇的地下。此时此刻，我发现这个古老城镇的地底下竟然有这么多蛆虫，这让我惊恐万分。

后来，我发现有一点微弱模糊的光线，并且听到了地底下暗流的声音。恐怖再次袭来，我讨厌黑夜中的一切，我很痛苦，希望我的父辈们从未让我来这个地方参加这个原始的节日仪式。往前走的石阶和通道逐渐变宽了，我好像听到了一种笛声，声音很小且夹杂着哀怨。忽然，我看到了一个广袤无垠的地下世界，借助一根柱状物发出的绿光，我发现一条宽阔的黏稠河流，河水好像是从地狱里流出来的，时不时地冲击着这个巨大的长满霉菌的沙滩，然后朝未知的古老的黑色海洋流去。

我发现了被亵渎的黑暗之界，还有巨大的伞菌和鳞状的火焰以及黏稠的河水；我还看到了在闪光的柱子周围，戴着斗篷的人群呈半圆形排列开。一切都让我眩晕，我有点憋闷。这个圣诞节仪式的历史比人类还古老，以后肯定会流传下去。一开始，圣诞仪式是为了庆祝冬至和瑞雪之后春天的到来，在这个仪式上，人们用篝火、常青树、灯光和音乐来庆祝。但是，这时竟然在这种黑暗的洞穴中举行圣诞仪式。人们正在按流程举行仪式，他们在膜拜发光的柱状物，他们的手里攥着用枯萎的黄绿色植物制成的黏稠物，然后将其投到水里。不知何物在距离灯光较远的地方吹长笛，让人非常讨厌。我呆呆地看着一切，当笛声响起时，我听到从臭烘烘的黑暗中传来了压抑的颤抖声。但是，我感觉最恐怖的是正在燃烧的那根圆柱子，它从地底深处喷射出来，就好像火山爆发。最不可思议的是，这根圆柱子不像正常的火焰能够在地上投下影子。圆柱上长满了脏兮兮的有毒的铜绿。火焰燃烧着，但一点也感觉不到温暖，只有一股如死亡和腐烂般阴冷的感觉。

将我带过来的那个老头正在恐怖的火焰旁边跳舞。他对着呈半圆形排列的人群，僵硬地挥舞。当他将那本可恶的《死灵之书》举过头顶时，大家都毕恭毕敬地匍匐在地上表达他们的虔诚；而我接受了所有的敬意，我是按照父辈的书信应邀来这里参加这个节日仪式的。后来，他对着那个在黑暗中若隐若现的吹笛者打了个手势。那个吹笛子的人突然不再小声吹笛，而是将音调升高，大声吹起来，抑扬顿挫，让人突然觉得很可怕。我吓得差点陷入了长满青苔的泥土中。我呆住了，这种恐怖不是这个世界的，也不属于任何世界，只属于那个闪着光的诡异空间。

从冰冷火焰的腐败光芒以外无法想象的黑暗之中，黏稠的河水穿过了幽灵般的人群，无声地卷起了诡异的浪花。随着抑扬顿挫的噗噗声，一群长着翅膀的怪物忽然从黑暗中飞了出来，很显然它们都是经过训练的，正常人的两眼根本无法看清它们，正常人的大脑也不能将它们全部记下来。它们不是乌鸦，也不是鼹鼠，更不是秃鹫、蚂蚁或者蝙蝠，也不是腐烂的人尸。它们是一种怪物，我不知道是什么怪物。它们用长着蹼的双脚和带膜的双翼往前飞行。当它们飞到了正在举行仪式的人群中时，戴着斗篷的人们将它们抓住，然后一跃骑上，沿着这漆黑的凹凸不平的河边进入非常恐怖的廊道。在那里，邪恶的细流汇聚成了未知的惊人的大瀑布。

之前一直在纺线的那个老太太也跟着人群一起骑上一只怪物飞走了。但是，领着我来的那个老头还在这里，他示意让我抓住一个怪物并且像其他人一样骑上去，我直直地站在那里没有做。我艰难前行，看到了那个吹笛子的人已经在光线中消失了，但是还有两个兽类耐心地蹲坐在那里。当我犹豫不决时，那个老人掏出了纸笔，在上面写着我的父辈们在这个古老的地方创办了这种圣诞仪式，他就是我的父辈们的代理人；早就确定好我要来这里，这就是命令，而且现在还没开始最神秘的宗教仪式呢。他写字时，我看到他的那只手非常苍老。我还在犹豫。这个时候，他从肥大的袖子中拿出一枚印章指环和一块钟表，以表明他跟我说的情况都是真的，这两样东西都是我家族的东西。但是，我突然对这种证明方式感到很害怕，因为我通过古老的书本知道，那块钟表已经在 1690 年时随着我爷爷的曾祖父一起埋在地下了。

这个时候，那个老头将脸上的面纱揭开了，他指着自己的脸，他长得像我们的族人。我的身体在发抖，我敢确定那是一张邪恶的蜡制面具。这时候，那些飞行着的怪物正在不断地从青苔上刮擦飞过。我看到老人有些不安和着急。其中一只怪物开始摇晃，他赶紧转过身去阻拦。这种刹那间匆忙的动作让他脸上的蜡制面具脱落了。我惊呆了。我在梦魇般恐怖的境地，无法穿过那些石阶回到原来的地方。因此，如果我愚蠢地大声尖叫，有可能会招来在这里潜伏着的成千上万只毒虫。在此之前，我纵身跳进了那油乎乎的还不断冒着气泡的地下河水当中，跳到了正在腐烂的恐怖的泥水当中。

当我醒来时，已经躺在医院里了。他们对我说，黎明时，有人在金斯堡的港口发现了我，我全身已经冻僵了，紧紧抓着漂浮着的桅杆不肯松手，那根桅杆救了我的命。他们还对我说，我昨天晚上在山上岔路口迷路了，掉到了悬崖下面的奥兰治，这是他们根据雪地上的脚印猜想的。我还能说什么呢，因为一切都是错误的。通过宽敞的窗户，我看到很多屋顶，也许只有五分之一的屋顶是旧的，我还听到楼下手推车和摩托车的声音。他们说这里是金斯堡，我不能否认。我迷迷糊糊地听到他们说这家医院位于中央峰上面的老教堂旁，他们想将我送到阿卡姆的圣玛丽医院，我能在那里获得更好的治疗。

我喜欢那里，那里的医生知识渊博、通情达理，他们帮我从米斯卡塔尼克大学图书馆借来了珍藏的阿尔哈萨德的禁书《死灵之书》的复印本。他们讨论了一些关于精神错乱的内容，还建议我将脑海里的记忆全部忘掉，别再去想那些事情了。

我再次看到了那吓人的篇章时，全身颤抖得更厉害了，因为我已经很熟悉它了。以前我曾看到过这些描述，脚印就能说明它们可能是什么；我最好永远忘记我看到这些东西的地方。当我醒来时，我记不起来了；但是，我一直都梦到恐怖的场景，我不敢复述那些情节，只敢引用那一段，我尽量将拉丁语翻译成英语。那个疯狂的阿拉伯人写道：

最下面的洞穴，正常人看不到，因为它们奇异古怪，让人害怕。诅咒这大地，在这里去世的思想会重新复活并且离奇地附体，邪恶的思想附体的身体没有头。如明智的伊本·斯查卡巴欧所说，幸福就是没有巫师躺过的坟墓，小镇夜晚的幸福就是那里的巫师已死。在古老的传说中，恶魔不是从血肉开始侵蚀的，而是从脂肪开始，然后指定某些蠕虫来啃咬，然后侵蚀。直到慢慢地腐烂过程中诞生可怕的生命，那些在泥土中的食腐动物开始巧妙地激活并且折磨它。地上的小洞足以被隐秘地挖成大洞，它们学会了行走——不，应该说是蠕动。

敦威治恐怖事件

有些迷信的人脑海中不断出现有关蛇发妖女、九头蛇、吐火的银鲛和哈耳庇厄的可怕传说，之前可能真的出现过这些可怕的怪物。它们只是转录和典型，那些恐怖的原型永远在我们中间。否则，即便人们清楚地知道这些都是虚构的，这些传说为什么会强烈地影响着所有人呢？难道人们能够根据怪物联想到可怕的事情，觉得它们可能伤害人类吗？哦，肯定不是的！它们的历史悠久，对人类的危害已经超越了肉体。或者说，在不伤害人类的情况下，地球上越稀有的东西越恐怖。在人类天真的童年时代，它们起着主要作用。若是我们能够克服这些恐惧，就能够更加准确地洞悉人类前世可能存在的状态，甚至可能窥探到前世的秘密。

——查尔斯·兰姆《女巫和其他暗夜里的恐怖》

一

如果一个在马萨诸塞州中北部旅行的游客在迪恩地区和艾

尔斯伯里公路的交会处拐错弯，他很可能进入一个荒凉且奇怪的小镇。

往这座小镇走去，地势逐渐升高，蜿蜒曲折的小路上到处弥漫着灰尘，路两边长满了野蔷薇。野蔷薇藤爬到石墙上，好像是慢慢往路中间聚集。周围植被茂盛，树木参天，长满野草、荆棘和牧草，在其他定居地点很难找到这么茂密和安静的环境。这里的田地很贫瘠，不适合耕种，数量也很少。这个小镇上居民们的房屋很零散，奇怪的是，每处房屋都非常古老，脏兮兮的，几近坍塌。

在破门槛或者布满碎石的山坡草地上，偶尔会有一些形单影只的身影。不知何故，任何游客都不想向他们问路。这些身影那么安静和神秘，给人一种感觉就是离他们远点，躲远点为好。顺着小路走到一个高地上，可以看到巍峨的群山，茂密的树林在群山面前就显得不足挂齿了，让人觉得特别不安。每一座高山的山顶都非常圆、非常对称，好像是刻意营造出来的，但是看上去极其不自然。有时候，天空会格外清晰地衬托出山顶上一圈一圈突兀且诡异的巨大石柱。

前行的道路被深不见底的峡谷和山涧隔开了，一座座粗糙的木桥好像随时会崩塌，毫无安全感可言。当游客沿着小路再一次在低洼处行走时，可以看到很多沼泽地朝远方延伸过去。晚上最恐怖，北美夜鹰在隐蔽处惨叫；无数只萤火虫不知道从哪个深邃的角落里突然钻出来，伴随着恐怖的沙哑且刺耳的牛蛙声在不停飞舞。米斯卡塔尼克河上游好像一根闪亮的细线条，好像一条恐怖的毒蛇在圆顶山的山丘中蜿蜒盘旋。

近看，每位游客肯定会先看到漫山遍野的茂密树木，而不是堆砌在山顶上好像皇冠一样的各种怪石。每个山坡都非常隐秘且险峻，过路的行人只想远离它们，但都没有办法选择其他可以绕行的道路。穿过一座有遮挡的简陋棚桥时，在溪流和圆顶的山丘中间一处垂直的陡坡上面有一座小镇，镇子里各种破烂不堪的斜屋顶说明这里的建筑历史悠久，比周边地区的早期建筑要早很多，外来人感到非常惊讶。但是，如果走到跟前仔细观察一下就会发现：大多数房屋已经闲置了，并且开始不断下沉，快塌了，这番景象让人很担心。在这座小镇里，商业刚萌芽，镇子里还藏着一个塔尖上有点破损的教堂，现在已经成为一个简陋且脏乱不堪的集市。桥上非常黑暗，就好像在隧道里，让人不得不打起精神来，也让人感到有点害怕，但是这里只有这一条路行得通。过了桥之后，马上就能隐约地闻到一股恶臭味。这座小镇的街道已经经历了几个世纪的洗礼，到处发霉和腐烂了。沿着山脚下狭窄的山路继续前行，穿过一片平坦的地区就能再次看到艾尔斯伯里峰——能够走出这个地方简直是一种解脱。也许在未来的某一天，游客才会知道自己曾经穿过的村庄名叫敦威治。

敦威治小镇上外来人员较少，发生了上一次的恐怖事件之后，指向该地区的所有路牌都被撤掉了。实话实说，如果按照普通的审美标准，这里的风光完胜其他地方。但是，很奇怪，从未有大批艺术家或者游客在夏天来这里旅游。在两个世纪以前，大家在谈到巫术血祭、撒旦崇拜和森林妖精时还不会被人嘲笑的时候，人们会用这些理由对此地敬而远之。现代人就比较理智了，从 1928 年在敦威治小镇发生恐怖事件之后，他们尽量避免这个话题，即使人们不知道原因，也闭口不谈。或许其中的一个原因就是当地人堕落了，而且在这条堕落的路上越走越远，就好像新英格兰很多地区的死水；他们在精神和肉体上都明显表现出退化和近亲结婚的特征。这个小镇的居民的智商也比平均水平低很多，不过他们那些恶贯满盈的作为、乱伦、无法形容的暴力和怪癖却臭名昭著。两三个历史悠久的古老家族于1692年从塞伦来到这里，他们总算没有堕落到那种朽败的境地，但家族的旁系却已经沦落到与肮脏的平民为伍，用各自的名字才能找到被他们玷污的祖先。有些维特利家族和毕晓普家族还将他们的长子送到哈佛和米斯卡塔尼克大学就读，不过很少有年轻人回到他们世代居住的老房子中。

无人知道敦威治小镇的特别之处，甚至最近发生的恐怖事件的知情者也说不清楚。不过古老的传说中讲述了土著印第安人的祈祷仪式和秘密会议，并且从巨大的圆形山中召唤出被封印的恐怖怪物。与此同时，地下传来响亮的爆裂声和隆隆声也在回应他们狂妄不羁的祷文。1747年，刚来到敦威治镇公理会教堂的阿拜佳·霍德利牧师就曾针对撒旦和其随从将要来临的情况进行过一次影响深远的布道。他说我们必须承认，撒旦等地狱之魔发出了亵渎神明的言论，这一点是毫无疑问的；有二十多个可靠的证人可以证明他们亲耳听到了从地下传来的亚撒色、巴兹拉尔、比泽卜和贝利阿等魔鬼邪恶的声音。一个星期后的一天晚上，我听到了自己家屋后的山林间有恶魔在谈话。其中还夹杂着翻滚声、嘎嘎声、呻吟声、尖叫声和嘶哑声，地球生物发不出这种声音。这些声音是从诡异的巢穴里传来的，想必只有黑魔法才能做到，只有恶魔才能够打开这种巢穴。

霍德利牧师布道之后没多久就莫名其妙地失踪了。不过他布道的文稿在斯普林菲尔德的刊物上刊登出来了，保留至今。过了一年又一年，敦威治镇中连绵起伏的山林间一直发出各种奇怪的声响，地质学家和地貌学家至今未能解开这个谜团。

镇上还有其他传说，有些是关于山顶上石柱间恶臭味的；有些是关于大峡谷底部的某个固定位置在某个固定时间刮起的飓风的；还有关于试图解释魔鬼们聚会狂欢的地方的，这个地方是被诅咒的荒凉之地，寸草不生。此外，镇上的居民非常担心和害怕那些只有在温暖的夜晚才会大叫的北美夜鹰。他们断言这些鸟就是亡灵的指引者，它们阴森恐怖的叫声和濒死者的呻吟同步。如果北美夜鹰将死者刚出窍的灵魂抓住，就会像魔鬼一样狂笑，扇动着翅膀朝远方飞去；如果失手了，它们就会渐渐失望到沉寂，不再长啸。

当然了，这样的传说都是从远古时代传下来的，因此就有些不合时宜且荒谬了。敦威治小镇具有非常悠久的历史，甚至比方圆三十英里之内的任何地方都要悠久。在敦威治镇南边，或许还能够看到 1700 年修建的毕晓普家族的一些旧地窖墙壁和烟囱。周围的工业还不太发达，19 世纪的工厂化运动没多久就停止了。时至今日，现存最古老的遗迹就是山顶上的石柱群，一圈一圈巨大石柱中的大部分都被视为土著印第安人建成，而非占领当地的殖民者。哨兵山上的石柱圈内还有像桌子一样大小的巨石，上面堆着头盖骨等各种骨头。当地居民觉得这里曾经是波库姆塔克部落的坟地。但是，根据许多人种学者的分析，上面的观点毫无根据，可能性也小，他们认为这些遗骸属于高加索人种。

二

　　1913 年 2 月 2 日，那天是星期天，上午 5 点，在敦威治管理区的一座宽敞的旧农庄里，威尔伯·维特利降生了。这座农庄位于小山坡上，距小镇四英里，距离最近的人家也有一点五英里。当天是圣烛节，镇上的居民和往常一样都以其他名义来庆祝节日。前一天晚上，山上再次响起了那种怪声，镇民们家里的狗狂吠了一整夜。人们没有注意到，孩子的母亲也是堕落的维特利家族的一分子，她其貌不扬，还有点残疾，大概三十五岁。她与自己的父亲住在一起，她的父亲是个半疯半癫的人，年纪比较大了。有传言说，这个老头在年轻时曾经掌握了可怕的巫术。大家不知道拉维妮娅·维特利的老公是哪里人，但是按照当地的传统，敦威治镇上的居民都接纳了她的儿子，只不过对孩子爸爸的来历众说纷纭。拉维妮娅得了白化病，身子比较虚，两只眼睛呈粉红色。但孩子的皮肤很黑，那张脸就跟山羊似的。拉维妮娅好像对她的儿子感到特别自豪，有人听说她模模糊糊地小声说了很多奇怪的预言，例如她说这个孩子掌握了超乎寻常的力量，将来前途无量等。

　　拉维妮娅喜欢小声嘀咕一些奇怪的言论，她从孩提时起就在恶劣的天气里在山林间徘徊，很小就阅读了很多的古书，这些古书都是由祖辈传下来的，还有着强烈的气息。这些古书因为太古老了，有的被虫子蛀了，都快要腐烂了。拉维妮娅并没有上过学，不过老维特利和她说过很多古老的传说中的片段。小镇的居民一般不想进入这座偏僻的农庄，原因有很多，例如老维特利掌握了邪恶的黑魔法，所以名声很差；例如维特利夫人在拉维妮娅十二岁时就死于未知的暴力等。拉维妮娅经常做一些不着边际的白日梦，希望从事与众不同的职业。她在闲暇时几乎不会做家务，她的家里又脏又乱。

威尔伯出生的那天晚上，传来了一声尖叫。这声尖叫声甚至比山林间魔鬼们发出的怪异的谈论声和各家狗的狂吠声都要响。当天晚上，小威尔伯出生，没听说有医生或者产婆帮忙，邻居也一无所知。一周之后，老维特利驾着他的雪橇从雪地里来到镇子上，他告诉奥斯本杂货店的闲人们自己有外孙了，他前言不搭后语。他变了，好像多了一些神秘色彩，他之前的模样很奇怪，现在却让周围的人感到害怕。不过，哪个家庭还没有点杂七杂八的琐事。老维特利的脸上增添了几分喜悦的色彩。不久之后，她女儿的脸上也有了同样的表情。老维特利还说了一些与孩子的父亲有关的事情。很多年之后，听众还依稀记得当时的情景：

"不管别人如何想，如果说拉维妮娅的儿子像他父亲，你们肯定无法想象孩子的模样，他和当地人完全不一样。拉维妮娅有些学问，目睹过你们只是听说过的东西。我敢说她的丈夫比艾尔斯伯里周围的任何男人都要优秀。若你们和我一样了解这些山峦，肯定就不会要求他去准备更好的教堂婚礼。我和你们说吧，将来有一天，你们会听到拉维妮娅的孩子站在哨兵山的山峰上大声喊他父亲的名字！"

在小威尔伯出生的第一个月里，只有两个人见到了他：维特利家族中尚未堕落的老泽卡赖亚·维特利和厄尔·索耶的同居的"妻子"玛米·毕晓普。很显然，玛米是因为好奇才来的，后来的传言肯定夹杂了她的所见所闻。泽卡赖亚将老维特利从儿子柯蒂斯那里买的两头奥尔德尼奶牛带来了。这也标志着威尔伯家的奶牛养殖业开始了，然后一直持续到1928年发生敦威治恐怖事件。令人匪夷所思的是，维特利家中几乎都要塌了的牛棚从未满过。有段时间，有好事者悄悄跑到他家里数过在农舍上面陡峭的山坡上放养的牛群数量，最多不超过十头或者十二头。显然，很可能是牧草不卫生或牛棚里的真菌和木料染有病菌，维特利家中的牛因此相继死去。牛群饱受奇怪的伤口和溃疡的折磨，这些伤口好像是被利器所伤。前几个月，有一两个曾经去过维特利家的人说，他们看见了头发灰白、蓬头垢面的老维特利和他那患白化病的女儿的喉咙上也有类似的伤口。

小威尔伯出生之后的那个春天，拉维妮娅又开始在山间散步了，她不太协调的手臂中抱着一个黝黑的孩童。这个镇上的大多数居民亲自看过这个小孩之后就慢慢地不再关注维特利一家了，没有人会不厌其烦地评论这个小孩身上每天都发生的快速变化。威尔伯的成长速度让人吃惊：三个月时，他就比正常一岁的小孩还高了，他的行为和嗓音比普通的小孩明显要克制和慎重很多。最令人吃惊的是，这个孩子竟然在七个月大就会走了，虽然有些跌跌撞撞，但是到了八个月时就能走得很稳了。

当年万圣节的午夜时分，哨兵山的山顶上燃起了熊熊大火，在那里，桌台般的巨石立于遍地白骨之中。塞拉斯·毕晓普——毕晓普家族尚未堕落的成员说，自己在一小时前看到了威尔伯跑在他母亲的前面。他这番话引得谣言四起。那时候，毕晓普正在驱赶走散的一头小母牛，顺着自己提着的灯笼发出的微弱灯光，他看到了两个身影无声无息地穿过灌木丛，好像都没有穿衣服。毕晓普看了之后大吃一惊。后来，他隐隐约约地想起来那个男孩系着一条流苏腰带，穿着深色的短裤或者长裤。后来，威尔伯只要精神饱满或者神志清醒地出现在人们面前时总是将每颗纽扣都扣好，穿得整整齐齐的。他反感和害怕任何紊乱或者可能发生的紊乱。威尔伯与不修边幅的母亲及祖父形成了鲜明的对比，这让大家十分好奇。但是，到了1928年发生敦威治恐怖事件之后，人们才对此有了合理的解释。

次年一月份，拉维妮娅家的孩子开始说话了，再次吸引了人们的注意力。这个小孩才十一个月大，他的口音和当地的口音有些不同，并且不像三四岁的小孩口齿不清，可以断定他很优秀。小威尔伯不喜欢说话，但是他说话时总是流露出某种难以琢磨的奇特之处，敦威治和它的全体镇民都不曾具备这种东西。不是他说话的内容有些奇怪，也不是他说话时使用的简单用语与众不同，而是与他的语调或者身体内的发音器官有关系。威尔伯的面部表情很成熟，虽然他的小下巴像他的祖父和母亲，但是他的鼻梁很坚挺，眼睛很大，好像具有拉丁血统，这让他看上去比成年人还要聪明。从外表来看，威尔伯才智超凡，但是长相非常丑：厚厚的嘴唇，粗大的毛孔，黝黑且有点儿泛黄的皮肤，粗糙的鬈发，特别长的耳朵，看上去更像是一头山羊或者是一种野兽。很快，镇上的居民就开始讨厌威尔伯，这种讨厌程度超过了对他的祖父和母亲。关于威尔伯的所有猜测都掺杂着老维特利曾经掌握黑魔法等有关的传说。听说，老维特利有一次站在石柱的圆圈中间，两手捧着一本翻开了的大书，大声喊出犹格·索托斯这个可怕的名字，这时候群山在剧烈震动。镇上的狗也不喜欢这个男孩，威尔伯不得不用各种办法对付狗的狂吠。

三

老维特利还在继续买牛，但是牛棚中牛的数量并没有增加。他砍伐木材，开始修缮家中无人居住的房屋。维特利家的农舍很宽敞，还有尖屋顶，房子的后半截完全隐藏在山坡上的乱石中间，保存最好的三间屋足够老维特利和他的女儿使用。

老维特利身上肯定有什么秘密，要不然怎么下这种苦力呢？虽然他有时候是个话匣子，说话不着边际，但他的木工活特别精致。从威尔伯出生时起，老维特利就将很多摆满工具的房中的一间收拾干净了，并且装上了隔板，还安装了牢固的新锁。他现在又开始翻修楼上闲置的房间了。老维特利的手艺一点也不逊色于技术精湛的木匠，但是他疯了似的将楼上所有的窗户都钉死了，很多人都觉得他这是多此一举。

老维特利在楼下为刚出生的外孙准备房间，是情理之中的事。客人们也参观了这间房子，房子四周的墙壁上都安装了高大结实的书架，书架上面的古籍很显然是按照某些特定的顺序排列的，这些书都快烂成灰了。以前，这些书散落在各个房间的角落。很奇怪，楼上的那个房间被钉死了，不允许任何人靠近。

"终于发现了这些书籍的用处。"老维特利一边说，一边用在生锈灶台上煮出来的糨糊修补一本黑魔法书，"这个小孩以后会更好地使用它们，我得尽量完成修补工作，因为他以后要学习这些书的所有内容。"1914年9月，威尔伯已经一岁零七个月了，他的身高和成就惊人。他的体格好像四岁的孩子，交谈自如，凡事能够随机应变。威尔伯整日在田间和山中疯跑，每次散步时都由母亲陪着。他在家里津津有味地读着祖父的书籍中那些古怪的图片和表格，非常努力。老维特利也会在漫长且安静的下午以一问一答的方式给外孙传道授业。这时候，农舍已经修缮好了，客人们都很吃惊，不知道为何要将楼上的一扇在东山墙角落里、靠着山坡的窗户改装成牢固的木板门，修一条从地面通往那扇窗户的路。快完工时，人们才知道小威尔伯出生以后，那间放着工具的古老的小屋一直被紧锁着，窗户也用木板封上了，不再使用。有一次，厄尔·索耶牵着一头牛，想卖给老维特利，但是他差点儿被牛棚中扑鼻的怪味熏死。这辈子，除了在山顶上的印第安人石柱圈，他再也没有闻到过这种气味，这肯定是不正常的东西发出的气味，也不像是地球上的气味。当时，敦威治镇上的居民家里也没有明显的怪味。

后来的几个月没有发生明显的异常事件，但是每个人都断言自己听到了山峦之间发出阵阵响声，这种响声慢慢加强，且持续发生。1915年五朔节之夜，敦威治小镇发生了地震，连艾尔斯伯里的居民也隐约感觉到了。万圣节那天，地底下发出了隆隆声，同时地面上突然出现熊熊烈火，这一切都是因为巫师维特利在哨兵山作法。威尔伯的成长经历非常离奇，他四岁时就像十岁的小孩，而且开始如痴如醉地阅读大量书籍，不怎么说话。威尔伯的话越来越少，周围的居民也开始故意谈论他长得跟山羊似的脸越来越像魔鬼了。有时候，威尔伯还会用奇怪的节奏说陌生的术语，听者都很害怕。大家还经常讨论狗见了威尔伯就吠个不停，威尔伯只好随身带着左轮手枪来保证自己在乡间小路上行走时的安全。有时候，威尔伯会开枪射击攻击他的恶狗，因此狗主人更加痛恨他了。

维特利家几乎没有来访者，人们经常看到拉维妮娅一个人待在楼下发呆，用木板封起来的二楼经常会响起诡异的脚步声和尖叫声。她对父亲和儿子在楼上干什么只字不提。有一次，一个爱开玩笑的小鱼贩子想推一下通往楼梯的锁着的门，拉维妮娅转身看到之后吓得脸色惨白。镇民们想起老维特利年轻时的传闻，听说只要在某些特定的时间向某些异教神灵祭祀一头小公牛，就可以从地球内部召唤出恐怖的怪物，一个个吓得瑟瑟发抖。那时候，镇上的居民看到狗群对维特利家的憎恶和畏惧与对威尔伯的憎恶和畏惧一样强烈。

1917年发生了战争，敦威治镇上的年轻人太少了，作为当地的征兵委员会主席，乡绅索尔·维特利使尽了浑身解数也不能完成上级分配给敦威治的征兵名额，就连训练营的人数也不够。这里的人少到连当地政府都感到很吃惊，所以就专门派了几个官员和医疗专家进行实地调查，也许《新英格兰时报》的读者还能想起这次调查的结果。根据参与这次调查的群众意见，新闻记者开始跟踪报道维特利一家的事迹，《波士顿环球报》和《阿卡姆广告者》对威尔伯的早熟、老维特利的黑魔法、书架上的各种奇书古籍、古老的农舍中被密封的楼层，还有整个敦威治地区的诡异及群山中不断发出的奇怪响声等进行了大肆报道。当时，威尔伯只有四岁半，但是已经和十五岁的少年相仿了。他的嘴唇和脸颊开始发黑，连声音也如青春期的男孩一样有点沙哑了。

厄尔·索耶带领很多记者和摄影师去了维特利家，然后开始关注楼上被密封的房间中的怪味。他还说，这个房子修缮时使用的工具也有这股怪味。此外，山顶的石柱圈中也经常会有这股怪味。敦威治当地的居民在读报刊中报道的故事时，都对其中的明显错误一笑了之。他们也想知道作者为何强调老维特利用旧金币买牛的事。很显然，维特利一家不欢迎别人造访，但是他们不好直接拒绝，只好保持沉默，怕会引起更多关注。

<h2 align="center">四</h2>

这件事之后的十年，在敦威治病态的社会环境的琐碎生活当中，没人继续关注维特利一家了。他们依然按照自己奇怪的方式生活，依然在五朔节和万圣节狂欢庆祝。他们每隔两年就去哨兵山的山峰上点起火把，这时候群山会发出更响的隆隆声。每个节日，孤独的维特利一家肯定会有奇怪的倒霉事发生。在这期间造访过维特利家的人都说，当他们全家人在楼下时，竟然能够听到那间被密封的房子里发出怪声。来访的人们很难理解维特利家为什么这么频繁地用母牛和小公牛祭神。传言说，有人曾经向"动物保护协会"投诉过维特利一家人的行为，但是后来不了了之了。敦威治当地的居民也从未想过吸引外界的关注。

好像是在 1923 年，那时候威尔伯才十岁，他的思想、声音、身材和满脸胡子，让人觉得他好像是个成熟的男子了。这时候，维特利一家开始第二次修缮旧农舍，仍然着重修缮二楼。

人们根据凌乱不堪的废弃木板猜测：这个男孩和他的祖父也许拆掉了楼上所有的隔间，恐怕很快也要将阁楼拆掉了，只在二楼的楼台和尖屋顶间留下了一大片空地。他们甚至还将中间的大烟囱也拆掉了，换成了一根很薄的白铁皮炉管。

完成这次修缮之后的春天，老维特利发现有越来越多的北美夜鹰从冷泉峡谷中飞出来。每天晚上，这些夜鹰在他的窗户边上乱叫。他觉得事情不妙，所以告诉了奥斯本杂货铺的闲人，说自己可能要死了。

"它们按照我呼吸的频率在叫，在嘲笑我。"老维特利说，"我想它们已经开始准备逮我的灵魂了。它们知道我要死了，因此准备好随时抓住我的灵魂。伙计们，我死后你们可以判断这些夜鹰是否将我的灵魂抓住了。如果得逞，它们就会放肆大叫，直到天亮为止；如果失手，它们就会安静地待着。我想这些凶残的鸟也许会与它们所期待的灵魂痛快地干一架。"

1924年，在收获节的那天晚上，威尔伯·维特利急忙将艾尔斯伯里的霍顿医生请了过去。威尔伯骑着家里唯一的那匹马，在漫漫长夜里快马加鞭，终于赶到了奥斯本杂货铺给霍顿医生打电话。霍顿医生发现老维特利的病情很糟糕，若有若无的心跳和虚弱的呼吸说明他已经快不行了。患白化病的女儿和留着怪异胡须的外孙并排站在床头，头顶的空洞深渊里好像有节奏地发出让人不安的波浪汹涌和惊涛拍岸的声音。只是，医生被鸟叫声弄得心烦意乱，窗户外面的北美夜鹰如同千军万马，不停地鸣叫，魔鬼似的按照奄奄一息的老人微弱的喘息节奏在叫。霍顿医生感觉这个情况太奇怪、太异常了，与敦威治地区的其他人一样，他不愿意到这个奇怪的地方出诊。

接近午夜1点时，老维特利的意识恢复了，虚弱地说了几个不连贯的句子。他对外孙说："多弄点空间，威尔伯，要尽快。你在成长，但是那个东西长得更快。它很快就准备好来服务你了。你要按照完整版第751页上面的颂歌为犹格·索托斯敞开大门，点亮那个监牢。让火光在空气中燃烧，一定别烧着它。"

显然，老维特利糊涂了。他停住了，窗外的北美夜鹰也停下了鸣叫，以适应老人变化的说话节奏。从远方的群山中隐约发出怪声，老维特利又说了两句：

"按时喂养它，威尔伯，一定要控制食量；别让它长得太快了，要不然这里装不了它。如果在你释放犹格·索托斯之前它将这个地方撑破了或者逃走了，后果将不堪设想。只有那些来自遥远地方的它们才能让它繁殖和工作……只有它们，旧神期待重新归来……"

老维特利不得不停下来喘口气，夜鹰也随即停下来，拉维妮娅被吓得大声尖叫。过了一个多小时，老人沙哑地哽咽了几句没人听得清的临终遗言就死了。霍顿医生将皱巴巴的床单掀起来盖住了老人呆滞的灰色眼睛，窗外的鸟鸣声也渐渐消失了。拉维妮娅哭了，不过威尔伯只是伴随着山间隐隐约约的轰隆声咯咯地暗笑。

"它们没有将它抓住。"他自言自语地小声说道。

这时候，威尔伯已经成为他所学专业的博学家了，他和许多保存着稀有禁书的图书管理员保持着书信往来，彼此已经很熟悉了。但是，有人怀疑威尔伯和某些青年的失踪有关，所以敦威治当地的居民更加讨厌和害怕他。也许是因为害怕威尔伯，或者是因为古金币的作用，当地居民还是三缄其口。这期间，维特利家族还是继续养牛，而且与之前一样，继续用古金币定期买更多牛。威尔伯看上去已经很成熟了，他的身高也跟正常人相仿了，还有继续长高的趋势。1925年的一天，曾经与威尔伯保持书信往来的米斯卡塔尼克大学的一位学者亲自登门拜访，但不久之后就脸色惨白地走了。

很多年以来，威尔伯对患了白化病的母亲不管不问，最后还不让母亲在五朔节和万圣节跟着他去山峦间举行祭祀仪式。1926年，这个可怜的妈妈向玛米·毕晓普抱怨，说她很害怕儿子。

她说："玛米，我不敢跟你说所有关于他的事情。而且，我现在越来越不了解自己的儿子了。我敢发誓，我对他到底要做什么毫不知情，也不晓得他在做什么。"

那年的万圣节，山峦间的怪声比以往更响，哨兵山的山峰和往常一样燃起了熊熊大火。但是，最让人吃惊的是，一大群北美夜鹰合着清晰的节拍在鸣叫。当年，夜鹰出现得很不合自然规律，而且聚集在维特利家周围。过了午夜，所有夜鹰的啼叫声音很大、很刺耳，就如同在放声大笑，整个敦威治镇都能听到，这种叫声持续到黎明之前才逐渐消失。紧接着，它们就匆匆飞往了南方，比正常的迁徙时间晚了整整一个月。这种情况意味着什么？镇民当时完全不清楚，敦威治似乎无人去世，但可怜的拉维妮娅·维特利，这个畸形的白化病人，从此再也没有出现过。

1927年夏天，威尔伯翻修了农舍中的两间小屋，将书籍和主要财产都搬到里面。没过多久，厄尔·索耶对奥斯本杂货铺的闲人说，维特利家的农舍又重新装修了。威尔伯将一楼的所有门窗都关上，然后将里面所有隔间都打通，就像四年前他和他的祖父将二楼所有隔间全部打通一样。"他居住在其中一个小屋里，"索耶说，"他看上去非常担心和害怕。"大多数当地人都怀疑威尔伯知道他母亲失踪的原因，再也没有人敢靠近这座农舍了。威尔伯现在的身高已经有七英尺多，但是好像还在继续长高。

五

接下来的那个冬天，最奇怪的是威尔伯第一次离开了敦威治镇。威尔伯曾经给哈佛大学的怀德纳图书馆、巴黎的法国国家图书馆、大英博物馆、布宜诺斯艾利斯大学和阿卡姆的米斯卡塔尼克大学图书馆写信，迫切希望借阅一本书籍，但是被拒绝了。威尔伯最后决定亲自去一趟。他衣衫褴褛，满脸的胡碴，操着粗鲁的方言来到了距离他最近的米斯卡塔尼克大学的图书馆查阅该书的副本。威尔伯身高接近八英尺，手里拿着一只从奥斯本杂货铺买来的廉价旅行袋。这个脸长得跟山羊似的黑怪人就这样到了阿卡姆，专门寻找深藏在大学图书馆的可怕禁书。这本书就是疯狂的阿卜杜拉·阿尔哈萨德写的《死灵之书》。这本书于17世纪在西班牙出版，奥洛斯·沃尔密乌斯将其翻译成了拉丁文。威尔伯从未到过城市，他一心只为去到米斯卡塔尼克，并没有看到自己经过一只长着白色大牙的看门狗，也没有听到那只大狗恶狠狠的咆哮声，这只凶猛的狗使劲拽拉结实的铁链子，发出哗哗的声响。

威尔伯将他的祖父留给他的那本由魔法师乔恩·德翻译的英文版本带在身上，虽然这本书价值连城，但是它的内容不太完整。他经批准可以阅读《死灵之书》拉丁文的副本时，马上开始对照着阅读这两本书，目的就是想找到自己那本书中缺少的第 751 页。威尔伯按捺不住内心的激动，跟图书管理员讲述了一切。亨利·阿米塔格（米斯卡塔尼克大学的文学硕士、普林斯顿大学的哲学博士、约翰霍普金斯大学的文学博士）的知识也相当渊博，他曾经去过威尔伯的农舍，现在正在礼貌地向威尔伯询问各种问题呢。阿米塔格不得不承认，威尔伯正在探索包含犹格·索托斯这个恐怖名字的一些仪式或者咒语，这两个版本之间的差异、重复和含糊让他不好判断。当威尔伯抄下他最终选择的仪式时，阿米塔格博士情不自禁地从后面看了一眼摊开的书页，他看到了左边的拉丁文版的《死灵之书》中竟然还有这么可怕的言论，这些言论足以威胁世界和平与理智。

阿米塔格博士在脑海中将书页上的文字翻译了一下，如下：

我们不能认为人类是地球最古老和最终的主宰，也不能认为寻常的生命和物质会独行于世。以前存在的旧神们，现在依旧存在，将来也会永远存在。它们不是我们已知空间的，而是在各层空间之间的。旧神们无声无息地行走在时间之初，不受维度束缚，不为我们所见。犹格·索托斯不但是时间之门，还是钥匙和守门人。犹格·索托斯集过去、现在和将来于一体。他知道太古旧神曾在哪里出现，将在哪里再现。他知晓旧神曾经去过地球上哪些地方，也知道旧神正在哪些地方，他还知道旧神在造访地球时，人们为什么不能看到它们的真实面目。人们可能偶尔会凭借旧神发出的气味知道它们就在附近，但从来没有人亲眼看到过它们的真实面目。旧神们没有固定的形状，也没有实质性的存在，它们有各种各样的形态，它们经过时无人察觉。它们在特定的地方、在合适的时机说出特定的词语，举行特定的仪式。风傻傻地学它们的话语，大地喃喃地诉说它们的意识。旧神们将森林摧倒，将城市压垮，但是哪片森林和哪座城市又亲眼看到过凶手？卡达斯在冰冷的废墟上认识了它们，但是谁又知道卡达斯是谁？雕刻师将旧神们的印章刻到了南极的冰原上，刻到了汪洋大海中沉默的小岛的石柱上，但是谁目睹过海底的冰封城市呢？谁又目睹过海草和藤壶所缠绕的高塔呢？伟大的克苏鲁邪神作为表亲，也只不过是模糊地看到它们的存在。啊！莎布·尼古拉斯！你作为万恶的母神，应该知道它们。即便旧神用手掐住你的脖子，你也不能看到它们的真实面目，它们就在你守卫的门口住着。犹格·索托斯是打开通往所有空间的钥匙。人类现在能统治的地方恰好是它们之前统治过的地方，人们现在能统治的地方很快就要被它们统治了。年复一年，旧神们在耐心等待，它们很快就会再次统治这片土地了……

阿米塔格听说了有关敦威治的谣言、阴魂不散的诡异、威尔伯·维特利阴暗而丑陋的履历、他从出生到可能将自己的母亲杀掉了等种种争议，这和刚才阿米塔格自己阅读到的内容一样，都好像是墓穴中的一阵湿冷的风，形象且真实的恐怖涌上他的心头。他眼前这个脸长得跟山羊似的驼背的高大青年好像是外星人，好像只有一部分属于人类，而其余的则与本质和实体的深渊有关，好像超越了全部的力和物质、时间和空间的束缚。这时候，威尔伯抬起头，用他异常的发音器官，用怪声大声说道：

"阿米塔格先生，我想我必须将这本书带回家。书中一些仪式需要的启动环节不能在这里实施。如果我因为这里的繁文缛节受困扰罪过可就大了。让我带走吧，先生，我发誓不会有人发现。我肯定会好好保管这本书的。如果换成我，肯定不会将乔恩·德的书弄得这么破……"

但是，图书管理员态度坚定，威尔伯看了之后就停了下来，他的脸上逐渐流露出诡异的表情。也许阿米塔格之前可能会同意威尔伯去复印一下他需要的那部分内容，但是，突然想到这样做后果不堪设想，因此打消了这个念头。如果将通往亵渎神明的外部世界的钥匙交给威尔伯，阿米塔格先生肯定得承担很多责任。威尔伯在分析了事情的可能后果之后，故意假装轻松地回答："好吧。如果你非要那么想，也许哈佛不会这么敏感。"威尔伯没有多说什么，直接走出了大楼，弯腰走过一扇扇门廊。

阿米塔格听到了看门狗凶狠的狂吠声，透过窗户看到威尔伯猩猩般的身影走出了校园。阿米塔格先生想起了自己听到的与敦威治小镇有关的传说，想起了《阿卡姆广告者》周日版刊载的内容，还有他拜访敦威治时在乡野村镇听说过的那些民间故事。某些不可见之物——并非来自地球，至少不是三维空间中的地球——正带着恶臭和恐怖穿过新英格兰的峡谷。阿米塔格一直对此深信不疑。他现在好像感觉到恐怖正在逼近，好像还提前看到了古老梦魇统治的黑暗王国。阿米塔格非常讨厌地锁好了《死灵之书》，但是房间中还有一股亵渎神明但是不能判断的恶臭味。"作为万恶之源，你应该知道它们。"他引用了这句话。的确，这股恶臭味与自己三年之前在维特利农舍中闻到的一样。他想起了威尔伯长得跟山羊似的充满恶意和不祥的脸，禁不住再次对镇里的人们针对威尔伯的身世传出的各种谣言感到好笑。

阿米塔格自言自语地小声说："万能的主啊！镇上的居民都是大傻子。如果向他们展示阿瑟·玛臣的《伟大潘神》，他们肯定觉得敦威治又发生了不足为奇的丑闻！但是威尔伯的生父到底是谁呢？到底是三维世界内的，还是三维世界外的某种被诅咒的无形力量？在 1912 年五朔节的九个月之后，也就是威尔伯在圣烛节出生的那个晚上，远在阿卡姆的人都能清楚地听到敦威治山峦中发出的怪声。谁知道是谁在山间行走呢？这个半人的肉体到底与哪种恐怖的事物息息相关呢？"

在接下来的几个星期里，阿米塔格博士开始坚持不懈地搜索有关威尔伯·维特利和敦威治镇中秘密的所有相关信息。他与艾尔斯伯里的霍顿医生沟通。老维特利病逝之前，霍顿医生曾经照顾过他，所以这个医生讲述的死者遗言大大启发了阿米塔格博士。另外，阿米塔格又去了一趟敦威治镇，但是没有什么新的收获；他仔细研究了《死灵之书》，后来有了一个新的可怕线索。他了解到那个可能威胁地球安全的邪魔的本质、作恶的方法及它们的目的。阿米塔格博士和波士顿大学的几个古代传说方面的研究人员进行了交流，与其他地方的很多学者保持书信往来，他一开始的好奇心渐渐变得更加警惕，最后成了深深的精神恐惧。夏天快要结束了，阿米塔格博士隐约地感觉到需要对米斯卡塔尼克山上潜藏的怪物采取行动了，必须对潜伏在人世间的名叫威尔伯·维特利的可怕存在采取行动了。

六

敦威治恐怖事件发生在 1928 年收获节和秋分之间，阿米塔格博士也目睹了开始的过程。当时，他听说威尔伯·维特利去剑桥市了，威尔伯想方设法地想在怀德纳图书馆借阅或者复印《死灵之书》。但是，徒劳无功，原因是阿米塔格博士已经针对早就收藏那本恐怖书籍的图书馆发出了最高级别的预警。威尔伯在剑桥大学时非常紧张，这让人很吃惊，他一方面想得到那本书，另一方面又急于回家，像是害怕离家太久可能会造成严重的后果。

8 月初，也许事情的发展是在意料之中的。在凌晨 3 点左右，阿米塔格博士因为校园图书馆的那只凶猛的看门狗在不停地狂吠而被吵醒了。这只看门狗的咆哮声几乎有些疯狂，而且一直在持续，声音低沉，叫声越来越大，中间还夹杂着令人惊恐的明显停顿，让人觉得很可怕。紧接着响起了一声完全不同的尖叫，接近一半的阿卡姆居民都被惊醒了，并且之后因为这个一直饱受噩梦的折磨。这声尖叫也许不是任何地球生物发出来的，至少这种生物并非全部来自地球。

阿米塔格顺手抓起一件衣服就冲出门外，他飞快地穿过街道和草坪，跑向学校。楼边已经有很多人在围观了，图书馆的防盗报警器传来了刺耳的声音。借着月光，他看到一扇开着的窗户。这时候，图书馆的狗叫声和尖叫声迅速减弱了，转为低吼声和呻吟声。很显然，那个私闯图书馆的人已经被逮到了。阿米塔格认为这种情景不适合没有任何思想准备的人看到，所以他在打开前厅的大门之后就严肃地命令大家退后。阿米塔格在现场的人群中看到了沃伦·莱斯教授和弗兰西斯·摩根博士，所以他向大家解释了一下自己的猜测和担心，之后就跟这两个人一起进了图书馆。此时，除了看门狗警觉的低沉哀号声，并没有听到别的声音。但是，阿米塔格听到了外面的灌木丛中有一群北美夜鹰发出的恐怖、有节奏的长鸣声，和濒死的人最后呼吸的频率一致。

图书馆中弥漫着恶臭味，阿米塔格博士早就熟悉了这种味道。他们三个人穿过大厅，之后就到了宗谱学图书阅览室，正是从这间阅览室中发出了低沉的咆哮。这时候，没有人敢去开灯看个究竟，阿米塔格最终壮着胆子打开了电灯开关。三人当中的一个，不确定是谁，看见有个东西躺在散乱的桌子和歪倒的凳子中间，目击者禁不住大叫起来。莱斯教授说，自己当时虽然没有被绊倒或者昏过去，但是瞬间就没了意识。

那东西侧着身子躺在散发着恶臭味的黄绿色脓水和沥青状的黏稠物质中，大约九英尺高，它的衣服和部分皮肤都被凶猛的看门狗撕破了。它还有点呼吸，安静地躺着，不停地抽搐着，心率和着外面等候的北美夜鹰的长鸣声，非常诡异。屋子里到处都是被狗撕碎的它的衣服和皮鞋的碎屑，窗户下面有个帆布口袋，很明显是被扔过去的。中间的书桌旁边有一把左轮手枪，有一枚有凹痕的还没有发射的子弹，说明了刚才没有听到枪声的原因，但是此刻地上的东西吸引了所有人的注意力。很难用语言描述当时的情景，也不能非常准确地描述；但是实际情况应该是，如果有人关于形象和轮廓的概念只是限于地球上的生命形式和已知的三维空间，则肯定不能将这个东西生动地描述出来。很显然，它具备一些人类的特征，就好像人一样的双手和头、小下巴的山羊脸，这些都是维特利家族典型的相貌特征。只是，它的身躯和以下部位都变形了，只能靠肥大的衣服遮挡才能自由行走，且不至于引起大家的怀疑或者被消灭掉。

它的腰部以上长得和人差不多，只不过当前还被看门狗的利爪死死地摁在地上的胸部长满了一层格状的厚皮，像鳄鱼皮；背上有明显的黑黄相间的花纹，像蛇类的鳞状皮肤。它的腰部以下最糟糕：丝毫没有人的模样，纯粹是怪物的样子。皮肤上有一层厚厚的黑色毛片，腰部还有二十只长长的灰绿色的触手，软软的触手的顶端长着红色的吸盘。

它身上的器官按照独特的方式，就好像是按照地球上或者是整个太阳系中未知的某种几何对称规律排列着。髋骨两头有两个长着细绒毛的粉红色的圆环，看上去好像是没有发育成熟的眼睛。此外，该长尾巴的地方有个与鼻子或者触须相似的器官，上面还有圈状的紫色纹路，都说明这里应该是没有发育好的嘴或者喉咙。如果没有黑色的毛片覆盖，它的四肢肯定和史前巨型蜥蜴的后腿很相似，上面长着脉络突出的肉垫，不是蹄子也不是爪子。当它呼吸时，身上的尾巴和触手的颜色会有规律地变化，就好像是因为某种体液的流动让身体的颜色从正常逐渐变成非人类的淡绿色。此外，它那像尾巴一样的器官逐渐变为淡黄色，一圈一圈紫色的纹路中间有讨厌的灰白色。它好像没有真的血液，只有散发着恶臭味的黄绿色脓水从身体里慢慢渗出来，很恶心，这种很奇怪的黏稠物质非常肮脏、非常臭。

地上那摊奄奄一息的东西好像被这三个人的到来惊扰到了，它没有转身，也没有抬头，开始嘟囔了起来。阿米塔格博士没有将它嘟囔的内容记录下来，但肯定它说的不是英语。一开始的音节不是任何地球语言，最后明显地说了几句《死灵之书》中不连续的片段，就是因为偷这本古籍，这个亵渎神灵的怪物才被抓住了。阿米塔格能够想起来的几句好像是"尼盖—尼古哈古阿—布戈—索果戈—尹哈，犹格·索托斯、犹格·索托斯……"声音渐渐轻了下去，守在外面的那群邪恶的北美夜鹰的啼鸣却越来越响。

突然，喘息声戛然而止了，看门狗也发出了一声阴郁的长叫声。地板上的黄色山羊脸发生了变化，可怕的巨大黑眼睛闭上了。窗外的北美夜鹰也突然停止了尖叫。紧接着，围观的人群的小声低语淹没在了突然起飞的夜鹰振动翅膀的声音和嗖嗖的风声中。这些长满羽毛的守望者们扇动翅膀飞上高空，庞大的队伍将月光都遮住了，很快就飞得无影无踪，被它们想要猎取的东西吓得落荒而逃。

看门狗突然疯狂地咆哮起来，好像是受到了惊吓，它暴躁地从跳进图书馆的那扇窗户跳出去，朝远方跑去。接着，人群中传来一声尖叫，阿米塔格博士冲他们大喊道："在警察和法医来之前，谁都不能进入图书馆。"还好，那扇敞开的窗户比较高，图书馆外面的人不知道发生了什么，阿米塔格小心地将每个窗户的窗帘都拉上了。这时候，两名警察来到了现场，摩根博士在门廊那边负责与警察接应，并且劝他们等法医验完尸体，将在地上躺着的那摊东西盖好之后再进入臭烘烘的案发现场。

这时候，地板上那摊东西发生了可怕的变化。没人能描述出阿米塔格教授和莱斯教授看到的那摊东西是以什么方式和速度逐渐萎缩和溶解的。威尔伯·维特利身上除了脸和手之外，几乎没有一点儿跟人的特征相似的地方。法医赶来时，污迹斑斑的地板上只有一摊白色的黏稠物质，恶臭味也挥发了。让人想不到的是，威尔伯显然没有颅骨或者身体骨架，也许这一点跟它的神秘父亲相仿。

七

但是，敦威治恐怖事件才刚刚拉开帷幕。困惑不已的当局只是走了走过场，完成了对这些无法解释的奇怪情况的所有程序，没有向公众透露异常的细节。他们派人去敦威治镇和艾尔斯伯里地区清算刚去世的威尔伯·维特利的个人财产，并且告知了可能的继承人。调查人员发现这个小镇的居民都非常骚动不安，主要原因是圆顶山下面发出越来越响的隆隆声。另外，维特利家里用木板封闭的农舍中散发出让人受不了的臭味，且如波浪汹涌、惊涛拍岸的声音也一天比一天响亮。威尔伯出远门的那段时间，厄尔·索耶负责帮忙照顾他们家的牛马，很遗憾的是，他因此患上了神经衰弱。调查人员找了个理由进去，但是没有到那个发出奇怪声音的密闭房间中去，对死者生前的住处和修缮之后的农舍进行了一番调查。值得高兴的是，他们将这一行变成了简单的参观。另外，他们向艾尔斯伯里地方政府提交了一份报告，报告内容晦涩难懂：米斯卡塔尼克山谷里有很多维特利家族的人，不管是发达的还是不发达的，都在威尔伯去世之后就继承权问题不停向法庭提起诉讼。

死者的家中有一个梳妆柜作为写字台，上面有一份在记账本上写满了奇怪字符的长书稿。根据文稿的字间距和墨水痕迹的变化规律来看，这是一本日记，发现这本日记的人看不懂日记的内容。经过了一周多的争论，他们将这份书稿和死者收集的奇怪书籍一起送到了米斯卡塔尼克大学进行研究。但是，即便是最优秀的语言学家也很快感觉到很难理解这份书稿。值得一提的是，威尔伯的房间中没有看到老维特利经常用来买卖牲畜的古金币。

9月9日那天晚上，那个恐怖的怪物最终挣脱了束缚。当天傍晚，从当地绵延不绝的群山当中传出非常清楚的怪声，各家的狗不停地狂叫了一整夜。第二天早晨，起得比较早的居民感觉到空气中弥漫着怪异的恶臭。乔治·科里家的男佣路德·布朗在冷泉峡谷和敦威治小镇中间的唐奥克利草原上放牛。大概上午11点，他匆匆赶着牛群往回跑，跟跟跄跄地走进了厨房，之后整个身体因为极度的恐惧而抽搐发抖，受到惊吓的牛群在院子里哞哞叫着，用蹄子疯狂地扒地。男佣气喘吁吁地向科里夫人讲述他看到的一切：

"科里夫人，在冷泉峡谷外面的那条路上有个东西。闻起来有股雷电的味道，路边的灌木丛和小树都朝同一个方向倒去，好像有一座房子被拖拉过去了。不过，最恐怖的还在后面呢！科里夫人，路上有脚印！那些脚印就好像水桶那么粗大，深深地陷入地里，就好像大象踩过。只是，这些痕迹肯定不是四条腿的东西踩出来的。我在逃跑前曾仔细看了一两个脚印，我看到每个脚印里都有分散开的线条，如同大的芭蕉叶扇子那样，但是比普通的扇子大两三倍。这些脚印是沿着小路朝前去的。那臭味简直太难闻了！就如同巫师维特利农舍中散发出的恶臭那样。"

那个男佣讲得上气不接下气，好像又一次受到了那种极度恐惧的情绪的影响。科里夫人问不出更多信息，只好给邻居打电话。真正的敦威治恐怖事件拉开帷幕了。当她给离维特利家最近的塞拉斯·毕晓普家打电话时，女管家萨利·索耶接的电话，这时候轮到科里夫人倾听了：萨利的小儿子昌西一直睡不安稳，一大早就去爬通往维特利家的那个小山了。他看了一下前面那个诡异的农舍，然后又看了一眼毕晓普先生放养牛的牧场，之后就一路狂奔回家了。

　　"是的，科里夫人，"萨利在电话的另一头颤抖地说道，"昌西刚回来，他受了惊吓，口齿不清。他说，天哪！维特利家的农舍被炸穿了，好像他们的房子里有炸药，到处都是木屑。只有房子的底层没有被炸碎，不断有沥青一样的东西从屋檐上往下滴，臭味熏天。院子里还有可怕的脚印，这些圆形的脚印比大啤酒桶还大，里面全是被炸飞的房屋曾经附着的黏稠物。昌西说那些脚印是朝着草地的方向去的。那里面也有一个仓库塌了，脚印到过的地方，石墙全都塌了。

　　"他说……他说，科里夫人，他在寻找塞拉斯先生的牛群时被吓呆了。他看到它们正在上游的草地上，就是离魔鬼狂欢地很近的地方。有一半的牛不见了，另一半牛的血液都被吸干了，身上的伤口就和拉维妮娅的儿子出生之后他家的牛身上的伤口一样。塞拉斯已经去现场看情况了，但是我敢断言他肯定不敢离维特利家的农舍很近，昌西没看清楚那些脚印离开草地之后又去了何方，只是它猜测可能沿着峡谷的小路到镇上去了。

　　"科里夫人，我跟你说，有些不该出来的东西被放出来了。按我说，威尔伯·维特利那个黑小子简直就是死有余辜，这些东西是他一直在饲养。如同我一直跟周围的人说的那样：威尔伯也不是一个真正的人类。我觉得他和老维特利肯定在那个密封的房子里养着什么，那个东西比威尔伯还不像人类。敦威治镇周围一直都有看不见的东西存在，而且还是活的，既不是人类，也对人类没有好处。

"昨天晚上，地底下又传来怪声。凌晨时，昌西说他听到了北美夜鹰在冷泉峡谷里发出很响亮的长鸣声，然后就再也睡不着了。后来，他就隐约地听到从维特利家中传来怪声，那种响声是木板被撕裂或者被扯裂的声音，如同大木盒或者板条箱被撑破了一样。昌西在日出之后才勉强睡了一会儿，起床之后他就说要到维特利家去看个究竟。我跟你说，他看得太多了，科里夫人！不过我不觉得这是坏事，镇上的居民应该团结一致，采取相应的措施。我一直感觉附近有危险的东西存在，谁知道那是什么。

"不知道你家的路德是否知道那些脚印朝什么方向去了。不知道吗？哦，如果那些脚印朝着冷泉峡谷这边的道路去了，但没经过你家，肯定是到峡谷深处去了。它们可能会这样的。我早就说过冷泉峡谷那边不干净。那里的北美夜鹰和萤火虫都不是造物主造的，还有人说如果你在适当的位置，就是岩石坍塌和熊洞之间的一个地方，就可以听到怪声，比如急促的风声或者说话的声音。"

那天中午，敦威治有四分之三的男人和男孩汇聚一堂，穿过维特利家的废墟和冷泉峡谷之间的小路和草地，恐惧地看了一下那些可怕的大脚印、毕晓普家受到袭击的牛群和农舍中奇怪的残骸。另外，还看了田地和路边上被摧毁的植物。别管是什么东西摆脱束缚来到了这个世界上，它肯定是去了那个不祥的大峡谷里面。坡地上的树木基本上都折断了，悬崖边上的低矮灌木丛也被踏出一条很宽敞的道路，就好像一座房子因为雪崩，从垂直的山坡上生长的茂密的植被表面滑过一样。谷底很安静，只有远处飘来难闻的恶臭味。难怪人们宁肯在悬崖边上继续争论，也不想到谷底去看看怪物藏身的地方，去面对未知的极度恐惧。人群中还有三只狗。一开始，这些狗都在不停地狂吠，快到峡谷时就感觉像受到了惊吓，不愿意往前走了。有人给《艾尔斯伯里记录》打电话讲了这个恐怖的消息，但是这家报社的编辑因为见了很多敦威治镇的荒诞故事，只是将这件事当成一篇可笑的短讯发出来，没过多久，美联社也进行了类似的报道。

当天晚上，所有人都在自己家里待着，他们将每个房间和每间马棚都锁紧。不用说，谁也不会将牛群放养在露天的开放牧场中。凌晨 2 点左右，埃尔默·福来伊一家人都被一股恐怖的恶臭味和群狗的狂吠声惊醒了。他们都认为自己听到了外面某个地方传来的闷响或研磨声。福来伊夫人建议给邻居打电话，当埃尔默正要表示同意时，传来巨大的木板撕裂的声音，他们的讨论被迫中止。很显然这个声音来自牛棚，紧接着，牛群发出恐怖的嘶叫声、踩踏声。家里的几条狗蜷缩成一团。福来伊像往常一样将灯笼点亮，他知道如果走出这座漆黑的院子，必死无疑。孩子和妇女在小声抽泣，他们要自卫，所以不敢放声大哭，此时想活命必须保持安静。不知道过了多久，牛棚的嘈杂声逐渐变成了低沉的哀号声，然后就是刺耳的猛扑声、碰撞声和爆裂声。福来伊一家在卧室里抱成一团，一动不敢动，直到最后一声回响在冷泉峡谷深处消失为止。接下来，峡谷里的北美夜鹰们开始发出邪恶的叫声，福来伊一家才松了一口气。赛琳娜·福来伊跌跌撞撞地走到电话前，将这个可怕的消息告诉了大家。

次日，整个镇上的居民都陷入了恐慌。那些受到惊吓的人不敢说话，他们在那个恐怖的案发现场不停地徘徊，不知所措。两行具有毁灭性的大型残痕从峡谷一直朝福来伊家的院子中延伸，光秃秃的土地上到处都是巨大的脚印，红色牛棚的一边彻底凹陷了。牛只剩下了四分之一，其中还有一些怪异的尸体，无法生还的只好射杀了。厄尔·索耶建议向艾尔斯伯里或者阿卡姆地区寻求帮助，但是别人都说那样也没有用。老泽卡赖亚·维特利是一个富庶的还没堕落的维特利家族的分支，他的建议比较疯狂，就是到山峰上面去完成他们的仪式。他的那个家族分支也很重视承袭古老的传统，而且泽卡赖亚记忆中在巨大的石柱间唱诵的方式也与威尔伯和他的祖父的方式毫无相似之处。

夜幕降临了，镇上的居民因为受到了沉重打击都比较消沉，战斗力不强。只有少数几个家庭因为关系较好准备联手应对。他们在同一个屋檐下待着，晚上轮流站岗。但是，大多数家庭只能在夜幕降临之前，反复地锁紧家门，一遍遍将子弹装入弹膛，将干草交叉放在触手可得的地方，即便这样做，也于事无补。当晚，除了山峦间的怪声，并没有发生异常情况。第二天早上，镇上的很多居民都希望这次新的恐惧能够来得快，去得也快。有一些胆子比较大的人还建议主动出击，去谷底探个究竟，虽然他们也没有为胆小的人做出表率。

夜幕降临时，人们又重新检查了一下自己家门窗是否已经锁好，但恐惧得挤作一团的家庭没那么多了。次日早上，福来伊家和毕晓普家都说自己家的狗叫得很厉害，听到来自远方的怪响，也闻到了恶臭味。这个时候，还有几个早起的冒险者看到了哨兵山周围的小路上有新的可怕脚印。与以前一样，小路两边被摧毁的景象说明巨型怪物在这里出现过；路上有两个方向的脚印，好像是一座移动的大山从冷泉峡谷过来，然后又朝着冷泉峡谷的方向原路返回。山脚下有一条三十多英尺宽、由被折断的灌木小树丛形成的残痕朝山上延伸，不过搜寻的人们发现即使在完全垂直的地方，这条残痕也没有打算改变路线。不论那个恐怖的怪物是什么，它竟然能够攀登完全垂直的峭壁；当调查的人开辟出另一条较安全的小路爬到山顶之后，他们发现这些脚印到此就消失了，更准确地说，它们是按原路折返了。

　　也就是在这里，维特利家族在五朔节和万圣节围绕着山顶上的桌子大小的石头点起他们的地狱之火，唱起地狱颂歌。现在，那个小山似的怪物将空地中间那个桌子似的大石头掀翻了。大石头的表面有一点点凹陷，上面还有一层厚厚的散发着恶臭味的东西，和上次维特利农舍被炸毁之后地上散落的沥青状黏稠物完全一样。人们情不自禁地面面相觑、自言自语。紧接着，他们往山下看去，那个怪物很显然是沿着上山的路径折返到山下了。所有的猜测都没有用，一切理智的、有逻辑的和具有正常动机的判断此时都不堪一击。也许只有人群之外的老泽卡赖亚能对整个事件发表公平的评论，至少他能提供一个比较合理的解释。

　　星期四的晚上几乎同往日一样，但是结局却很让人难过。

冷泉峡谷里的北美夜鹰突然大叫不止，非常反常，镇上的很多居民都因此失眠。大概在凌晨3点，所有的共线电话突然响起来，所有人拿起话筒都听到了一个恐惧到发疯的尖叫声："救命！哦！天哪……"有人听到尖叫声之后还有一声猛烈的撞击声。所有人都吓得一动不动，直到次日早晨人们都不知道是谁打来的电话。后来，他们开始给自己所有的熟人打电话，发现只有福来伊一家没有应答。一个小时之后，谜底揭开了。有几个居民匆忙组成一支队伍，他们迈着沉重的步伐朝着位于峡谷入口处的福来伊家去了。但是，结果让人非常震惊，也是意料之中的。那里堆积了更多被折弯了的植被的残痕，还有巨大的恐怖脚印，但是没看到任何房屋的痕迹。那套房子就像蛋壳一样脆弱，已经塌了。福来伊一家的废墟上没有任何生命迹象，连尸体也找不到，只有散发着阵阵恶臭味的沥青状的黏稠物。埃尔默·福来伊全家人就这样从敦威治镇消失了。

八

阿卡姆的一间阅览室里有很多书架，这段时间，恐怖事件已经悄然进入较为平静但在精神上更加折磨人的新阶段。将那份奇怪的书稿记录（或威尔伯的日记）带到米斯卡塔尼克大学进行研究，但是古今语言学家们都对此深感担忧和困惑。虽然书稿中用的语言体系和美索不达米亚平原的阿拉伯语很相似，但是在场的权威人士都不懂是什么意思。他们最后认为书稿用了一种模拟的字母体系作为密码，但普通的解密方法在这里根本不起作用，即使是考虑到作者可能用方言也无法帮助破解。

此外，虽然在威尔伯家里搜到的各种古籍很有趣，一定程度上也能帮助哲学家和科学家深入了解，但是根本无法破解这份神秘的书稿。其中有一本带铸铁环扣的沉重大书使用的是另一种字母体系，与书稿的字母体系迥然不同。阿米塔格博士不但对维特利家族的事情很有兴趣，也拥有渊博的语言学知识，还熟悉上古时代和中世纪的神秘学仪式，因此书稿的破译工作就交给他了。

阿米塔格猜想字母体系或许是历史悠久的某个被禁的异教使用的秘传语言，这个异教从撒拉逊世界的巫师那里继承了许多仪式和传统，但阿米塔格博士并没有太在意。他觉得，如果书稿中用的是现代密码符号，就没必要再去寻找这些符号的渊源。想到书稿比较长，工作量很大，除了个别特殊的仪式和咒语表达，作者应该不会使用其他自己不熟悉的晦涩的语言。所以，他一开始想该书稿的绝大多数内容都是用英语写的。

阿米塔格博士吸取了同事们屡次失败的教训，得出了结论：这个谜题非常深奥、复杂，无法用简单的方法解释。他在整个8月份致力于研究密码学，并且充分利用本校图书馆的丰富资源，整日埋头苦读各种神秘典籍：特里特米乌斯的《密码术》、詹巴蒂斯塔·波特的《书写中的隐蔽字符》、德·维吉尼亚的《数字论》、法尔科内的《密码破译法》、戴维斯和斯克里斯在18世纪发表的论文，还有当代著名的权威人士如布莱尔、范·马腾，克鲁勃的文字体系等。阿米塔格博士不久就注意到，他手里的是非常微妙且精巧的密码文件，多个单列字母就像乘法口诀一样对应排列，而且关键词含义模糊，只有编码者才懂。在古代密码学专家的帮助下，阿米塔格推断这份书稿用的是由世代神秘学实验者传承下来的很古老的密码体系。他多次眼看就要成功了，但又遇到了一些意外困难。8月底时，书稿的破译工作有点眉目了，从其中某些部分准确出现的某些字母来看，这份书稿很显然是用英文写成的。

9月2日晚上，阿米塔格博士攻克最后一个重要的难题，终于第一次连贯地通读了威尔伯·维特利的书稿记录。这份书稿果然是一本日记，里面清楚地记录着作者掌握的渊博的神秘学知识，但是关于普通事件，他一概不知。阿米塔格博士破译的第一个长段落写于1916年11月26日。他还清楚地记得，这篇日记是由一个实际上只有三岁半但却像十二三岁的小男孩写的，上面写道：

今天学习了用阿克罗语召唤千军万马，我很讨厌这个，山岭回应了，但空气没有。楼上的那个家伙比我学习得还快，它好像没有太多地球头脑。埃兰·哈钦斯的牧羊犬朝我冲过来企图咬我，我对着它开了枪。埃兰说想杀死我，但是我想应该不会的。昨天晚上，祖父一直让我练习"德沃仪式"。我好像从两个磁极看到了地狱之城。要是地球被清理干净，而我还无法用德沃·哈那仪式突破屏障，我就会离开地球，从这两个磁极进入地狱之城。当我练习如何召唤千军万马时，它们从空气中告诉我，我还需要很多年才可以清理地球，那时候或许外祖父已经不在人世了，所以我必须得知道位面之间的所有角度，学会犹格·索托斯和莎布·尼古拉斯之间的所有仪式。那些外星生物需要帮助，但需要用人类的鲜血才可以显形。楼上的家伙和我的情况一样，每当我的双手结成维瑞之印或者朝它吹撒伊本勇士之粉时，都能隐约地看到它的一些形状。五朔节时，在山顶上这种情况会更加明显。也许我的另一张脸会逐渐消失，不知道当地球被摧毁，地上连一块泥头都没有时，我会怎么样。与阿克罗的千军万马一同前来的它说我有可能变形，我还要去完成很多太空的事情。

次日早上，有人看到阿米塔格博士吓得直冒冷汗，有点儿发疯的感觉，但是实际上很清醒。他彻夜埋头钻研书稿，用颤抖的双手翻看了一页又一页，快速破译眼前的那份神秘文件。他精神恍惚，还提前打电话给妻子说今天晚上不回家了。他的妻子还专门给他送来早餐，但是他毫无胃口。他一整天都在忙着破译文稿，偶尔在复杂的关键时刻停下来，费力思考。妻子给他送去的午饭和晚饭，他也没多少胃口。第二天晚上半夜，他在椅子上坐着睡着了，但很快从一连串的噩梦中惊醒，如同他发现人类可能遇到大灾难一样恐惧。

9月4日早晨，莱斯教授和摩根博士非要见一下阿米塔格，这两人离开时脸色煞白、浑身颤抖。当天晚上，阿米塔格博士只打了几次小瞌睡。第二天是星期三，他继续研究书稿，针对当前阅读的部分和之前已经破译的内容做了大量笔记。凌晨，阿米塔格博士在办公室的安乐椅上小憩了一小会儿，然后又开始破译书稿，直到黎明时才休息。当天中午时分，他的私人医生哈特维尔给他打电话说要来拜访，坚持让他停掉手里的工作。阿米塔格表示自己现在研究的日记事关生死，非常重要，答应找合适的机会细说。夜幕降临时，他终于破译了那份可怕的书稿，累得一下子瘫在椅子上。妻子给他送来了晚餐，看到他好像半睡半醒的。妻子看了一下桌子上的笔记，阿米塔格博士大声呵斥她不要看。阿米塔格博士颤抖地站起来整理桌上乱七八糟的笔记资料，将它们密封到一个大信封当中，然后将其放进了自己外套的内衬口袋。阿米塔格博士有气无力地走回家，但是他需要看医生，所以就立刻将哈特维尔医生请来了。当医生扶着他上床时，他嘴里还不停地念叨："但是，上帝啊！我们究竟该做点什么？"

阿米塔格博士终于睡着了，但是第二天早晨醒来时，精神恍惚，并没有对哈特维尔做出任何解释。他清醒时说，自己很想和莱斯还有摩根进行详细的讨论。但是他神志不清时的一些胡言乱语让人很吃惊，甚至发疯似的要求什么，好像是说要拆除一座被木板封闭的农舍；还说有一些来自其他维度的古生物想毁灭地球上的所有人类和动植物。阿米塔格大声尖叫，说人类面临危险，旧神要消灭人类，将地球抛出银河系甚至整个宇宙，回到万古之前的地球所掉落出的其他位面或存在相态。此外，他让人送来恐怖的《死灵之书》和莱米·吉乌斯的《恶魔崇拜》，希望找到某种仪式对付自己想象中的危险。

"阻止它们！快阻止它们！"他大声喊道，"维特利一家都想让它们侵略地球，恐怕它们来了之后就会霸占地球！跟莱斯和摩根说我们必须采取措施了，虽然人类的力量只能算是蚍蜉撼大树，但是我知道怎么做……它自从 8 月 2 日威尔伯在这里死后就没有再吃东西，按照那个速度……"

虽然阿米塔格已经七十三岁了，但是他身体硬朗，休息了一晚上之后，元气就基本恢复了，也没发烧。星期五，虽然一直饱受恐惧的折磨，肩上也担负重任，但是阿米塔格还是尽量保持冷静，一直工作到很晚。星期六下午，他觉得自己能去图书馆了，就让莱斯和摩根来会谈。三个人进行了大胆的猜想，展开了激烈的讨论，到傍晚时才结束。他们从一排排的书架上、从书库里最安全的地方将那些恐怖的奇书拿出来，疯狂地快速摘抄了大量的图表和公式……三个人都在紧张有序地准备着，因为他们都曾目睹过威尔伯的尸体。因此，他们都相信那本神秘的日记肯定不是一个疯子的言语。

是否向马萨诸塞州警方发出紧急报告，三个人意见不一致，但是最终都不打算向警方报告。若没有亲身经历过，人们很难相信，事实证明果真如此。三个人在深更半夜开完会，最终也没有就此达成一致。第二天是星期天，阿米塔格整日忙于验证公式，并且从学院的实验室拿来了化学药剂进行配制。他越是仔细地思考那本恐怖的日记，就越怀疑药剂是否能消灭威尔伯养的怪物。此时他还不知道，这个威胁地球存在的怪物已经冲破禁锢，化作人类不可能遗忘的敦威治恐怖事件的主角。

对阿米塔格博士来说，星期一只不过是周日的重复罢了，他当前的工作需要继续调查和实验。进一步研究那恐怖的日记之后，计划也做了一些相应的调整，但他很清楚，哪怕到了最后关头，他们仍然要面对大量变数。星期二，阿米塔格博士终于计划出具体的行动时间，相信他们能够在一个星期内想出办法尽快赶到敦威治镇。后来，他在不经意间看到了《阿卡姆广告者》中的一个非常不起眼的位置刊登着一条来自美联社的幽默小标题——"专营威士忌私酒业的敦威治镇出现史无前例的巨大怪兽"。阿米塔格当时就感到非常震惊，他赶紧给莱斯和摩根打电话。阿米塔格明知道这次的对手很厉害，但是他们别无他法，并且前辈们也没说明用什么方法可以对付这个很神秘、很邪恶、很恐怖的对手。

九

星期五早上，阿米塔格、莱斯和摩根三人开车去了敦威治镇，到达的时候已经是中午1点左右了。当天天气晴朗，但这片受灾地区诡异的圆顶山和朦胧的峡谷都死气沉沉的，并且给人一种不祥的感觉，不经意间还能看到某个小山的山顶上有一堆石柱出现在天际。奥斯本杂货铺里静悄悄的，人们都很恐惧，说明这里刚发生了巨大灾难。后来他们了解到埃尔默全家和他们的房子都消失了。整个下午，这三个人马不停蹄地访遍了敦威治，向镇上的居民打听整个事件的经过。每到一个案发现场，他们就更加恐惧。他们亲自勘察了福来伊家的院子里零散的黏稠物和亵渎神灵的痕迹；他们还去看了塞拉斯·毕晓普家受伤的牛群以及被糟蹋的植被。阿米塔格博士觉得，沿着哨兵山往上和往下两条拖痕都说明发生了灾难，他对着山顶上那块圣坛样的巨石看了很久。

当天早晨，镇上有居民在福来伊惨剧发生之后立刻报了警，后来从艾尔斯伯里来了一小队州级警察。阿米塔格等三人最终决定找到那些警察，尽力说服他们提供一些案件调查记录作为参考，但是费尽周折也没有找到他们。本来应该有五位警察，但只看到了在福来伊家的废墟一边一辆停着的汽车，里面没人。当地居民提起这些警察时也和阿米塔格几个人一样困惑。突然，老山姆·哈钦斯好像想起了什么，脸色瞬间被吓得惨白，他轻轻推了推弗雷德·法尔，指着旁边黑乎乎、深不可测的大峡谷说道：

"天啊！我不让他们去峡谷里，没有想到他们这么大胆，不怕这些残痕、凶险的恶臭，还有北美夜鹰在可怕的中午发出的尖叫声……"

当地居民和来访的人们听罢非常害怕，他们好像都情不自禁地侧耳倾听。阿米塔格在亲历了突发的离奇失踪案件之后，想到自己身上的责任禁不住颤抖起来。天快黑了，高低起伏的山峦间如往常一样响起阵阵隆隆声。

"不安在黑夜下漫步……"这个一把年纪的图书管理员重复着心中的咒语。手里拿着的纸上还写着他忘掉的部分，这时候他还需要确保手里的手电筒一直有电。身边的莱斯教授从箱子里拿出一小瓶杀虫剂，摩根博士也从盒子里拿出一把专门猎杀大型动物的步枪。虽然之前他们再三强调，任何实质上的武器对这头怪物来说都没啥作用。阿米塔格读过那本恐怖的日记，所以他知道等待他们的那个怪物多么恐怖，但是他不想让敦威治镇上的居民更恐惧了，因为他们已经被吓得够呛，所以也就没有提供更多线索和暗示。他只想让人们在看到恐怖怪物的真实面目之前就逃离危险。天色越来越暗了，居民们都纷纷躲回家了。虽然当前的证据说明，在随意摧毁树木和房子的可怕力量面前，人类所有的锁和门闩都只是摆设，当地居民还是希望将自己好好锁在屋里。对于来访者提出的守卫在峡谷入口处福来伊家废墟旁的计划，居民们都拒绝了，他们担心这三位守望者可能活不过明天。

那天晚上，山峦间还是响起了阵阵轰隆声，邪恶的北美夜鹰还在鸣叫。冷泉峡谷中偶尔会刮起一阵刺骨的寒风，夜晚阴沉沉的空气中还时不时弥漫着莫名的恶臭。三名守望者很熟悉这股臭味，还记得他们当时站在十五岁奄奄一息的半人半怪旁边闻到过相同的恶臭。但是，他们期待的怪物没来，不管是什么藏在谷底，它肯定在找机会。阿米塔格对同事们说，在晚上攻击这个恐怖的怪物肯定是自寻死路。

　　等了很久，终于快天亮了，夜幕下的恐怖声响也消失了。灰色的天空异常阴冷，时不时飘着毛毛雨，西北方的群山上空乌云密布。这三个从阿卡姆来的人不知道接下来该干什么。雨越来越大了，他们跑到福来伊家外屋的残垣下避雨，讨论继续等待还是主动出击，去谷底深处搜寻那个未知的巨大怪物。这时候，不时从遥远的天边传来阵阵雷声，带状的闪电发出微弱的光。突然在较近的地方又出现一道叉状的闪电，好像直奔峡谷的最深处。天突然黑了，他们都希望这场雨早点停，快点儿天晴。

　　近一个小时之后，周围还很阴暗，路上传来了嘈杂的说话声。没过多久，他们就看到迎面来了十三四个人，他们面色灰暗，疯狂奔跑着、呼叫着，甚至还抽泣着。带队的人呜咽地讲了一下事情的来龙去脉，这三个来自阿卡姆的人按捺心中的恐惧认真倾听，这时候脑子里出现了事情的整个过程。

　　"哦，我的天啊！我的天啊！"那个哽咽着的人继续说，"那声音又响起来了，还是在大白天！这次——这次好像是大地震，就现在。只有天知道那个恐怖的怪物什么时候来找我们！"

　　说话的人喘着气陷入了沉默。另一个人接着说大概一个小时之前，瑞伯·维特利听到电话铃响了，是乔治的妻子——住在十字路口附近的科里夫人打过来的。她说家里的男佣路德在打雷时，匆忙赶着牛群跑回家，中途看到冷泉峡谷入口处的一片树木被折弯了，还发出难闻的恶臭味，和周一早上发现巨大拖痕时的臭味一样。路德说，他还听到了嗖嗖的风声和有节奏的拍打声，而且这些声音肯定不是从被折弯的树木和灌木丛中传来的。突然，小路两边的树被折到一边去了，紧接着就传出踩烂泥和溅水的声音。出乎意料的是，除了压弯的树木和丛林，路德并没有看到什么。

"小路的前边是毕晓普小溪，小溪上边的木桥好像是因为被用力拉紧而发出嘎吱嘎吱的声音，肯定是木板裂开之后发出来的。但是，在整个过程中，除了被压弯的树木和灌木丛，路德都没有看到什么。拍打声渐渐变弱，沿着小路朝巫师维特利家和哨兵山的方向去了。路德走近一点去看个究竟。他发现灾后现场狼藉一片，到处是泥浆和污水，天色很暗，地上的痕迹很快就被雨水冲刷干净了。但是，谷底入口处的树木都倒了，还能清楚地看到一些可怕的脚印，与他在星期一那天看到的巨大圆形脚印一模一样。"

这时候，之前那个说话的人补充道："但是，这场灾难只是开始，还没有结束。瑞伯开始给镇上的所有人打电话，大家都在认真听，突然塞拉斯·毕晓普家打来电话。他家的女管家萨利说，自己刚看到弯折的树木都倒向了一边，还听到一种可怕的声音，很像大象的喘息声，那个声音离房子越来越近了。紧接着，她就闻到一股臭味，儿子昌西大声尖叫，还说那个味道和他星期一早上在维特利家里闻到的气味很像。狗也不停地狂吠，发出可怕的叫声。

"接着，萨利惊恐地尖叫了一声。她说路边的小棚子突然塌了，好像被暴风袭击过，但是当时刮的风根本无法将房屋吹倒。镇上的居民都在听，都被吓得魂不附体了。突然，萨利又尖叫起来，她说院子里的木桩篱笆被压碎了，但是看不到什么。电话旁边的人还能听到昌西和老塞拉斯·毕晓普也在大声呼喊，后来就听到有东西反复撞击房屋，但是看不到是什么东西。接着……接着……"

所有人都被他的话吓呆了，阿米塔格也开始不断地颤抖，但是他迫使自己保持平静并且催促那个人接着说。

"接着……萨利大声说道：'救命啊！房子塌了……'电话那边传来可怕的撞击声和像地狱一样的欢呼声……如埃尔默·福来伊家那样，只是更……"那个人停了一下，人群中有另一个声音继续说："整个事情的经过就是这样的，后来电话里就没有声音了，连嗞嗞的电流声也没有了，一直都很安静。所以，我们就乘着福特车和马车，尽可能多地召集镇民，先去科里家，然后就赶来这里看看你们有没有好办法。但是，我觉得这些悲剧都是上帝对人类邪恶罪行的惩罚，凡人都在劫难逃。"

阿米塔格觉得是时候主动出击了，他对这群吓坏了的跌跌撞撞的乡下人说："先生们，我们需要主动出击。"他尽量安慰这些居民，"我相信我们能够消灭这个怪物。你们都知道维特利全家都是巫师，所有的灾难都是巫术造成的，我们也只能用相同的方法去降服这个怪物。我读过威尔伯的日记，也查看过他之前看过的奇怪古籍，我想我知道用什么样的咒语可以摧毁这个恐怖的怪物。当然了，我不敢保证百分之百成功，但是我们应该找机会试一下。它是没有形状的，但是我手里的这个长距喷雾器中的粉末可以让它在短时间内现出原形。一会儿我们试一下吧。这个怪物的存在太吓人了，但是如果威尔伯还没死的话，他肯定会让这个怪物活得更久，因此会造成更严重的后果。你们没看到我们的世界已经逃过一劫了吗？现在，我们面临的敌人就只有这个怪物了，虽然它威力无穷，但是数量不会增加，因此我们要立刻消灭掉这个恐怖的怪物。

"我们必须大胆反击，第一步就是去看看事发现场。找个人带路吧，我不熟悉这里，但是我想有捷径可走。你们说呢？"

居民们都不肯带路。过了一会儿，厄尔·索耶伸出脏兮兮的手，指着越下越小的雨小声说道："要想以最快的速度去塞拉斯·毕晓普的家，可以从那片低洼的草地上穿过，涉水走过浅滩，还有前面的卡里尔草地和更远一点的树林就到了。"

阿米塔格、莱斯和摩根开始一起沿着厄尔·索耶所指的方向前进，大多数本地人也跟在后面慢慢往前走。天空变亮一点了，想必是风暴就要停了。一度阿米塔格没注意到走错了方向，乔·奥斯本提醒他，然后就到前面带路去了。虽然近乎垂直的茂密山坡就是捷径的终点，但是在这片诡异的古树之间穿梭也像爬楼梯一样，不过这些都能很好地考验人品和能力，整个队伍越来越有勇气和自信心。

大家终于走过了泥泞小路，这时候天放晴了。他们已经快到塞拉斯·毕晓普家了，弯折的树木和明显的可怕拖痕说明这里刚发生了一场灾难。只用几分钟看了一下这个转弯处的废墟，很显然，整个事件再次重复了福来伊惨案。在毕晓普家倒塌的房屋和牛棚中没有任何人，活不见人死不见尸。所有人都不想在这片散发着恶臭味和黏稠物质的地方久留，都本能地沿着可怕的足迹，朝失事的维特利农舍遗迹和哨兵山山峰上被石柱圈围起来的圣坛状巨石走去。

所有经过威尔伯·维特利家的人都很明显地在颤抖，好像要再次面对一切。要追踪一个体形庞大如农舍的隐形怪物非同小可，整个过程就好像在追踪一个恶贯满盈的魔鬼一样。哨兵山山脚对面的小路上还有残留的恐怖怪物的痕迹，小路两边的树木被弯折和植被受损的情况还依稀可见，它们清楚地说明了该怪物上山的路径。

阿米塔格博士拿出高倍袖珍望远镜看了一下陡峭的绿色山坡，然后将这个望远镜递给了视力较好的摩根。摩根观察了一下之后，尖叫着将望远镜传给了厄尔·索耶，然后指着山坡上的一个特定方向让厄尔·索耶看。索耶很少接触光学设备，但摸索了一会儿之后，在阿米塔格博士的指导下看了一下。没过多久，他就发出了比摩根还夸张的尖叫声。

"万能的上帝啊！青草和灌木丛都在移动！它好像在朝山上慢慢爬行，这时候已经快到达山顶了，不知道它想干啥！"

接着，他们开始担心，去寻找未知的怪物和真正找到它是两回事。咒语应该是对的，但是如果有半点儿差池，会发生什么呢？人们开始纷纷问阿米塔格到底对这个恐怖的怪物有几分了解，但是他们好像对答案不太满意。所有人似乎都觉得自己接近了大自然的另一面和某个绝对禁忌之物，而这些完全远离人类心智的理性经验。

十

最后，只有阿米塔格博士、莱斯教授和摩根博士这三个从阿卡姆来的人往山顶上走去。阿米塔格博士的头发和胡子都发白了；莱斯教授的头发呈铁灰色，他比较壮实；摩根博士比较年轻，长得比较瘦。在登山之前，他们耐心地对居民们讲述了如何调节和使用望远镜，并且让在路边傻站着惊魂未定的人们用望远镜观察。这三个人往上爬时，山下的人密切关注他们的行踪。这次冒险行动非常艰难，阿米塔格多次求助于旁边的人。就在他们艰难攀登的山路上有一条蜿蜒曲折的宽大拖痕，这个地狱般的怪物好像沿着原来的道路下山了。不过很明显，追击者渐渐拉近了距离。

柯蒂斯·维特利是维特利家族中一个还没有堕落的分支，他此时正拿着望远镜观看从阿卡姆来的这几个人避开了可怕的脚印。他对旁边的人们说，那三个人很显然是希望先爬到一座较矮的山峰上，找到合适的位置之后再俯瞰所有的拖痕，那个位置正好在植被倒倾的正前方。后来的事实也说明了这个方法很好，他们发现那个恐怖的怪物有可能刚从这里经过。这个时候，卫斯理·科里接过望远镜，看到阿米塔格正在调试莱斯之前一直拿着的喷雾器，他知道很快就会用上了，因此禁不住大声呼喊起来。想到阿米塔格的喷雾器能够让隐形的怪物现身，所有人都热血沸腾了。有两三个人因为惊吓早早地将双眼闭紧，不过柯蒂斯却一把将望远镜夺了过来，非常紧张地一动不动地看着远方。他看到莱斯在这三个人当中的位置最好，正位于恐怖怪物的后上方，他完全可以将这瓶神奇的强效粉末撒向那个东西可能出现的位置。其他人只看到了一团瞬间闪亮的灰色云状物，好像一座中等规模的建筑物就在靠近山峰的位置出现了。

这时候，柯蒂斯发出刺耳的尖叫声，与此同时，还将手里的望远镜掉到了齐脚踝深的泥浆当中。他走路时东倒西歪、晕乎乎的，幸好身边有两三个人及时将他扶住，否则他可能已经摔倒了。旁边的人听到他好像在嘟囔着什么："哦，哦，伟大的上帝……那个……"大家都慌了，不停地问他看到了什么。只有亨利·惠勒急中生智，将掉落的望远镜捡了起来，然后擦干净表面的淤泥。柯蒂斯这时候的回答前言不搭后语，即使这样不连贯的答复也让在场的人们无法接受。"比牲口还大……全身由蠕动的扭转的绳子组成……这个可怕的怪物好像母鸡下的一个巨型蛋，全身长满了好多木桶状的腿……这个怪物肯定不是固体的……它像个大果冻，好像用很多根蠕动着的绳子连起来……上面还长满了凸出的巨眼……边上还有一二十根炉管子大的嘴或者像鼻状的器官，一张一合地左右晃动着……身体呈灰色，还有蓝色的或者紫色的环状花纹……我的天啊！它的脸竟然在最上面……"

对可怜的柯蒂斯来讲，无论他记住了什么，都对他打击太大了，他还没说完就瘫倒在地上。弗雷德·法尔和威尔·哈钦斯将他抬到路边，让他平躺在草地上。亨利·惠勒颤抖地拿着捡起来的望远镜，壮了壮胆子往山上看去。从镜头上可以清楚地看到三个人的微小身影，显然他们正在尽量往山顶上爬。他只看到了这些，没有别的了！紧接着，人们听到了身后的山谷中，甚至他们所处的哨兵山上的矮灌木丛中发出了怪声，无数只北美夜鹰一起发出刺耳的尖叫，好像暗示着某些紧张而恐怖的后果。

现在，厄尔·索耶拿望远镜看了一下，说那三个人已经爬到了最高的山顶上，几乎要与那块圣坛状的大石头齐平了，不过还有很远的距离。他说："其中有一个身影，好像是根据有规律的时间间隔将双手举过头顶。"当索耶正在形容从望远镜中看到的情景时，人们听到了从远处传来的一个好像音乐的模糊声音，就好像是随着人影忽高忽低的手势有规律地大声颂唱。远方的山峰出现诡异的轮廓，一定有奇怪的场景出现，但是，目前的状况哪有人有闲心去欣赏风景啊。"我想他肯定是在念咒语。"惠勒小声说着，又将望远镜夺了过去。夜鹰们还在按照某些神秘的不规则的节奏疯狂地鸣叫，跟当前仪式的节奏完全不一样。

忽然，天空中遮挡太阳的乌云散去，阳光洒下，这让大家都清楚地看到了这个非常奇特的现象。群山底下正发出轰隆声，与空中传来的清晰的鸣叫声节奏一致。空中瞬间出现电闪雷鸣的景象，人群迷茫地到处看，但是没有看到任何要下暴雨的迹象。这时候，那几个阿卡姆人诵唱的声音更加清楚了，惠勒用望远镜的镜头看到他们三个都在伴随着咒语的节奏有规律地举着手臂。远处，从几个农家中传出了一群狗的狂吠声。

空中的光线变化更加明显了，人们都迷茫地看着前面的地平线。光谱中的蓝色在加深，空中出现了一团带着一点儿紫色的黑云正逼向发出隆隆声的山峦。这时候，又来了一道闪电，比之前那道更明亮，人们认为自己仿佛看到了远处山顶上圣坛状的巨石上面有一团模糊的东西。当时，没有人用望远镜看。北美夜鹰仍然在持续鸣叫，周围气氛非常紧张，勇敢的敦威治居民们兴奋起来，壮着胆子准备好迎战未知的威胁。

紧接着，一阵低沉且沙哑的刺耳说话声突然响起，好像让所有亲耳听过的人这辈子都忘不掉。这个声音不是人类发出来的，人类的器官无法发出这种声音。如果不是从山顶上的圣坛状的巨石处发出来的，倒很可能是从峡谷的谷底传来的。也许将它们称为声响根本不合适。人类从未听过这种低沉的恐怖声，那些话语的音色虽然模糊，但是非常响亮，比山峦间的隆隆声和天边传来的有规律的鸣叫声还要响亮，但是不知道这种声音源自何处。人们无法想象这种诡异的声音到底是哪种隐形物体发出的，所以，他们在山脚下紧紧靠在一起，就好像感觉到将会发生更加意想不到的怪事。

"雅戈奈拉……雅戈奈拉……斯弗斯肯尼格拉……犹格·索托斯……"从太空中传来了嘶哑的说话声，"伊布斯坦克……霍伊海耶·尼古尔克德拉……"

接着，本来连续的话语声突然变得断断续续了，好像说话的人正在经历内心可怕的挣扎。亨利·惠勒盯着望远镜的镜头，看到山顶上有三个奇怪的人影，他们在咒语即将达到高潮时使劲挥动手臂，摆出各种奇怪的姿势。如雷鸣般沙哑的诡异话语声，到底是从哪口载满阴郁和恐怖的黑井来的，还是来自哪个流淌着外太空潜意识的海湾，抑或来自哪个晦涩难懂且长期潜伏着的遗传分支呢？现在，那声音开始积攒新的力量，变得越来越连贯，陷入极端而彻底的终极疯狂。

"嗯—咿—呀—呀—呀哈啊啊哈—厄呀呀呀啊啊啊啊……尼格哈啊啊啊啊……尼格哈啊啊啊……呵吁呵……呵吁呵……救命！救命！呼呼—呼呼—呼呼—父亲！父亲！犹格·索托斯！"

但到此为止了。路边的敦威治镇的居民们都被吓得脸色苍白，从疯狂的空虚中如暴风雨一样倾泻而下的阵阵英文音节吸引了大家的注意，没有争议的音节来自哨兵山顶上那块恐怖的圣坛状的巨石，后来声音就停止了。相反，山峦被撕裂似的声音让人们吃惊地从地面上跳起来，谁都不知道那振聋发聩的灾难性的钟声来自地下还是空中。接着，一道闪电从紫色天顶劈向祭坛巨石，看不见的力量巨浪和难以形容的恶臭顺着山坡席卷而下，扑向四周的乡野，笼罩了镇上的所有大树、青草和矮树丛，只留下一片狼藉。山脚下的人被这种情况吓得不知所措，险些被那股力量掀翻在地，臭味都快要将他们熏死了。狗的叫声和北美夜鹰的叫声渐渐消失，各种茂密植被的颜色都成了黄灰色，田中和树林中到处都是夜鹰的尸体。

很快，恶臭味就消失了，但是草木却再也没有恢复正常。时至今日，这座山顶还有周围的植被仍然暗藏着一些诡异的肮脏气息。清晨，灿烂的阳光又一次普照大地，那三个从阿卡姆来的人也平安归来，但是可怜的柯蒂斯·维特利才刚恢复意识。这三个人好像还没有从恐怖时刻的记忆和反思中走出来，还在沉默不语。那些居民受到的惊吓与这三个人相比简直不值一提。居民们开始你一言我一语地问问题，他们只是摇摇头，再三强调一个事实。

"那怪物永远消失了，"阿米塔格说，"它已经粉身碎骨了，永远消失了。它和它的父亲很像，它的大部分躯体都已经跟它的父亲一样，去了物质世界之外的某个领域或者维度了。"

大家沉默了，可怜的柯蒂斯·维特利零散的思维开始慢慢恢复，情不自禁地用双手捂着头呻吟，就好像是又想起来曾经看到的恐怖的事情，将他吓瘫的那个可怕的场景又一次浮现在他的眼前。

"哦，哦，我的天啊，那张半人类的脸——半人类的脸竟然在身体最上面长着……脸上还有一对红色的眼睛，还有泛白的鬈发，与维特利家人一样都没有下巴……真像是一只八爪鱼、百足虫和蜘蛛，不过它们的顶上长着像人的脸，巫师维特利也长成这样，只是这个怪物要大很多……"

柯蒂斯累了，停了下来，他身边的人也很迷茫，脑海中无法呈现出该怪物的具体模样。这时候，只有老泽卡赖亚·维特利能够零散地想起一些有关旧神的故事，但是他一直都没说过。

"十五年过去了，"他慢慢说道，"我曾听老维特利说过，我们有一天肯定会听到拉维妮娅的儿子站在哨兵山的山顶上喊出他父亲的名字……"

不过，乔·奥斯本打断了他，匆忙向阿卡姆来的人问道："那东西究竟是啥？不管怎么样，真是巫师维特利年轻时召唤出来的吗？"

阿米塔格谨慎地说："它是……嗯，总之，它不属于人类，是一种强大的存在，它的行为、生长和长相丝毫没有遵循人类的自然规律。我们无权将其召唤到地球上，只有非常邪恶的人和异教徒才会尝试这么做。它有一部分长在威尔伯·维特利的肉体上，足以把他变成恶魔和早熟的怪物，让他的外形越来越恐怖。我计划将威尔伯留下来的那本可恶的日记本烧掉。如果你们够理性，就该尽快将山顶上的那块圣坛状的巨石给炸掉，将其他山顶上一圈圈的石柱推倒。就因为上述的那些东西帮维特利一家将恐怖的东西召唤到地球上来，这些本来将要侵略地球的怪物打算将人类消灭干净，还因为一些未知的原因想将地球丢弃到一个未知的荒凉的宇宙当中。

"关于我们刚送走的那个东西——维特利一家将它喂大是为了将来可以帮他们完成某些恐怖的罪行。那东西长得很快、很大，威尔伯也是因为这个原因才长得很快、很大的。但是，威尔伯的生长速度远远跟不上那个东西的生长速度，因为那个怪物身上有外面世界提供的更多力量。你无须知道威尔伯是怎么将其从外太空召唤来的。它是威尔伯的双胞胎兄弟，而且长得跟他们的父亲很像。"

穿越银钥之门

一

　　这个房间非常大，墙上挂着绣着奇怪花纹的挂毯，地上铺了做工精良的波恩卡塔地毯。四个人围坐在一张桌子旁边，桌上放着一些散乱的文件。从远处的角落里飘来缕缕烟气，这种烟气有点催眠的作用，是从锻铁制成的三足鼎燃烧的乳香散发出来的，这只三足鼎有点儿奇怪。一个黑人正在不时地往里面添加香料，他穿着暗色的仆人衣服，年纪非常大了。在房间的一边，有一个很深的壁龛，一个奇怪的座钟在里面滴滴答答地响着，样子像一口棺材。座钟的钟面上有一些奇怪的象形符号，它的四根指针也不是按照地球上已知的任何一种时间体系在行走。这个奇怪的房间让人感觉有点儿不安，不过却和当前正在做的事情很相符。这是地球上最伟大的神秘主义者、东方学者和数学家在新奥尔良的家，他们正在讨论怎样处理另一个有着相似成就的神秘主义者、学者、作家和梦想家的家产呢，此人四年前就失踪了。

伦道夫·卡特用尽毕生精力想方设法要逃离理智世界的枯燥和限制，进入一个梦幻般的诱人场景，去传说中的其他维度。1928 年 10 月 7 日，那年他五十四岁，他终于失踪了。他度过了奇怪且孤独的一辈子，人们根据他写的离奇小说，可以推断他一生当中有很多经历比他写的内容更加离奇古怪。他之前与南卡罗来纳的神秘主义者哈利·沃伦一起研究过喜马拉雅地区祭祀用的原始那卡语，还得出了很多惊人的结论。他们两人曾经的关系非常亲密，但是后来就不再联系了。实际上，因为卡特亲眼看到沃伦在一个到处弥漫着薄雾、疯狂且又恐怖的午夜钻到了一片古老的墓地的一个阴湿且恶臭的墓穴中，再也没有出来。卡特久居波士顿，他的祖先来自被女巫诅咒的古老的阿卡姆后面的那片山丘，那里萦绕着鬼魂的荒凉气氛。最后，他也在那片神秘且古老的山林中消失了。

他的一位老仆人，名叫帕克斯，于 1930 年初去世了。此人曾经说过，他在卡特家的阁楼里发现了一个有着奇怪香味且雕着恐怖花纹的盒子，里面装了一卷无人能懂的羊皮纸书稿，还有一把刻着奇怪花纹的银钥匙。卡特在写给别人的信中也提起过这些东西。那个老仆人说，卡特曾经说过，那把钥匙是他的祖先遗留给他的，能够帮他打开他在童年时代遗失的大门，还能帮他走进一个奇异的维度和美妙的国家，他现在只能在模糊的、短暂的且难以捉摸的梦境中去那个国家。后来，有一天，卡特带着那个盒子和里面的东西，开着车去了很远的地方，然后就再也没有回来。

没过多久，人们就在破烂不堪的阿卡姆后面的那片山林里找到了卡特的车，那辆车停在杂草丛生的古路旁边。卡特的祖先之前就住在那片山林里，连他家的那片大宅的地窖遗址仍在那里。1781 年，卡特家族的另外一个人也在周围一个长着高大榆树的树林里神秘地失踪了。之前古蒂·福勒女巫在附近一个腐朽不堪的农舍里配制一些危险药剂。1692 年，很多逃亡者为了躲避塞伦巫术判决定居在这里，直到现在，它的名字还代表着一些无法想象的危险。同年，埃德蒙·卡特及时地逃脱了绞架山的阴影，但是从此有很多关于他使用巫术的传说。现在，他唯一的后代好像也去了某个地方跟他见面了。

人们从卡特的汽车中找到了那个散发着香味且刻着恐怖花纹的木头盒子，还有那卷看不懂的羊皮纸书稿。不过没有找到那把钥匙，有可能那把钥匙和卡特一块失踪了。此外，人们没有找到更多确定的线索。波士顿的侦探们说卡特家族的老房子里倒塌的木材好像也被离奇地挪动过，有人还在废墟后面一个叫蛇穴的恐怖洞穴周围一片布满凸起岩石和长满危险树木的山坡上发现了手帕。

从此，那些关于"蛇穴"的乡野传说重获了生机。农民们开始私下对男巫老埃德蒙·卡特利用那个可怕的岩洞做过一些亵渎神灵的事情议论纷纷。他们还增加了一些最近发生的故事，例如：伦道夫·卡特小时候好像特别喜欢那个洞穴，当时，那片山林里还有一座有复折式屋顶的古老的宅院，他的叔祖父克里斯多夫就住在里面。那时候，卡特经常去做客，还说了很多与蛇穴有关的奇怪事情。人们记得他之前说过蛇穴里面有一条很深的裂缝，还有一个不知名的内室。他九岁那年发生的一些事情，让人们想入非非，那时候他曾经一整天都待在蛇穴里。后来，他的行为发生了很多奇怪的变化。那时是 10 月份，从此他就好像具备了一些能够预测未来的神秘能力。

卡特消失的当天晚上，雨下了很久，因此他走下汽车之后的脚印被雨水冲刷干净了。蛇穴里也有很多水，到处都是泥浆。一些无知的乡野农夫在小声讨论他们的发现，他们觉得自己在那条周围都是高大榆树的小路上和蛇穴周围，以及人们找到手帕的那个险峻的山坡上都发现了卡特的脚印。这些人还说，那些粗而短的小脚印好像是伦道夫·卡特小时候穿的方头靴留下的。但是，谁会在意这些离奇的议论呢？那些说法毫无根据，跟那些人说的另一个谎言一样疯狂。他们竟然还说老贝利加·科里独特的没有后跟靴的鞋印和路上那些粗而短的小脚印重叠。老贝利加·科里是伦道夫年轻时卡特家族的用人，在三十年前就已经去世了。

只是，也是因为这些流言蜚语和卡特自己对帕克斯和其他人说过的那些话——可以用刻有奇怪的蔓藤花纹的银钥匙帮他打开他遗落的童年大门，很多神秘主义研究者都觉得这名失踪的男子已经沿着时光之路穿越了四十五年的岁月，又回到了1883年的那个10月——那时候，他还是个小孩，一整天都待在蛇穴里。他们还觉得，那天晚上在出来之前，他就已经用某种方式进行过一次前往1928年的往返游了，不是从那时候开始他就能预知未来吗？况且，他从没有预测过在1928年之后发生的事情。

有一个奇怪的老头是来自罗得岛普罗维登斯的研究者，他有一个更加详细复杂的理论。他之前和卡特保持长期密切的书信往来，他相信卡特不但穿越到了自己的童年，还得到了进一步的解放——他可以自由自在地在他的童年那些优美的风景中遨游了。在经历了一次奇怪的幻觉之后，他讲述了一个跟卡特消失有关的故事。在这则故事当中，他暗示失踪者目前已经是艾莱克·瓦达的王了，正在猫眼石宝座上坐着，统治他的城市呢。传说中那个塔楼之城在空心的玻璃峭壁的山巅上，俯视着微光之海。在微光之海中，长着胡须和鱼鳍的格罗琳修建了很多属于它们自己的奇怪迷宫。

老头沃德·菲利普斯在法庭上大声恳求不要将卡特的财产分给他的继承人——那些远房表兄弟们，原因是他坚持卡特还活着，只不过是穿越到其他时间维度里，或许有一天他会完好无损地回来。几个远房表兄弟中有一个法律界的人士拒绝了，他是来自芝加哥的欧内斯特·卡·阿斯平沃尔，他比卡特大十岁，但是他在法庭上的表现比较激烈且刻薄，像个年轻人。这场争论持续了四年，现在该分配财产了，他们是在新奥尔良的这个巨大而奇特的房间里商量相关事宜的。

这是艾蒂安·劳伦·德·马里尼的家。德·马里尼是专门研究神秘学和东方古物的著名克里奥尔学者，也是卡特的遗嘱执行人，负责处理卡特的文学和经济方面的遗产。卡特与德·马里尼在战时认识，那时候他们都在法国外籍兵团当兵，因为两个人三观一致，所以很快就成了好朋友。在一个难忘的假期，年轻但知识渊博的德·马里尼带着那个郁闷的波士顿梦想家去了法国南部的巴约讷，向卡特展示了阴郁的城市下面黑暗且古老的地穴中隐藏着的某些恐怖秘密，这个城市已经有千百年的历史了。从此，他们结下了不解之缘。卡特委托德·马里尼当他的遗嘱执行人，现在这个热心的学者非常不情愿地主持遗产分配事宜。他不情愿，因为他和来自罗得岛的那个老人一样都不相信卡特已经去世了。但是神秘的梦境怎敌这残酷的现实呢？

这时候，在这座古老的法式公寓那间奇怪的房间里，几个对卡特的遗产分配问题感兴趣的人坐在桌子周围。法庭曾按照法律规定，在卡特的继承人可能所在的地方发布了与本次会议有关的书面公告。但是，现在只有四个人坐在这里，听着那座棺材似的无法显示地球时间的座钟发出奇怪的滴答声，听着拉了一半窗帘的扇形窗户中传来的院子里喷泉汩汩的声音。过了一段时间，四个人的面孔都被三足鼎的烟气笼罩了。这时候，三足鼎上已经堆了很多燃料，好像不需要那个来回走动、越来越紧张的老黑人再添加香料了。

坐在桌子周围的四个人包括德·马里尼，他很瘦，皮肤黑黑的，长得比较帅气，留着小胡子，但是看上去依然很年轻；有代表继承人出席的阿斯平沃尔，他长得很胖，头发都花白了，脸上有短胡须，比较凶；有来自普罗维登斯的神秘学者菲利普斯，他很瘦，头发花白了，鼻子很长，胡子都刮干净了，肩膀有些窄；另外一个人无法猜出年龄，不过也很瘦，留着胡子，皮肤比较黑，脸比较匀称，面无表情，头上还缠着一条象征高等婆罗门身份的头巾，他那双眼睛就跟夜晚一样黑，炯炯有神，好像看不到虹膜，正在凝视着其他人后面非常遥远的地方。他说他是查古拉·普夏大师，是来自贝拿勒斯的专家，他带来了很重要的信息。德·马里尼和菲利普斯都和他有书信来往，并且很快就感觉到他那些神秘的自我介绍的确是真的。他一直用一种奇怪的口吻说话，声音空洞，就好像有金属般的质感，听上去用英语说话让他的发音器官很吃力，但是他的用词像地道的盎格鲁—撒克逊人一样简洁、准确。他穿的服装和普通欧洲人差不多，不过很肥大，奇怪且难看地堆在他身上。他的黑胡子比较浓密，东方式的缠头巾，还有肥大的白色连指手套，让他看起来很奇怪。

这时候，德·马里尼一边翻弄着在卡特的车里找到的羊皮纸书稿，一边说道：

"不，根据这张羊皮纸，我看不出任何信息。在这里坐着的菲利普斯先生也已经不再研究它了。查斯霍德上校觉得这里面的符号不是那卡语，并且看上去跟复活节岛战棍上面的象形符号不同，尽管盒子上那些雕刻的花纹能让人想到复活节岛上的图案。我记得跟这些羊皮纸上的符号最相似的东西就是可怜的哈利·沃伦之前有一本书上的文字——它们的字母好像都是从一根横着的文字棒上垂下来的。那本书是印度的，1919年我与卡特拜访他时，看到过那本书。不过他从来没有说过有关那本书的事情，对我们说最好不要知道，并且他还暗示那本书并非来自地球，而是来自太空。12月，他钻到那个古老墓地里的墓穴时，身上就带着那本书。只是此后，他和那本书一起消失了。前不久，我根据记忆描画了一些书中出现过的文字，然后又影印了一份卡特的羊皮纸书稿，将这些书稿寄给了我们的朋友——查古拉·普夏大师。他觉得，查阅了某些资料之后，他也许能够解密里面的含义。

"卡特曾经寄给我一张那把钥匙的照片，它上面奇怪的蔓藤花纹不是什么字符，看上去好像和那卷羊皮纸书稿的渊源相同。之前，卡特一直说他很快就能将这个秘密解开了，不过从来没有说过任何有关的细节。他还将整个事件想得太完美了。他说那把古老的银钥匙能够打开一系列大门——一直都是那些大门阻止我们在广袤无垠的时空隧道中自由穿行，这样就可以到达真正的边界——自从舍达德利用自己可怕的天赋建造了千柱之城埃雷姆中宏伟壮丽的穹顶和无数宣礼塔，并将它们藏到了阿拉伯佩特拉的黄沙中，然后就没有人可以穿过那条边界了。卡特曾经写道，饥肠辘辘、奄奄一息的托钵僧和口干舌燥要发疯的流浪者回来对人们说起那不朽的大门以及在拱门的拱顶石上面雕刻的巨大手掌，不过从没有人穿过那扇大门。他们原路返回，并且说那些留在布满石榴石的沙漠里的脚印可以证明自己真的去过。卡特想，那把钥匙可以打开的就是那只巨大的石刻手掌想费尽一切心思抓住的大门。

"我们不知道卡特为什么带走了钥匙，却没带走羊皮纸书稿。或许他忘了；或许他还记得有人曾经带着一本写着类似文字的书钻进了一个墓穴再也没有回来，所以才没有将其带上；也可能是因为这卷书稿已经没有用了。"

后来，德·马里尼停下来了。上了年纪的菲利普斯先生用刺耳的尖锐声继续说：

"我们只有在梦里才能知道伦道夫·卡特去哪里漫游了。我曾在梦中去过很多奇怪的地方，还曾在史凯河那边的乌撒听到很多奇怪但很有意义的事情。这卷羊皮纸好像真的没多少用，卡特肯定已经重新走进了他童年梦境中的世界，并且成了艾莱克·瓦达的王了。"

这时候，阿斯平沃尔先生更加生气了，他激动地吼道："难不成没人让这个又老又蠢的东西闭嘴吗？我们听够了这些废话。现在是要分割遗产，我们现在要做的就是分割遗产。"

接着，查古拉·普夏大师也第一次说话了，他用奇怪的外国人的口吻说：

"先生们，事情超乎你们的想象。阿斯平沃尔先生，别嘲笑那些来自梦境的证据。不过，菲利普斯先生说的也不太完整，或许是因为他梦到的还不够多。我已经做了很多梦。我们印度人和卡特家族的所有人一样经常做梦。只是阿斯平沃尔先生，你虽然是卡特的表兄，不过按血缘来说不是卡特家族的成员。我梦到的东西，连同其他消息来源，让我知道很多你们觉得不可思议的事情。例如，伦道夫·卡特实际上是忘了带这卷他破解不了的羊皮纸书稿，如果将它带上，他的经历就会更顺利。你们看，我的确知道很多事情——很多有关四年前 10 月 17 日傍晚的事情，卡特带着银钥匙离开了他的汽车后发生的事情。"

对查古拉·普夏大师的话，阿斯平沃尔嗤之以鼻，不过其他两个人坐直了身子，感觉很有兴趣。这时候，从三足鼎里冒出来的烟更多了，那只棺材似的座钟发出来的恐怖的嘀嗒声好像也进入了某种非常奇怪的模式，好像来自外太空根本无法破解的陌生电文。那个印度人靠在椅背上，半闭着眼睛，继续用奇怪又吃力但是用词准确的方式讲述着。这时候，在听众面前徐徐展开一幅关于伦道夫·卡特经历的画卷。

二

阿卡姆后面的山林里充满奇怪的魔法——或许在 1692 年当老男巫埃德蒙·卡特从塞伦逃到那边后，就从天上的星星和地下的地穴中召唤出了某些东西。伦道夫·卡特回到那片山林之后，马上就感觉到自己已经与其中一扇大门非常接近了。曾经有一撮极其胆大妄为、遭人嫌恶且心智怪异的人能够利用那扇门飞快地穿越阻隔在世界和外面的绝对空间之间的巨型高墙。那年的这一天，他忽然觉得自己可以正确地理解那些隐含在银钥匙的蔓藤花纹中的信息了。他现在知道该怎么转动这把钥匙，该怎么将它举起来对准落日了，并且也知道在第九次和最后一次转动时，需要对着虚空唱诵什么词句。他所在的地方已经很接近某扇隐蔽的大门了，在这样的地方，银钥匙不可能无法发挥自己最初的功用。因此卡特知道，当天晚上他就能在早已遗落但从未停止怀念与感伤的童年里歇息了。

他将钥匙装在口袋里，下了汽车。他朝山上走去，沿着蜿蜒曲折的小路，经过爬满藤蔓的石墙，穿过幽暗的林地和无人看管的果园，经过开着窗户但是已经被废弃的农舍和无名的修女院，逐渐进入那片萦绕着鬼魂的阴郁乡野的核心。太阳落山时，当远处的金斯波特教堂坚定地在红光中闪亮时，他拿出那把钥匙，进行了必要的转动，还吟诵出准确的咒语。后来，他感觉到仪式马上要生效了。

接着，天色越来越暗了，他听到了一个从过去而来的声音，那个声音来自他的叔祖父的仆人，那个人叫贝利加·科里。老贝利加不是在三十年前就死了吗？但是，是在何时之前的三十年呢？现在是何时？他究竟去了哪里？如果现在是1883年的10月17日，那么贝利加叫伦道夫·卡特的名字有什么奇怪的呢？他在外面待的那段时间不是已经超过了玛莎婶子的规定吗？他衬衣口袋中的钥匙来自何处？他的小望远镜又去哪里了？那是——应该是——两个月之前，他的父亲在他九岁生日那天送给他的生日礼物。这不是在他家的阁楼上发现的那把钥匙吗？它能否打开那扇神秘的大门呢？那扇门就藏在山上蛇穴里内室后面那些矗立着的岩石中间，他凭借自己敏锐的眼睛将它找到了。别人总会将那里和老男巫埃德蒙·卡特联系在一起，他们不会去那里，因此，除了埃德蒙·卡特，别人不会知道那里有一间巨大的黑暗内室和一扇大门，更别说会爬过长满树根的裂缝去仔细看了。谁在那块未经开采的岩石上刻下了大门的提示呢？是老男巫埃德蒙·卡特，还是他用咒语召唤来并加以驱使的东西？

那天晚上，在有着复折式屋顶的那间古老的农舍里，小伦道夫与克里斯叔叔和玛莎婶子一起吃晚饭。

次日早上，他很早就起床了，出门之后穿过枝条错综复杂的苹果园，然后来到了山上的林地当中。蛇穴的入口就隐藏在那些形状怪异、非常茂盛的橡树之间。当他情不自禁地摸索衬衫的口袋，检查那把奇怪的银钥匙是否还在身上时，没有意识到手帕丢了。他用从客厅拿来的火柴照明，揣着紧张和冒险的自信，匍匐爬进了那个黑洞。过了一会儿，他就已经扭动着身体转过了另一边的那条长满树根的裂缝，然后来到了一个巨大的内室中。这里最后面的那块岩壁好像一扇被故意塑造成型的可怕大门。他悄悄地站在还滴着水的阴湿岩壁前面，点了好多根火柴，借着火光用敬畏的眼神看着它。难道这扇想象中的拱门的拱顶石上面凸起的石块真是巨型的石刻手掌吗？他接着将银钥匙拿了出来，然后做了一些手势，念了一些咒语，尽管他忘了跟谁学来的动作和咒语。是不是失忆了？他只知道自己想穿越屏障，进入自己梦境中的自由之地，还有在绝对空间中失去任何维度的那片深渊。

三

后来发生的事情简直难以用语言形容。它不符合逻辑，充满矛盾和反常，这些事情肯定不可能存在于清醒的世界中，却萦绕在我们那些奇奇怪怪的梦境里。此外，当我们从梦境回到由有限因果和三维逻辑组成的狭隘、死板、客观的世界之前，都应将它们看作自然而然的事情。当那个印度人继续讲故事时，他发现已经越来越难避开那些看上去烦琐且幼稚的荒谬情景，甚至比穿越时光回到自己的童年还夸张。阿斯平沃尔先生坐在那里，脸上充满了厌恶的表情，还经常怒喝，完全听不进去。

伦道夫·卡特在蛇穴中那个充满鬼魂的黑暗内室中拿着钥匙举行了仪式，这些仪式并非徒劳。他开始做第一个手势，唱出第一个音节之后，周围就发生了明显的怪异且恐怖的异变。这种异变是时间和空间都发生了不能估量的扰动和混乱的感觉，身在其中的人感觉不到我们平时认知的动作和时间，像年龄、位置这样的概念会渐渐失去意义。伦道夫·卡特曾经在一天之前奇迹般跨越了时光的沟壑。但是现在，男孩子和男人之间也没有什么差别，所有的只是伦道夫·卡特的存在，他的脑海中还有一些画面，不过已经和他一开始在地球上获得它们时的场景和环境毫无瓜葛了。这里在前一刻还是个内室，另一头的岩壁就好像是一扇暗藏着某些意义的巨大拱门，上面还雕刻有巨型手掌。不过现在，这个内室不存在了，那个岩壁也不存在了，但是没有消失。这里剩下的只有时刻变化着的印象，与其说眼睛看到了这些印象，不如说是大脑感受到的。伦道夫·卡特在这些印象当中体会到了萦绕在脑海中的一切感知，或者说所有记录，但是他已经彻底忘记了是怎么收到这些感知和记录的。

仪式结束时，卡特知道自己正置身在地球上任何地理学家都定位不到的一个区域，自己现在所在的年代也在历史上无法呈现；原因是，对他来说，这里正在发生的所有事情的性质都是完全陌生的。神秘的纳克特残本中有相关的暗示，当他试图破译银钥匙上面雕刻的图案时，他还发现阿拉伯疯子阿卜杜拉·阿尔哈萨德写的禁书《死灵之书》里面有完整的一个章节讲述这件具有重大意义的事情。一扇大门已经开启了，不过实际上，那扇大门并不是终极之门，它将会引领人离开地球和时间，进入地球的外延——那是个超乎时间之外的地方；反过来，从那里开始，终极之门将会可怖而又危险地将人引向那超乎一切星球、超乎一切宇宙、超乎一切物质的最终虚空。

也许那里会有一个向导——非常可怕的向导，早在几百万年之前就已经在地球上存在了。那时候，还完全没有想到会有人类出现，只有一些早就被忘掉的东西在蒸汽腾腾的星球上移动着，建起了一座奇怪的城市，地球上的第一批哺乳动物就在它们最后破败的废墟里玩乐。卡特还记得可怕的《死灵之书》曾经隐约地预言过那个向导的存在。

那个疯狂的阿拉伯人写道，如果有人敢试着窥探面纱后面的情景，胆敢将他看作向导，那么就需要比避免与他产生交易更要当心；因为根据《透特之书》的记载，只看一眼也需付出非常惨痛的代价。越过那扇门的人都没有回来过，因为那片超越了我们世界的浩瀚空间已为黑暗之物所占据与约束。在黑夜里徘徊的东西，那玷污旧印的邪恶，那人们所知道的在每座坟墓中守望秘密入口的畜群，那些在住民之外繁茂孳生之物——所有这些险恶皆不及那看守着入口的他。他将领导鲁莽草率的人翻越所有世界，然后进入一个无法描述的贪婪吞噬者所在的深渊当中。因为他就是乌姆尔·亚特·塔维尔，传说中的太古人，笔者笔下长生不老的人。

记忆和想象在翻腾的混沌中形成了一系列图画般的模糊景象，但是卡特知道那只不过是记忆和想象罢了。但是，他认为这些东西不是由自己的意识构建出来的，反而像是某种更加庞大的真实，不可言述、超乎时空的真实。那种真实的感觉将他包围起来，努力将自己变成卡特能感知的符号和象征。因为对那些交织在我们已知的时间和时间之外的隐秘深渊中的形体外延，地球上的任何心智都不能理解。

这时候，卡特面前呈现出一场模糊不清的盛况，但是不知道为什么，它的形式和场景总会让他想起地球上亘古之前就已经被遗忘的原始的过去。可怕的生物在各种场景和风景中慢悠悠地移动着，那些场景中充满了任何理智的梦境中绝对不会出现的形状怪异的手工制品，那些风景则由无可名状的草木、峭壁、山脉和不同于人类式样的石头建筑组成。此外，那场盛况里面还有地下城市和生活在其中的居民，还有在无边无际的沙漠中矗立着的高塔。此外，还有球状的、圆柱状的和无法形容的带着翅膀的物体从沙漠中直冲云霄，或者突然从天空中坠落。卡特能领会的就是这些，只是这些场景之间毫无联系，跟他也毫无关联。他所在的地方，甚至他自己的外形也经常发生变化，只是这种位置和外形变化只是凭借那混乱的想象力感觉出来的。

卡特曾希望找到在他童年的梦境中出现过的迷人之处。他记着那里的大帆船航行在奥卡诺兹河上，经过索兰的镀金教堂尖塔；由大象组成的商队正迈着沉重的脚步穿过肯德芳香扑鼻的丛林；在丛林的深处，有一些早就被人忘却的宫殿，宫殿中还矗立着有花纹的象牙圆柱，这些圆柱在迷人的月光中安然无恙地长眠。现在，他对更辽阔的环境感到非常欣喜，好像忘了自己要追寻什么。在他的脑海中萌发出无限的想法和亵渎神明的狂妄，他知道自己会勇敢地面对那可怕的"向导"，向他询问一些关于他的奇怪又恐怖的事情。

忽然，那由数不清的场景组成的盛况似乎达到了一个模糊的稳定状态。那里有一块高大的巨石，上面雕刻着让人匪夷所思的奇怪图案，并且按照某种与常规截然相反的陌生几何学规则排列着。让人迷惑不解的是，光线从颜色暗淡的天空中透下来，好像有知觉一样，在一行弧形的巨大基座上闪现着。那些基座好像是六边形，表面上刻有象形符号。另外，它们的上面还有一些被遮挡起来、看不出轮廓的东西。

此外，还有一个东西。这个东西不是位于基座上，而是在不清晰的如同地面般的较低层面上滑行或者飘动。它的轮廓不是完全固定的，而是短暂地出现一种与很早之前或者现在的人类很相似的模样，只是比普通人要大上一半。它跟那些放置在底座上的东西一样，好像上面也盖着厚厚的淡灰色的织物。卡特没有看到那些织物上有任何可以朝外面看的小孔。也许它不需要往外看，因为它好像属于另外一种生物体系，远远不同于仅仅有着物质机体与肉体官能的我们。

过了一会儿，卡特就知道它的确是这样，因为那个东西开始跟他说话了。它没有发出任何声音，也没有用任何语言，只是卡特的脑海里有了它的话语。它说出让人很害怕的名字，只是卡特并没有因此而退缩。

他不但没有退缩，还用不发声、不用任何语言的表达方式回话了，并且按照恐怖的《死灵之书》中教的方式表达了自己的敬意。因为自从那个东西从海上升起、火焰迷雾之子降临到地球上，让古老的知识传给人类之后，整个世界就把它视为恐惧的存在了——可怕的终极之门的向导和守护者，乌姆尔·亚特·塔维尔，笔者笔下长生不老的人。

向导什么都知道，因此它也知道卡特的到来，知道他要找什么，而且还非常清楚这个追寻梦境和秘密的人根本不害怕它。它的样子并不可怕，也没有一点恶意，因此，卡特一度怀疑那个疯狂的阿拉伯人是因为嫉妒或者不知所措，才会将向导写得那么恐怖，那么亵渎神灵。当然了，或许是向导只会在害怕它的人面前才表现出自己的可怕与邪恶。随着深入交流，卡特终于可以将自己的表述转化成明确的句子了。

"我的确是你所知道的太古者，"向导说，"我们——上古者们和我都在等你。欢迎你的到来，虽然你来晚了很多。你拿到了钥匙，还打开了第一道门。现在，终极之门已经为你准备好了。如果你害怕，可以停下来。或许你可以安然无恙地原路返回。只是，如果你选择继续前进——"

此刻的停顿意味着不祥，但是很快它传达出的意思变得友好起来。卡特没有丝毫犹豫，内心强烈的好奇心正驱赶着他继续前行。

"我选择继续，"他回答道，"并且承认你是我的向导。"

向导好像在得到回应时还打了个手势——他的长袍动了下，

或许是抬了抬胳膊，或许是类似的肢体。后来，他又做了另一个手势。凭借自己丰富的学识，卡特感觉到自己终于离终极之门很近了。这时候，光线变成了另外一种不可描述的颜色，类似六边形的基座上面的东西也更加清楚了。它们在基座上坐着，轮廓很像人类，但是卡特知道它们不是人类。它们现在被遮挡着的头顶上好像是戴了一顶颜色无法确定的大型宝冠。很奇怪，这让人联想到了某位早就被人忘却了的雕刻家在鞑靼境内某座被视为禁地的高山上的一堵峭壁上雕刻出的某些不可思议的雕像。透过斗篷上的某些皱褶，它们紧紧地握着长长的权杖，权杖上雕刻的花纹让人觉着有一股怪诞且古老的神秘感。

卡特暗想，这些东西会是什么、从哪里来、在供养谁，也在暗自猜测要得到它们的供养需要付出多少代价。但是，他还是心甘情愿，因为经过这次非常危险的冒险之后，他就能够了解所有的事情。他在想，那些咒语只不过是愚昧无知的人故意传播的恶言罢了，那些人的盲目让他们对自己看到的所有东西都感到内疚，哪怕用一只眼睛看到也是这样的感觉。对于那些人产生的荒唐幻觉，他觉得非常吃惊。他们愚昧无知，在叨念上古者的恶毒与恐怖，就好像上古者能够停下永恒的梦境，在人类身上发泄愤怒一样。若真如此，他也许会做一个长长的停顿，迁怒一只蚯蚓，向它发起疯狂的报复。这时候，所有立在类似六边形基座上面的东西都利用其各自刻着奇怪花纹的权杖摆姿势，向卡特致意，并且传出他可以理解的信息：

"太古者，我们向您致意；伦道夫·卡特，我们也向你致意，你勇敢地成为我们中的一员。"

这时候，卡特看到其中一座基座是空的，太古者向他打招呼示意，这座空基座是给他准备的。另外，他还看到了另外一个基座，那个基座比其他的都高大，处在由那些基座构成的不像是半圆，也不像是椭圆，也不是抛物线，也不是双曲线的奇怪弧线中心。他想这应该就是向导的王座了。卡特走了过去，他走过去的姿势很奇怪，然后登上了他的座位，这时候，他看到向导也在那个王座上坐了下来。

太古者好像用"手"拿起了什么东西——和卡特看到的或者他觉得自己可以看到的被遮盖的同伴一样，太古者利用它的长袍上张开的褶皱将某样东西握紧了。那是个巨大的球体，或者是一个跟球差不多的东西，那个东西由散发着朦胧光晕的金属制成。当向导将它伸到前面时，一种低沉的声音传来了，就好像在做梦一样，这个声音按照一定的时间间隔跌宕起伏，这个时间间隔就好像是某种旋律，不过肯定不是地球上的任何旋律。这个声音好像包含吟诵的意思，或者说是凭借人类的想象力将它看作一种吟诵。后来，那个跟球很像的东西开始发光，一开始发出微弱的光，后来逐渐发出一种闪烁着的冷光，这种光说不出是什么颜色。卡特看到冷光闪烁的节奏刚好与奇怪的吟诵旋律相符。后来，那些在基座上坐着、戴着王冠、手拿着权杖的东西都开始按照说不清的旋律轻轻地摇晃起来，姿势很奇怪。而一种像是那个类球体、说不清颜色的光晕笼上了它们被包裹着的头部。

这时候，那个印度人停下来了，他看着那个棺材似的高大的座钟感到很吃惊。这个座钟有四根指针，钟面上刻着象形符号，它发出来的嘀嗒声有点疯狂，但不是按照世界上已知的节奏发出来的。

他突然对知识渊博的主人说："德·马里尼先生，我无须说，你也该知道在六边形的基座上坐着被遮盖的东西是用什么特别的奇怪旋律在吟诵和摇晃吧。在整个美国，除了卡特之外，你是唯一与地球外面有接触的人了。我想那个座钟是曾经经常被提起的那个可怜的静修者哈利·沃伦给你的吧。据说，他是唯一到过依安·霍的活人，那里有几千万年之久的冷原隐藏的遗珍，他从那个被称为禁地的可怕城市带回来一点东西。我很奇怪你到底知道多少有关它的更微妙的性质。若我做的梦和我读的资料都正确，那这座钟应该是非常了解第一道大门的东西所制。但是现在，让我继续讲我的故事吧。"

他继续说。最后，晃动和包含着吟诵味道的声音消失了，被遮挡着的头部下垂了，不再晃动，它们周围晃动着的光晕也消失了。这时候，被包裹着的东西突然瘫软在基座上面，非常奇怪。但是，那个跟球一样的东西还在有规律地跳动，发出未知的光。卡特感觉那些上古者如他第一次所见一样都睡着了。他好奇当他到来时，它们是怎么从无边无际的睡梦中醒过来的。他的脑海中逐渐有了一些真相，原来是那些奇怪的吟诵方式引导着它们。伴随着太古者的吟诵，他的新同伴们奇怪地睡着了，它们的梦境将会打开那扇终极之门，银钥匙就是进入此门的通行证。他知道，它们正在睡梦的深处凝视着绝对外界那深不可测的广袤，它们会满足这个存在需要的所有条件。

向导没有和那些上古者一起进入梦境，它好像还在用一些细微的方式无声无息地进行更多指导。显然，它正在植入那些它希望自己的同伴将要梦到的图景；卡特知道如果一个上古者有了规定的想法，那么他能用肉眼看到的情景的核心部分就会诞生。当所有上古者的梦境统一起来之后，整个情景就会出现，他需要的一切都会利用集中和浓缩的方式呈现出来。他在地球上曾见过这样的事情。在印度，一群专家围坐一团，利用联合和投射意志将一个想法变成可见的有形存在，在古老的阿特兰特也发生过这样的情况，但是几乎没人敢提起此事。

只是，卡特这时候还无法确定终极之门为何物，也无法知道该怎么穿越这个终极之门，只不过觉得心里又紧张又有所期待。他感觉自己具有了某种形式的身体，也感觉到自己手里正拿着那把很重要的银钥匙。那座在他对面矗立着的巨石就好像一堵平坦的墙，他的眼神聚焦在它们的中心位置，无法转移目光。这时候，他突然感到太古者的精神交流停止了流动。

不管是从精神上，还是物理上，卡特第一次觉得这种绝对的安静太可怕了。他的周围曾经一直都有一些他能感觉到的韵律，即便那只不过是从地球之外来的一些不清晰的神秘脉动，而目前，所有的事物好像都处在绝对寂静当中。尽管他还能感觉到自己的身体，却听不到自己的呼吸声了。这时候，乌姆尔·亚特·塔维尔的球形的东西所散发出的光芒也慢慢稳定了，不再继续闪烁。一圈比之前在上古者头上环绕的光环还亮的光晕在恐怖的向导被遮挡的头上固定了下来，发出很亮的光。

卡特感到一阵眩晕，他那种有点迷失方向的感觉也放大了好几千倍。那奇特的光好像蒙上了一种不可思议的黑暗。这时候在上古者周围，在紧挨着它们的类似六边形的王座周围，四周的事物突然有了一种遥远得令人茫然无措的感觉。接着，他觉得自己朝一个深不见底的深渊中飘去了，他的脸庞周围洋溢着一股芬芳的温暖气息。他觉得仿佛漂浮在散发着玫瑰香味的炎热海洋中，那片海洋是用药酒构成的，海浪拍打着黄铜色的火焰海岸，泡沫落了一地。当他隐隐约约地感觉到波涛澎湃的海洋正撞击着遥远海岸时，被一股强烈的恐惧拽住了。只是，沉寂被打破了，汹涌的海浪正悄悄地用模糊的语言跟他讲话。

"真理之人超越了善恶，"一个不能算作声音的声音说道，"真理之人来到了统一万物的人面前。真理之人懂得了唯一真实的事情是幻觉，而物质就是个很善于伪装的骗子。"

这时候，那些矗立在那里，让他无法转移注意力的石头建筑上呈现出一扇巨大的拱门轮廓。他曾经在三维地球遥远且虚幻的表层世界的蛇穴内室中看到过一扇大门，现在看到的轮廓和那个很像。他感觉自己已经用那把银钥匙通过一种自然的天生的方式转动了它，他之前打开内层大门时就用了这种方式。接着，他突然感觉到他的脸颊周围洋溢着的玫瑰海洋就是那堵很硬的固体墙，在他的咒语和上古者们协助他的咒语的思想漩涡当中，这堵墙开始变得柔软了，最终成了一片海洋。后来，他在本能的驱使和盲从的引导下朝前方飘去，最终穿过了终极之门。

四

在伦道夫·卡特往前穿过那堆大型石头建筑的过程中，他的头不停地眩晕，就好像在群星广袤无垠的深渊中飞速穿行一样。经过很长一段距离，他感觉自己胜利了，感到了神圣和极致的美好荡漾在周围。但是过了一会儿，他好像听到了巨大的翅膀发出来的沙沙声，好像还听到了很多东西在叫，在窃窃私语。这些东西不是地球生物，甚至连太阳系的生物都算不上。他朝后看了一下，这时候，他看到的并不是一扇门，而是很多门，其中有一些门的形状非常乱，他只好努力让自己忘掉那个场景。

这时候，他忽然感到更恐惧了。这种感觉比那些形状带给他的恐惧更加强烈，让他摆脱不了，因为它本身就与他自己有关。尽管第一扇门已经从他那里拿走了一些稳定的东西，给他留下了一个无法确定的身体形状，还让他和周围界限不明确的东西之间的关系也很不确定，不过它至少没有将他的统一性破坏掉。他还是伦道夫·卡特，还算得上翻腾的维度中固定的一个点。但是目前，穿过了那扇终极之门之后，他很快就意识到一个非常恐怖的实情，那就是他已经不是一个人，而是成了很多人。

他在同一时间内出现在多个地方。在地球上，1883年10月7日，小男孩伦道夫·卡特在寂静的夜晚告别了蛇穴，向乱石林立的山坡下面跑去。他穿过枝繁叶茂的果园，回到了阿卡姆后面的山林中属于他叔叔克里斯的房子。同时，不知道什么原因，他到了地球上的1928年，在地球之外，那个和伦道夫·卡特长得差不多的模糊身影成了上古者的一员，坐到了基座上面。还是在这个时间，第三个伦道夫·卡特也在这里，正在终极之门后面那片巨大的未知的无形深渊当中。此外，在其他地方，在无数情景错综复杂的混沌当中，还有不计其数和变幻多端的存在，这快将他逼成疯子了。他还有不计其数的存在，让人匪夷所思。他知道他们就像是当前穿越终极之门的存在一样，那些都是他本人。

在地球的历史长河的每个时期，都有卡特的存在，不管这个时期是否是已知的、确定的，还是只不过可能存在的，甚至超越了一切认知、怀疑和确信的地球实体存在的远古时期。卡特有各种外形，有人类的、非人类的，脊椎动物的、非脊椎动物的，神志清楚的、失去理智的，动物的和植物的形式。另外，有的卡特跟地球上的生命毫无相似之处，它们正在其他星球、星系、银河系甚至其他宇宙连续体中无拘无束地移动。有的卡特还像是永恒生命的孢子，从一个世界飘到另一个世界，从一个宇宙飘到另一个宇宙，不过这些都是卡特自己。他偶尔匆匆看上一眼就会想起他首次进入梦中之后在很长一段时间中做过的梦——那些虽然模糊却生动、单独发生却又连续的梦。他匆匆看到的情景还有一部分是让他非常难忘的，让他痴迷的，甚至让他有恐惧但熟悉的感觉，地球上任何逻辑都不能解释那种熟悉的感觉到底为何。

　　意识到这个问题之后，伦道夫·卡特就彻底处于极度的恐惧当中了。他之前从没有这么惧怕过，即使那个非常吓人的晚上，在那个很可怕的时刻，他们两个人在一轮亏月下冒险爬到古老且讨厌的墓穴当中，最终只有他出来了，也没有他现在这么害怕。没有任何死亡、毁灭和痛苦能让人产生这种毫无自我的无限绝望。在虚无当中消散是安静的忘却，不过还能意识到自己的存在，还知道自己已经不再是跟别的东西不同的确切存在了，知道已经失去自我了，却很痛苦和害怕。

　　他知道有一个伦道夫·卡特是从波士顿来的，但是却不知这个在终极之门之外的实体存在是否还是那个伦道夫·卡特。他已经彻底失去自我了，而与此同时，他——如果真的有一个东西还可以称作"他"的话，但考虑到单独的个体存在已经完全失去了意义，这种假设也变得毫无意义——同样以某种不可思议的方式意识到了无数个自我。那种感觉就好像是他的身体忽然成了印度神庙中刻有多个肢体和头颅的神像一样。他思索着这种聚合的状态，茫然地试图区分哪些是原来的，而哪些又是后来添加进来的——如果（这是极其可怕的思想！）的确有某些原来的东西能够与其他的化身区分开来。

接着，在这些足够将一切都毁灭掉的沉思当中，穿越终极之门的那个卡特从好像是恐怖的天底坠落到了更恐怖的黑暗深渊当中了。这次主要是从外界来的人格力量的恐惧，它马上呈现在他的面前，并且很快将他包围住了，在他周围弥漫着；此外，除了在这个地方的存在之外，它好像还属于卡特的一部分，也与所有的时间共存，并且连接所有的空间。这里看不到任何图像，然而它的存在，以及那集合了局部、个性与无限的可怖概念让卡特恐惧得呆若木鸡，甚至无数"卡特"之中的任何一个，之前都不曾认为可能存在这样骇人的恐怖。

面对这些可怕的奇迹，穿过了终极之门的卡特已经忘掉自己被毁灭了所带来的恐惧。那是一个由无限的存在和自我构成的、囊括一切，且在所有事物中存在的东西，肯定不是空间—时间连续体中的东西；相反，它与关于一切在无边无际中赋予万物生机的终极本质息息相关，无边无际是终极的绝对范围，不存在任何边界，比幻想和数学等范畴还要广阔。或许它就是地球上一些神秘的异教私下里提到过的曾经以其他名字出现过的神灵——"犹格·索托斯"；或许就是犹格斯星球上的甲壳类动物崇拜的超越者，螺旋星云中利用未知的符号指导大脑的存在。只是，那个卡特存在突然就感觉到这些范畴和构想简直是太渺小、太微不足道了。

这时候，这个存在开始向穿过终极之门的卡特存在说话了，那宏大澎湃的思潮沉重地袭来，如同雷鸣般轰响着、燃烧着——那是一股浓缩的能量，力量有点猛，几乎让人受不了，这种力量足够将听者炸成碎片。与此同时，它还带着一种肯定不是地球上的节奏——在穿过第一道大门之后，在那个让人迷惑不解的地方，上古者就用这种奇怪的节奏在摇晃，那些恐怖的光也按照这种节奏在闪烁。那种感觉仿佛数不清的太阳、世界和宇宙都汇集到一个点上，然后被某些扛不住的狂怒产生的冲击彻底毁掉了。只是，在这种更剧烈的恐惧当中，之前的那种恐惧慢慢减轻了，那股焦灼的热浪好像通过某种手段将穿过了终极之门的卡特和不计其数的存在隔离开了，好像在一定程度上为他恢复了关于身份和自我的一些幻想。过了很久，听者才慢慢地将那些汹涌而来的表达翻译成了他能懂的语言，他的恐惧和压抑也逐渐消失了。他的惊恐变成了单纯的敬畏，曾经看起来好像是亵渎神灵的异象在这个时候好像也成了无法言表的壮美。

"伦道夫·卡特，"那个存在好像说，"我在你的星球外延上的那些化身、那些上古者们已经将你送来了。在不久之前，你只不过是希望能回到自己失落的小小的梦境之地，不过获得更多的自由之后，就有了更强烈、更崇高的欲望和好奇心。你之前希望在金色的奥卡诺兹河自由地遨游，希望在盛产兰花的肯德找到被遗忘殆尽的象牙之城，还希望在猫眼石王座上统治艾莱克·瓦达——让人无法相信的高塔和不计其数的穹顶耸立在那里，对面是苍穹中的一颗红色的孤星，那里的一切与你的地球乃至其他一切事物都完全不同。只是目前穿过两扇大门之后，你希望能够获得更加崇高的东西。你不再像个孩子似的想逃离自己讨厌的地方，然后逃到自己喜欢的梦境当中，而是会像成年人一样，勇往直前，冲到所有场景和梦境后面，直奔藏在内心深处的最终秘密。

"我感觉你想得到的东西很美好，因此，我批准你的愿望，我曾经批准过十一个愿望，那些都是针对来自地球的生物，包括五次是针对那些被你们称为'人'或者相似的生物。接着，我准备向你透露终极秘密，看一下会是什么将一个懦弱的灵魂摧毁。只是，在你亲眼看到终极秘密和最初的秘密之前，你还有自由选择权。若你愿意，可以无须将眼前的面纱撕下，就穿过那两扇大门回到自己的世界。"

五

接着，滔滔不绝声戛然而止，卡特处在了一个既恐怖又让他敬畏还感觉有点凄凉的沉寂当中。这片虚空——没有边际的广袤，笼罩着周围的一切。只是，追寻者知道，那个存在就在附近。过了一会儿，他花了一点时间思考那些话，并且将那些话的大体意思告诉了深渊："我接受，我不会退却。"

接着，汹涌的思潮又一次涌来，卡特知道那个存在已经听了到他的回应。这个时候，知识和阐述犹如洪水般从无边的心智中涌出，为追寻者打开了数不尽的崭新景象，让他准备好一切，去感受从未奢望过的与宇宙有关的一切。他知道三维世界的概念太幼稚和狭隘了，除了前后、左右和上下这些众所周知的方位，还有很多其他方向。他看到了渺小的、低俗的、无能的地球之神，也看到了琐碎的、类似于凡人的兴趣和关系——他们的憎恨、愤怒、博爱还有虚荣，他们对赞美和供奉的强烈的欲望，还有他们对理性和自然相对的信仰需求。

朝卡特传来的大部分信息都自动变成了他能理解的句子，还有一些是用其他感觉器官来描述的。也许是利用眼睛或者想象力，卡特感觉自己在一个超出人类视野和想象力的世界当中。此外，他还看到了曾经是力量的漩涡，后来成了广袤无垠的虚空中笼罩一切的阴影，还有阴影当中一大片让他匪夷所思的东西。他站在一个不可思议的观察点上，俯视着那些奇怪的形状。尽管他将毕生的精力都用在了对各种神秘事物的研究上面，但是那些形状、各种延伸也完全超越了他目前为止所能够理解的任何有关生物、大小和边界的概念。他仿佛开始明白 1883 年住在阿卡姆农舍里面的那个名叫伦道夫·卡特的小男孩；以及那个在第一扇门之后，坐在类似六边形的基座上的模糊影子；还有这个在无限的深渊当中面对伟大存在的卡特存在；还有其他所有他想象或感知到的卡特，是如何同时存在的。

这个时候，那些思绪更纷杂了，并且想尽办法加深他的理解，让他这个非常微小的存在和那个复杂多样的存在相互调和起来。它们对他说，空间里的每个形状只不过是更高维度与这个空间相交产生的一个面而已，好比立方体上的一个方面，或者球体上的一段圆弧。同样的道理，三维立方体和球体也是从和它们对应的四维物体上割下来的，只是人类不知道还有四维世界罢了，他们只能通过想象和做梦知道一点儿。再者，那些四维形状也是从五维形状上割下来的。以此类推，就能到达那个原型不限定、让人晕乎乎且不能到达的高度了。人类和神灵的世界只不过是一个渺小事物上的一个不足挂齿的方面，只是通过第一扇门到达的微小的统一体——乌姆尔·亚特·塔维尔就是在那里指挥上古者的梦境——的三维截面。人们会信以为真，并且将那些认为还有多维原型的想法说成是虚幻的。太遗憾了，那刚好是真实的反面。我们所谓的物质和真实的东西只是投影和幻觉，那些称为投影和幻觉的东西才是真正的物质和真实。

那些思潮接着解释说，时间本来是静止的，既没有开始也没有结束。有人觉得时间在流逝，觉得它造成事物的变化，这种想法本来就是错误的。实际上，时间本来就是一种错误的概念，因为是除了在有限的维度中生物的狭隘见解之外，其他地方根本没有过去、现在和将来这样的概念。人们觉得时间是存在的，只是因为他们那些所谓的变化也是错误的。所有那些过去存在、现在存在、将来会存在的东西实际上都是同时存在的。

这些启示伴着像神灵般的庄严和肃穆进入卡特的脑海，让他不能对此产生怀疑。尽管这些好像完全超出了他能够理解的范围，但是他还是觉得它们肯定是真实的，因为这个最终的宇宙真想将曾经所有存在的观点和有限的理解都推翻，他早就习惯从那些局部、存在的思想束缚中进行更有意义的思索。难道他整个探索过程不是建立在认定那些局部和存在只是虚幻的信念基础上吗？

经过一段意味深长的停顿之后，那些思潮继续朝他涌来，对他说，那些较低维度地区的人们所谓的变化只不过是他们自我意识的作用而已，是他们从不同宇宙角度观察外面的世界所产生的结果。就好比从一个圆锥体上切下来的形状，会因为切割的角度不同而不同。按照不同的切割角度，会得到圆形、椭圆形、抛物线或者双曲线等形状，但是圆锥体自身并没有发生什么变化。同样的道理，根据不同的宇宙角度，一个无穷大的真实的局部方面好像发生了变化，但是它自身其实并没有发生任何变化。那些在内层世界里生活的弱小生物就是从这种有意识的角度造成的变化多端的奴隶，除了极个别例子，绝大部分都没法学会怎么控制这种异常。只有寥寥几个研究禁忌的学者可以得到这种控制方面的提示，从而控制时间和变化。只是，那些位于大门之外的存在却能够支配所有角度，随心所欲地看到宇宙的无数部分，包括因视角造成的零碎变化，还有超越了视角的永恒不变的整体。

后来，那些思潮又停下来了，受到惊吓的卡特开始朦朦胧胧地感到之前那个让他非常害怕关于失去自我的谜题的终极背景了。他的直觉将那些存在拼成一个整体，带着他慢慢地朝那个领会终极秘密的时刻靠近。他知道若不是乌姆尔·亚特·塔维尔的魔法保护他，帮他用银钥匙准确地打开终极之门，当他穿越第一扇门感觉到无数个与地球上的他对应的"卡特"时，他就会被很多恐怖的真相淹没，他的自我意识就已被摧毁了。只是，他还是很热切地希望能够更清楚地了解那些知识，因此他发出了自己的思想浪潮，询问各个"卡特"之间的确切联系。目前，这个在终极之门外的卡特，那个还在类似六边形的基座上面坐着的卡特，1883 年的那个男孩，1928 年的那个男人，还有各个远古的祖先——组成了他的传统和自我保护伞。那些其他时代、其他世界的无以言表的居民，只需要快速看一眼，就能感觉到它们和他是一样的。那个存在慢慢地用表达浪潮回应他，想方设法向他解释那些简直要超出地球心智的理解能力的事情。

那些思潮继续解释说："有限维度中每个生物完整的继承线、每个生物个体的所有成长阶段，只不过是一个在超越了维度的空间中存在的永生原型的投影罢了。每个生物，不管是这个生物的儿子、父亲还是祖父，还有每个生物体的成长阶段，不管是婴儿时期、儿童时期，还是青年时期和成人阶段，都只不过是同一个永生原型中无数个面相之一。它们为什么会不同呢？只不过是因为意识层面选了不同的切割角度罢了。"因此，任何年龄的伦道夫·卡特，还有他的所有祖先，不管这些祖先是人类还是早于人类的生物，不管是在地球上还是在地球诞生之前存在的，都是一个在世间和空间之外的终极永恒的"卡特"的不同方面，他们只是幻影，看上去形式各异，也不过是在各种情况下意识层面偶然选择了不同的角度切割那个永生的原型罢了。

在这无穷的宇宙循环中，只要稍微变化角度，就可以将今天的学者变成昨天的孩子；可以将伦道夫·卡特变成在1692年从塞伦逃到阿卡姆后面山林中的男巫埃德蒙·卡特，或者变成在2169年用奇特的方式将澳大利亚来的蒙古部落打败的皮克曼·卡特；可以将卡特这个人类变成那些原始存在中的一员——它们从曾经围绕大角星旋转的双星球卡斯艾利中来，在地球上降生之后就定居在远古的北方净土，他们崇拜黝黑但又可塑的撒托古亚；也可以将一个在地球上生活的卡特变成一个在卡斯艾利上生活的外形模糊的远古先祖，或者是在银河系的另一头斯状提星上生活的更古老的生物，抑或是未来一颗有着奇怪的轨道和辐射能的黑暗彗星上的一个植物大脑等。

那些思想涌动的节奏很明显，继续说道："那些原型就是终极深渊的居民，它们没有固定的形状，无法描述，在低维度的世界里，只有很少的梦想家才能够猜测它们的模样。它们的头领就是现在这个正在进行解释的存在。实际上，就是卡特自己的原型。卡特和他的所有先祖对那些被视为禁忌的宇宙奥秘表现出来的那种懦弱的渴望，正是从这个至高无上的原型中来的。每个世界中的每个伟大的男巫、思想家和伟大的艺术家实际上都是它的影子。"

伦道夫·卡特感觉到了一股包含震惊、敬畏、恐惧和欣喜的情绪，带着这些情绪，他的意识向自己的原型、超自然的存在表达了敬意。接着，那些思潮又停止了，他也在强烈的沉寂气氛当中开始思索，考虑那些奇怪的颂词、那些更奇怪的问题，还有那些最奇怪的请求。那些不同寻常的情景与出乎预料之外的启示已让这颗大脑陷入一片晕眩，而各种稀奇古怪的概念仍在他晕眩的脑海里冲突徘徊。突然，他感觉到如果这些启示是真的，只要他能够掌握那些改变自己意识层面角度的魔法，也许他就能够亲自去那些非常远古的时代、去宇宙的各个角落、去所有他曾经只在梦里了解一点儿的世界。那把银钥匙不是正好提供了这样的魔法吗？它不是先将他从 1928 年的一个成年人变成了 1883 年的小孩，然后又将他变成了一个完全在世间之外的存在吗？很奇怪，虽然他现在已经没有身体了，不过他知道，那把钥匙和他都在。

周围还是一片寂静，伦道夫·卡特将困扰他的那些想法和问题传达了出去。他知道，在这个终极深渊当中，他与他的原型的每一个存在的距离都是相等的，不管那个存在是否是人类，是否在地球上，是否在银河系。他对这个存在的其他形式感到非常好奇，尤其是那些在时间和空间上距离 1928 年的地球最为遥远的存在，或者那些在一生当中不断困扰着他的梦境的存在，那种好奇一直深深地触动他的内心。他觉得他的原型可以通过改变他的意识层面，随心所欲地将他送到过去的、遥远的生活当中。尽管他曾经经历了很多奇迹，但仍渴望着更多的奇迹，亲自行走在那些过去每晚断断续续出现的幻景里——那些难以置信的怪诞场景。

所以，尽管还没有任何明确的计划，他还是向那个存在提出了请求，希望将他送到一个昏暗但神奇的世界：那里有五彩缤纷的太阳、有奇怪的星群和令人晕乎乎的黑色悬崖，还有长着爪子和貘一般鼻子的居民，另外还有形状各异的金属高塔、说不清的隧道和神秘的圆柱漂浮物，所有的这些都曾经反复在他的梦中出现过。他隐约地感觉到，在所有想象出来的宇宙中，那个世界和其他世界的联系最自由了。他非常渴望能够去探索那些他曾目睹过的场景，可以在太空当中穿梭，可以去更遥远的地方，可以在长着爪子和貘一般鼻子的居民世界当中穿行。他根本没有时间感到恐惧。就好像他那离奇的一生中面对所有的危机时那样，那无止境的好奇心总是会压倒其他的一切。

当那些思潮再次开始那让人敬畏的旋律时，卡特知道自己提出来的可怕请求获得了批准。那个存在向他描述了他需要跨越的黑暗鸿沟，描述那颗他要穿过的陌生的五星体系，描述那些长着爪子与长鼻的种族以及与它们永恒对抗的敌人——那些掘穴前进的恐怖怪物。同时，它也向卡特阐明了他所对应的意识视角，以及他所探寻的世界里的那个"卡特"所对应的意识视角——它告诉他需要同时掌握好这两个角度，才可以变成居住在那个世界中的卡特。

那个存在提醒卡特，若他还想从他所选的那个遥远而奇怪的世界中回来，他就需要牢牢地记住那些角度。卡特急切地给出了肯定的答复，因为他觉得那把银钥匙一直都与他在一起，他还很自信那里一定含有很多重要的角度，他知道他将世界和自我层面的角度倾斜了，将他带回到了1883年。这时候，那个存在感觉到了卡特的急躁，于是表示自己已经准备好去完成那段可怕且仓促的旅行。所以，那些思想戛然而止了，随后就是瞬间的寂静，但是寂静当中也包含着无法言表的有点儿可怕的期待。

后来，一阵嗖嗖声和敲击声出乎意料地突然响起来，而且很快就成了一种可怕的雷鸣声。卡特再次觉得一个由高度集中的能量构成的焦点压迫到了他身上，那个能量焦点按照那种他现在已经熟悉的外太空节奏重击、捶打和炙烤，让人受不了。他甚至无法分清楚那究竟是炫目的星星发出的光，还是终极深渊中足够冻结一切的寒冷。无数光带和光线发出奇怪的颜色，不属于我们这个世界的任何光谱，那些光在他面前摇曳着，错综复杂，而且他还感觉到自己正在以一种可怕的速度运动。在某个短暂的一瞥当中，他看到了一个身影正独自坐在模糊不清的类似六边形的王座上……

六

　　这时候，那个印度人停下他的讲述，他看到德·马里尼和菲利普斯都在聚精会神地看着他，但是阿斯平沃尔则一副若无其事的样子，瞪着大眼睛看着眼前的文件。棺材似的座钟依然按照奇怪的旋律发出滴答声，只不过这时候旋律好像又有点不祥。三足鼎中塞满了燃料，已经没有人照看了，烟雾缭绕，形成不可思议的形状，和随风摇曳的挂毯上的奇怪图案一起让人忐忑不安。之前那个照看三足鼎的黑人不知道去哪里了，或许他被房间里越来越紧张的氛围吓跑了吧。那个讲述者再次用奇怪且措辞准确的声音开始诉说时，突然感觉他好像有点犹豫、有点尴尬。

　　"或许你们已经感觉到这些有关深渊的事情都让人匪夷所思，"他说，"但是很快你们就会发现，接下来的故事，鲜有有形的、实在的物质。我们的思维方式决定了这一切。当从模糊的梦境被带到三维世界后，那些奇迹就更离谱了。我不该跟你们说太多——那又会是一个截然不同的故事。目前，我只会跟你们说一些必要的事情。"

　　穿过奇怪的五彩缤纷的韵律组成的最终漩涡之后，卡特发现自己到了一个奇怪的地方，他在一瞬间感觉自己又回到了曾经的梦中。与之前的很多夜晚相同，他在一个散发五彩阳光的圆盘中，混在一大群长着爪子和长鼻子的生物之中，走在样式令人匪夷所思的金属迷宫中，在街道上穿梭。他向下看时，看到了自己的身体就和周围的其他生物一样，浑身长满了褶皱，局部有鳞片，还有昆虫身上非常普通的奇怪关节，但是外形很搞笑，和人的外形差不多。他手里依然还紧紧地拽着那把银钥匙，虽然那只手已经变成了恶心的爪子。

过了一会儿，那种梦幻般的感觉消失了，他感觉自己更像刚从梦中醒来。那终极深渊——那个深渊里的存在——还有那个来自尚未诞生的未来世界，荒谬、古怪、名叫伦道夫·卡特的生物——亚狄斯星球上的巫师扎库帕曾经反反复复地梦见过其中一些东西。那些梦境一直出现，扰乱了他的日常工作——制造咒语以将可怕的巨型蠕虫压制在洞中。而且这些梦境逐渐与记忆中那些他曾经待在光柱包裹的容器中造访过的无数真实存在的世界混淆在了一起。现在，它们比之前更真实。他的右前爪抓着那把沉重有形的银钥匙，上面有幅图案恰巧是他梦境中见过的，而且那幅图案寓意不祥。他不得不休息一下，仔细想想，并查查奈兴的碑文，找找接下来该怎么做。他走到了一条主路上分出来的巷子，爬过一面金属墙，然后回到自己的住处，并且直接走向了放碑文的架子。

过了七天，扎库帕吓呆了，他蹲坐在棱镜前面，因为真相为他打开了一系列相互冲突、相互矛盾的全新记忆。此后，他就再也不能体会到独立存在的宁静了。因为今后，不管在什么时间、什么地方，他都是两个人了：一个是亚狄斯星球的男巫扎库帕，这个人很讨厌地球哺乳动物卡特的思想，不过以后会变成他，且早已经是他了；另一个是来自地球上波士顿的伦道夫·卡特，这个人身上长了爪子和长鼻子，因此扎库帕被吓得瑟瑟发抖，但是他之前就是这样的，现在又成了这个样子。

大师用沙哑的声音继续讲述——他的声音很吃力，已经感到很累了。在亚狄斯星球上的那段时间，那两个"人"创造了一个传说，用几句话无法解释。他们乘坐光束封袋到斯状提、姆斯乌、凯斯以及二十八个银河系中分散着的他们能够抵达的地方，这个光束封袋是亚狄斯星球上的生物所发明的。凭借银钥匙和亚狄斯星球上男巫们所掌握的其他各种符号，他们在几千万年的历史长河中来回奔波。他们和那些苍白又黏滑的巨型蠕虫一样，发动了让人闻风丧胆的战争，那些蠕虫藏在原始隧道中，将星球变成了蜂窝状。在图书馆，他们在几万个还存在或者已经消失的世界的知识海洋中遨游，进行令人可怕又可敬的研究。他们还和亚狄斯星上的其他智慧存在，包括首席长老波，召开了氛围紧张的会议。扎库帕没有和任何生物说过他究竟经历了什么，不过当伦道夫·卡特位于主导地位时，他就会疯了似的研究所有能返回地球、变回人样的办法，虽然他那奇怪的喉咙完全没法适应人类语言的发音方式，但他还是会尝试使用人类语言，不过一切都是徒劳。

很快，那个卡特吃惊地发现他根本无法使用银钥匙变回人形。按照他记忆的内容、梦到的事情和他从亚狄斯星球上所学的东西推断，他感觉那把银钥匙应该是属于地球北方净土世界的，银钥匙所具备的力量只能改变人类的意识角度。不过，一切都来不及了。幸运的是，它还可以改变行星的角度，让使用的人随意在时间中穿梭，只不过身体不能变了。之前曾经有其他咒语可以让银钥匙具备它所缺少的那种无限力量，但那也是人类的发现，是空间上不能到达的地方才有这种咒语，亚狄斯星上的男巫们无法复制。那个咒语就写在那卷匪夷所思的羊皮纸上，它和银钥匙一起，放在那个雕刻着恐怖花纹的盒子里面。因为卡特忘了带那个盒子，只能无奈地叹息了。深渊中那个目前已经不能接近的存在曾经警告过他，一定要记住自己的角度，并且确定他什么都不缺。

时间在不断流逝，他开始更加刻苦地钻研和利用亚狄斯星上的那些恐怖的知识，想找到一种可以回到那个深渊的办法，寻找到那个神通广大的存在。他利用所掌握的那些新知识，基本上可以理解那卷神秘的羊皮卷了，不过在现在这种情形下，他的这种能力很好笑。当然，有时候，扎库帕占据主导地位，这时候他想尽量尝试将那些存在矛盾的、不断给他添乱的卡特的记忆消掉。

慢慢地过了很长时间——那时间长得人类的大脑无法想象，因为亚狄斯星球上的生物只有经历过更加漫长的循环之后才会死去。经过成百上千次的变革之后，卡特好像已经超过了扎库帕，在时间和空间方面，他耗费很久计算亚狄斯星球到人类地球的距离究竟是多少。结果让人很惊讶，是几千万光年，这个数字已经完全超出了可以计数的范围，不过卡特完全可以利用亚狄斯星球上那些非常古老的知识面对这种情况。利用做梦的力量，他让自己朝着地球的方向进行短暂的前行，并且了解了很多他未曾知道的跟地球有关的事情。但是，他没办法梦到那卷丢失的羊皮纸，不能梦到他需要的咒语。

他最终想出一个可以逃离亚狄斯星球的疯狂计划，从发现让扎库帕一直沉睡但不会让其知识和记忆消失的药物开始，他就有了关于那个计划的想法。他觉得他的计算可以帮他坐着光束封袋进行一番亚狄斯星球上的生物从未经历过的旅行，这段旅行可以让他的肉体穿越无法言表的亘古的时光，跨越让人无法置信的星系，最终到达太阳系和地球。

到了地球之后，就算他的肉体还长着爪子和长鼻子，他还有可能利用某些方法找到他在阿卡姆时遗落在车里的羊皮纸，将上面的奇怪象形符号翻译出来，然后凭借这些文字和银钥匙的力量让自己变成之前在地球上的模样。

当然了，他也将这种尝试所蕴含的巨大风险考虑到了。他了解万一自己将行星的角度转到适当的位置（当他在空间中快速穿行时，根本无法完成这事），亚狄斯星球将变成一个由获胜的巨型蠕虫统治的死亡世界，那时，他乘坐光束封袋的逃离之旅就会遇到极大困难。他还知道自己需像专家那样达到假死的状态，以便忍受在穿越无法预测的深渊时要历经的几千万年的漫长飞行。另外，他也知道即便是成功地完成了这次旅行，他仍然需要尽力让自己对细菌产生免疫，并且能够适应地球上其他可能对亚狄斯星球生物产生危害的环境。除此之外，他还需要想办法让自己伪装成人的模样，直到找到那卷羊皮纸并且将其翻译出来，然后恢复自己的真实样貌。否则，别人很快就会发现他，人类会惊恐地把他当成不速之客消灭掉。此外，他还需要一些黄金，在寻找羊皮纸时需要用这些黄金来渡过难关，这倒是能在亚狄斯星球上找到。

卡特正在逐步进行他的计划。他给自己做了一个非常坚固的光束封袋，足够承受惊人的时间跨度和从未有过的太空穿行。他将自己全部的计算结果验算了一遍，并且反复重复那些前往地球的梦，让那些梦尽可能接近 1928 年。他尝试如何压抑自己的生命活动，进入假死状态并取得成功。他找到了所需要的抗菌药剂，需要面对重力变化造成的问题也得到了解决。他做了一个蜡制面具和一套宽松的衣服，这样就可以让自己尽量伪装成人类的样子混迹于人群中了。他还想出一个非常、非常强大的咒语，这样他离开亚狄斯星球时就能够应付那些巨大的蠕虫了，那时候亚狄斯星球已经到了不能想象的遥远未来，成了一个死气沉沉的黑暗星球。另外，他还小心翼翼地收集了能够压制扎库帕的大量药物，他在地球上根本找不到这些东西，这些药物足够他维持到摆脱亚狄斯的躯壳。另外，他还储备了一些黄金便于在地球上使用。

离开的那天，卡特忐忑不安。他登上了放着光束封袋的平台，谎称要去三星系统的尼索，然后就爬到了发着光的金属护套里面。封袋中的空间刚好可以让他进行转动银钥匙的仪式；当他开始仪式时，他的封袋逐渐飘浮了起来。天空在剧烈地翻滚，很暗，让人很害怕，他也觉得有点受不了。看上去宇宙就好像无法支撑而扭曲了似的，其他星群则在黑暗的天空中舞动。

卡特忽然感到一种新的平衡。星际深渊里实在太冷了，严寒侵蚀着他的光束封袋表面，他还能看到自己正在太空中自由地飘浮，刚离开的金属建筑已经在很多年前生锈了。他下面的大地上都是溃烂化脓的巨大蠕虫。当他向下看时，有一条蠕虫还将自己数百英尺长的身体竖了起来，将苍白又黏糊糊的前端伸向他。但是，他的咒语很有效，很快他就完好无损地离开了亚狄斯星球。

七

在新奥尔良的那间奇怪房间里，也就是那个黑人老仆被吓跑的房间中，查古拉·普夏大师还在用更加嘶哑奇怪的声音继续讲述。

"先生们，"他继续说，"在拿出证据之前，我不勉强大家相信我所说的一切。因此，你们可以将我说的当成神话故事。稍后我会给你们说，长相怪异的伦道夫·卡特坐着那个用电子激活的薄薄的金属封袋，在空间当中飞速穿行了几千光年，穿越了几十亿英里的距离。他精心安排了自己的假死期，打算在到达本次旅行的目的地——1928年或1928年前后的地球上时，结束假死状态。

"他永远无法忘却唤醒自己的场景。先生们，请记住，在沉睡千万年之前，他已经在亚狄斯星球奇怪恐怖的奇迹当中清醒地活了几千个地球年了。长眠那段时间非常折磨人，伴随他的只有那不断侵袭的刺骨寒意、时而中断的险恶梦境，以及从封袋观察孔朝外的短短一瞥。他周围只有恒星、星团和星云，直到最后，它们的轮廓才逐渐接近他熟悉的太阳系的轮廓。

"后来有一天，他到了太阳系的星群。他看到了边缘处的凯兰斯星和靠近海王星的犹格斯星，还看到了犹格斯星上面生长着的恐怖的白色真菌。当离木星距离较近时，他看到了木星上面被浓浓的迷雾包围，并且知道了一个无法言说的秘密。此外，他还看到了木星的某个卫星上面的恐怖景象。他还用了很长时间观察火星泛着红晕的表面上的巨大遗迹。最终，他逐渐靠近地球，看到地球就如一弯薄薄的新月，不过它的尺寸正在逐渐膨胀。尽管他不愿意浪费任何返回地球的时间，他还是放慢了速度。我就不再尝试向你们复述卡特跟我说的他当时的感受了。

"最终，卡特在地球上空的空气中盘旋着，等待西半球的黎明到来。他想降落在自己离开的地方，即阿卡姆后面山林里离蛇穴较近的位置。如果你们当中谁离开家很长一段时间——我知道，你们其中之一就是这样——你们肯定能够体会到当卡特看到新英格兰绵延起伏的山脉、高大的榆树、茂密的果树和古老的石墙时，他的心情有多么激动。

"卡特在黎明时分降落在他家老宅下方的草地上。他庆幸周围一片寂静和荒凉。他离开时也是这样的，当时是秋天，山林的味道抚慰着他的灵魂。他想办法将那个金属封袋拖到了植被茂密的山坡上，拖进了蛇穴当中，但是他没法通过长满野草的缝隙，因此无法将其拖到蛇穴的内室当中。在那里，他用那套人类的服装和蜡制面具将自己奇怪的身体遮住。那个金属封袋在那里放了一年多，后来，因为特殊的原因，他只好又找了个藏封袋的地方。

"他步行去了阿卡姆，同时也练习了怎么样在地球引力的作用下把控自己的身体、保持人类的姿势，然后在一家银行将金子兑换成货币。此外，他还假装自己是个不怎么会英语的老外，打听到那年是1930年，与他计划抵达的时间1928年只差了两年。

"当然了，他的现状很糟糕。他无法公开自己的身份，时时刻刻都活在警惕当中，在饮食方面也有困难，此外，还需要保存好令扎库帕沉睡的奇怪药物。因此，他清楚自己需要尽快行动。他去了波士顿，在破败的西区找到一间房子，在那里过着简朴而低调的生活。后来，他马上开始调查伦道夫·卡特的地产和财产。正好这时，他了解到阿斯平沃尔先生迫切希望分割他的财产，也知道德·马里尼先生和菲利普斯先生在尽量保护他的资产免于分割。"

这时候，这个印度人鞠了个躬，但是他黝黑的长满胡须的脸上依然很平静，没有任何波澜。

他继续说："卡特间接地获得了丢失的那卷羊皮纸的完整副本，后来就开始翻译。很荣幸，我为他提供了一些帮助——他曾经求助于我，并且通过我跟地球上的其他神秘学者获得联系。我搬到了波士顿和他住在一起，我们居住在钱伯斯大街上一个比较破的地方。关于那卷羊皮纸——我很高兴能在德·马里尼先生觉得迷茫时帮助他。实际上，那种象形符号并不是那卡文，它是拉莱耶文，是很久很久之前由克苏鲁的后代带到地球上来的。简单说，那只不过是一篇译文，它的原版源自北方净土，比那篇译文要早几百万年，原版是用撒托·犹的原始语言写成的。

"需要翻译的内容超出卡特的想象，不过他依然在坚持。今年年初，他借助一本来自尼泊尔的书获得了很大进步。很显然，他很快就能获得胜利。不过很遗憾，这时候他遇到了麻烦，让扎库帕沉睡的药物用完了。尽管这是个大麻烦，但他并没有太过害怕。卡特的人格已经渐渐获得了这个躯壳的支配权，即便扎库帕有时候还能显现，持续的时间也渐渐缩短。目前来看只有少数不同寻常的刺激才能将扎库帕唤醒——但是一般情况下，它都精神恍惚，无法给卡特的工作惹麻烦。扎库帕找不到能将它送回亚狄斯星球的金属封袋，有一次它差点找到了，不过每次当它彻底沉睡时，卡特就会重新将封袋藏一次。扎库帕造成的所有危害只是吓到了少数人，因此居住在波士顿西区的波兰人和立陶宛人之间流传出一些可怕的谣言。截至目前，它还没有破坏卡特精心制造的伪装，有时候它会卸下伪装，因此被卸掉的伪装需要进行必要的更换。我曾见过伪装之下的存在，那个样子的确不便于让人看到。

"一个月之前，卡特看到了这次会谈的公告，他想若要保全自己的财产，就需要尽快行动。他来不及等到破译羊皮纸了，来不及等到恢复人形之后再来处理这些问题。所以，他让我代表他参加本次会议。

"先生们，我需要告诉你们，伦道夫·卡特没有死，他只不过是临时处在一个反常的状态罢了。最多两三个月，他就可以以合适的外形出现，他会来取回他的财产保管权。如果你们觉得有必要，我可以拿出一些准备好的证据。所以，我恳请你们无限期延后本次会议。"

八

德·马里尼和菲利普斯好像是被催眠了，傻傻地看着那个印度人，而阿斯平沃尔发出了一长串哼声和咆哮声。此时此刻，这个老律师已经不再是厌烦，而是勃然大怒了，他大声嚷嚷的同时还用爆满青筋的拳头使劲敲打桌面。

"我究竟还需要忍耐多久这种愚蠢的话语？我已经听这个疯子、骗子讲了整整一个小时了。现在，他竟然还厚着脸皮说伦道夫·卡特还没死，还敢肆无忌惮地要求我们延期召开本次会议！德·马里尼，你为什么不将这个混蛋赶走？难道你想把我们变成这个骗子、白痴的笑柄吗？"

德·马里尼静静地将他的手举起来，轻声说：

"让我们慎重地想想吧。这的确是一个很离奇的故事。只是，对我这个略懂一二的神秘学者来说，它里面的一些事情也不是纯属虚构的。此外，我从 1930 年开始，就一直收到大师的来信，信中的内容和他说的一致。"

德·马里尼接着就停了下来，老菲利普斯先生则突然插了一句："查古拉·普夏大师刚才说过他有证据。我也认为在整个故事中，这些证据很重要。在前两年，我也从大师那边收到很多能证明这个故事的信件。只是，那些讲述太超乎想象了。真有证据吗？"

最后，表情冷淡的查古拉·普夏大师用沙哑的声音慢慢回答，同时还从那件肥大的外套口袋中拿出来一样东西。

"先生们，你们都没见过那把银钥匙，但是德·马里尼和菲利普斯都见过它的照片。那么，你们熟悉这个吗？"

他在桌子上伸开手掌，动作有点笨拙，那只大号的白色连指手套上面放着一把沉甸甸的、黯淡无光的银钥匙。这把银钥匙大概长五英尺，好像是利用某种未知的工艺做出来的，上面布满了无法描绘的象形符号。德·马里尼和菲利普斯都深深地吸了口气。

"对，就是它！"德·马里尼大声说道，"相机无法说谎，我肯定没搞错。"

不过，阿斯平沃尔说：

"笨蛋！这能说明什么？若这把银钥匙真是我表兄的，那这个老外——这个该死的黑鬼——就该说说怎么到他手上了！伦道夫·卡特和这把银钥匙一起在四年前消失了。我们怎么晓得他不是被抢劫和谋杀了？他本来就疯疯癫癫的，现在还和那些更疯癫的人有往来。

"听着，你这个黑鬼——你是从哪里获得这把银钥匙的？伦道夫·卡特是不是被你杀了？"

出人意料的是，查古拉·普夏大师的表情很平静，没有任何涟漪，不过他的那双冷漠得简直看不到虹膜的黑色眼睛却炯炯有神，发出危险的光。他费劲地说道：

"请控制好你的情绪，阿斯平沃尔先生。我还有其他证据，只是想必可能会让你们扫兴。让我们理智一些吧。这里有一些是在 1930 年之后写的信，很显然是伦道夫·卡特写的。"

他用笨拙的动作从肥大的外套内兜中掏出一个很长的信封，然后交给了暴怒的律师。这时候处在混乱情绪当中的德·马里尼和菲利普斯读了那些信件，那种感觉就好像见到了奇迹一样。

"当然，几乎不能辨别这些字迹，只是，请大家记住，伦道夫·卡特现在的手不能像人类那样写字。"

阿斯平沃尔匆忙看了一下那些信件，很显然，他觉得有点疑惑不解，不过，他并没有改变态度。现在，房间中的气氛紧张且兴奋，还有一股让人无法形容的忧虑和恐惧。对德·马里尼和菲利普斯来说，那座跟棺材似的座钟就好像是魔鬼一般，但是那个律师好像根本没有受到影响。

接着，阿斯平沃尔说道："这些信件看上去好像是经过精心伪造的。就算不是伪造的，也可能说明伦道夫·卡特早就被居心不良的人带走并控制起来了。那么，我们现在要做的只有将这个骗子抓起来。德·马里尼，你能打电话给警察局吗？"

"等一下，"德·马里尼说道，"我觉得这件事无须警察插手。我有个办法。阿斯平沃尔先生，这位先生是拥有真才实学的神秘学家，他说伦道夫·卡特把他当作知己，那么，如果他能回答一些卡特将其当作知己才能回答的问题，你就该满意了吧。我对卡特很熟悉，因此我能问这种问题。让我找本书，我想我可以好好考考他。"

德·马里尼转身朝那扇通往图书馆的门走去，菲利普斯已经有点懵了，傻傻地跟着他去了。阿斯平沃尔还在原地，密切观察那个印度人，那个印度人则看着他，脸上的表情很平静但有点异常。当查古拉·普夏用笨拙的动作准备将那把银钥匙放回口袋中时，那个律师突然大叫一声。

"哈，天哪，我知道了！这个混蛋化了妆！我根本不信他是东印度人。他的脸——根本就不是一张脸，那是一张面具！我想他说的故事让我想到了这一点，但这是真的！他的脸从来没有动过，他的缠头巾和胡子将面具的边缘盖住了。他本来就是个普通的骗子！他也许根本不是外国人——我一直都注意他的措辞。他就是个美国人。看看那双手套，他知道别人会认出他的指纹。该死的！我要扯下你的面具！"

"住手！"查古拉·普夏大师沙哑的怪声里夹杂着异常的恐惧，"我早就说过，如果有必要，我还可以给你们其他证据，我也曾警告过你们，别把我逼急了，让我走到那一步。这个满脸通红、多管闲事的老头说对了，我根本就不是东印度人，我戴了面具，面具下的脸庞不是人类的。你们其他二位已经猜到了——我几分钟之前就感觉到了。如果我摘下面具，你们会不高兴。我现在也管不了太多。我还是告诉你吧，我就是伦道夫·卡特。"

所有人都停下来，一动不动。阿斯平沃尔又愤怒地咆哮着，还做出了几个含糊其词的手势。德·马里尼和菲利普斯在房间的另一边，一面看着那个满脸通红的律师的行为，一面也在注视那个缠着头巾、站在律师对面的"大师"的后背。座钟发出的奇怪的滴答声让人觉得特别恐怖，三足鼎上飘来的烟气和在风中摇曳的挂毯同时跳起了死亡之舞。最终，目瞪口呆的律师打破了沉默。

"不，你不是！你是个骗子！我不会被你吓倒的！你不愿意摘掉面具是你自己的事。或许我们认识你！摘下来——"

当他往前倾时，大师用戴着连指手套的"手"用笨拙的动作抓住他的手，并且发出了一声奇怪的叫声，声音中夹杂着痛苦和惊讶。德·马里尼走向这两人，但是又停下来了。他很困惑，那个假印度人的抗议声成了一种无法解释的咯咯声和嗡嗡声。阿斯平沃尔红彤彤的脸上更加愤怒了，他伸出另一只手，使劲去抓对方的大胡子。这时，他成功抓住了什么，疯狂地将其拽下，整张蜡制面具从缠头巾里面掉下来了，暴怒的律师将其攥在手中。

阿斯平沃尔接着就发出惊恐的叫声。菲利普斯和德·马里尼看见他的脸在抽搐，那种表情是因为过度惊吓产生的恐怖的疯狂表情，从来没有见过人脸有这种表情。这时候，那个假大师松开了他的另一只手，好像有点晕乎乎地站了起来，发出的嗡嗡声非常奇怪。接着，包裹着头巾的身影忽然奇怪地瘫软了，变成了一种看不出人形的样子。后来，他开始用非常奇怪的动作朝那座棺材似的发出异常宇宙节奏的座钟走过去，好像为它着迷似的。他失去面具的脸这时候正转到别的地方，因此德·马里尼和菲利普斯看不出律师的反应究竟是为什么。接着，他们开始注意阿斯平沃尔了，他笨重地跌倒在地板上面。他们不再静止不动，只是，当他们赶到那个老人身边时，他已经死了。

德·马里尼飞快地转向大师远去的背影，他看到一只大号的白色连指手套毫无精神地从一条摇晃着的胳膊上面掉下来。这时候，乳香的烟气越来越浓了，因此他只能看到露出来的手是长且黑的东西……当这个克里奥尔人想去追那个逐渐远去的背影时，老菲利普斯将手放在他的肩膀上，阻止了他。

"别去！"他小声说，"谁知道我们面对的什么。你知道，有可能是另一个存在——来自亚狄斯星球的巫师扎库帕。"

这时候，那个缠着头巾的背影已经走到了奇怪的座钟面前。穿过浓浓的烟气，两个人看到一只无法分辨的黑色的爪子正在摸座钟上雕刻象形符号的大门。那阵摸索发出了奇怪的滴答声。接着，那个身影进入了那座棺材一样的钟壳中，将门关上了。

德·马里尼受不了了。只是，当他快速走到门边，打开门时，座钟里面什么都没有。那奇怪的滴答声还在继续，发出那来自宇宙间、能神秘地诱发大门开启的幽暗节奏。那只大号的白色连指手套还在地板上，死去的阿斯平沃尔手里还死死地抓着那张满是胡须的面具，只是，它们也不能再说明什么了。

过了一年，还是没有伦道夫·卡特相关的消息。他的财产还是没有得到处理。一个叫"查古拉·普夏大师"的人在 1930 年、1931 年和 1932 年从波士顿给很多神秘学家发过咨询信。信件发出的地址正是租给了一个奇怪的印度人，不过在召开新奥尔良会议之前没多久那个印度人就离开了，再也没有回去。人们说他皮肤黝黑，面无表情，长着浓密的胡须。他的房东看出来那张黝黑的面具很像他。但是，从来没有人怀疑过他和当地斯拉夫人梦魇般的幽灵有什么联系。人们也去阿卡姆后方的山林里找过金属封袋，但是没有找到。只是，阿卡姆第一国家银行的一个职员清楚地记得 1930 年 10 月有个戴着古怪头巾的男子用一些奇怪的金条兑换过现金。

德·马里尼和菲利普斯不知怎么办。毕竟，究竟是什么被证实了呢？

他们听到了一个故事，还看到了一把钥匙，只是那把钥匙可能是别人按照卡特在 1928 年随意发出的某张照片仿制的；还有些文件，但也不能说明什么；还有一个戴着面具的怪人，不过现在活着的人谁见过面具下的东西呢？在紧张的氛围和乳香烟气的环境下，凭空消失在座钟里面有可能被人们认为是双重幻觉。毕竟，印度人会催眠术。理性的判决说"大师"是企图霸占伦道夫·卡特财产的罪犯。不过尸检证明阿斯平沃尔因休克而死。只是愤怒就让他休克了吗？或者还有一些故事里所讲的东西吧……

艾蒂安·劳伦·德·马里尼经常会在一个大房间里坐着，房间的墙上有一张绣着奇怪花纹的挂毯，房间中充满了乳香燃烧后的烟气。他怀着模糊的感觉，倾听那只棺材似的刻着象形符号的座钟发出奇怪的旋律。

墙中鼠

1923 年 7 月 16 日，最后一个工人完工之后，我搬进了伊克汉姆修道院。这里的重建颇费周折，因为这个荒废多年的修道院已经所剩无几，只是一个空壳一般的废墟。因为这是祖上的宅邸，所以我不惜一切代价将其修复了。这个地方从英王詹姆斯一世在位时就荒废了。当时，这里发生了一件恐怖的事情，迄今为止，大部分现象都没有得到合理的解释。这件事就是房子的主人和他的五个孩子及好几个仆人全部遇害。当时，所有的怀疑和恐惧都指向房主的第三个儿子，那个人就是我的直系祖先，也是那个让人厌恶的家族当中唯一的生还者——伊克汉姆男爵十一世——沃尔特·德拉普尔。因为这套房子的唯一继承人是嫌疑犯，房子便被皇室收走了，那个嫌疑人也没有为自己辩解或者想夺回财产。他受到了极度惊吓，与发生这件事情之后他良心上受到的谴责和法律制裁相比，他受到的惊吓更严重。他只有一个疯狂的愿望，那就是别让这栋古宅出现在他的眼前和记忆当中。后来，他逃往弗吉尼亚，然后在那里成了家。在后来的一个世纪当中，他的家庭慢慢发展成为后来的德拉普尔家族。

伊克汉姆修道院后来被划到了诺里斯家族的名下，很多人都研究过它独特的混合建筑风格，但是一直没人租住。这座建筑中有几个哥特式的尖塔，但都耸立在撒克逊或罗马式底部结构上面。若传说是真的，它的地基采用了早期风格，或者说是将几种风格混合起来了，包括罗马式、德鲁伊式或者威尔士当地风格等。它的地基也设计得很奇怪，其中有一端和悬崖上的实心石灰石融合在一起——小修道院修建在悬崖边上，可以俯瞰到安切斯特村西边三公里的荒芜的溪谷。建筑师和考古学家们很喜欢研究这座被人忘却的奇怪遗迹，不过附近的村民都不喜欢它。在几百年之前，我的祖先还住在这里时，他们就不喜欢它。到了现在，他们还是讨厌它，也不喜欢它上面恣意滋生的苔藓和霉菌。在我知道我的祖先曾居住在这样一座被诅咒的房子里之前，我没来过安切斯特。但是这个星期，工人们将伊克汉姆修道院爆破了，正忙着将它地基上的各种东西清除掉。

我只知道一些关于我家族历史的简单统计数据，还有我的第一位美国祖先是因为被怀疑谋杀而逃到了殖民地。我不了解细节，因为德拉普尔家族一向对此保持沉默。与我们的种植园主邻居不同，我们家族里有参加十字军东征的先祖和中世纪及文艺复兴时期的英雄，但是我们很少以此为豪。除了在一个密封的信封里记录的那些东西之外，我们没有任何形式的传统或习俗流传下来。在南北战争之前，家族里的每代乡绅都要将那个信封传给大儿子，并且嘱咐要在自己死后才能打开。我们看中的都是族人在移民之后获得的荣誉，也就是这个骄傲的、体面的、有点儿沉默的、不擅交际的弗吉尼亚家族所获得的荣誉。

我的家族在南北战争期间开始落败，那时候我们在詹姆斯河畔的家发生了一场大火，从此整个家族的境遇彻底改变了。我的老祖父因为那次纵火犯的暴行去世了，我们和整个家族的过去联系起来的那个信封也一起消失了。发生火灾那年我只有七岁，不过我到现在还能记起那场大火，还记得北方联邦士兵的呼喊、女人的尖叫声和奴仆们的吼声与祈祷声。那时候，我父亲在军中，参加了里士满保卫战。后来，我和母亲办理了很多手续之后到达前线，和他团聚了。战争结束之后，我们就搬到我母亲的出生地北方去了。我在那里长大，直到中年才有钱，变得像一个木讷的北方佬。我和父亲都不知道那封世代相传的信的内容，随着逐渐融入马萨诸塞州单调乏味的商业生活，我就不再好奇那些家族秘密了。要是我揣测过那些秘密，我肯定很乐意将伊克汉姆修道院维持原样，让苔藓、蝙蝠和蜘蛛网继续待在原来的地方。

1904 年，我父亲去世了。他去世时什么信息都没有留给我或我唯一的儿子阿尔弗雷德。这个孩子当时只有十岁，小时候母亲就去世了。这个孩子知道的关于家族的历史比我多，因为我只能以开玩笑的方式告诉他关于曾经的推测，但他能给我写信说很多有关我们祖先的有趣传闻。我记得在第一次世界大战期间，1917 年，那时候他在英格兰当空军军官。很显然，德拉普尔家族有一段丰富多彩甚至有点邪恶不祥的历史。我的儿子有一个朋友英国陆军航空队的爱德华·诺里斯上尉，他曾经住在安切斯特村，离我家祖宅很近。他给我的儿子讲了很多当地民间流传的迷信传说，这些传说很疯狂，让人难以相信，甚至小说家写的故事都不如这个精彩。当然了，诺里斯本人没有把这个当回事，但我的儿子却对此很感兴趣，还在信中跟我反复提及。根据那些传说，我开始注意自己在大洋彼岸的那座遗产，我还因此下定决心将其买下并且将其修复。按照诺里斯对阿尔弗雷德的讲述，那个闲置的地方风景如画。当时，诺里斯的叔叔就是那座宅子的主人，因此我用一个意想不到又合情合理的价格将其买了下来。

1918 年，我买下了伊克汉姆修道院。当我准备修复它时，我的儿子受伤退役，因此重建祖宅的计划也耽误了。后来的两年，我一心一意照顾阿尔弗雷德，其他什么都顾不上，甚至连生意都交给合伙人打理了。1921 年，宝贝儿子去世了，我成了一个无所事事的老退休制造商。因此，我决定去自己新买的房子里度过余生。1921 年 12 月，我去了安切斯特，诺里斯上尉热情地招待了我。这个年轻人比较胖，和蔼可亲，他对阿尔弗雷德的评价很高。他向我保证会帮忙筹集方案和有关宅子的奇闻轶事，方便我对马上进行的房屋修缮工作提供指导。本来我对修复伊克汉姆修道院并不是特别积极，我觉得那只不过是一个快要塌了的中世纪废墟罢了，它处在危险的悬崖峭壁上面，长满了苔藓，布满了白嘴乌鸦的巢穴，除了几座独立塔楼的石墙，楼层和其他内部装饰都剥落损毁了。

渐渐地，我复原了这座建筑在三个世纪前被祖先抛弃时的样子，接着我开始雇佣工人进行修复。因为安切斯特村的村民都很讨厌和害怕这里，我只能去其他地方雇佣工人。村民的讨厌情绪很强烈，有时候还影响我从外地找来的工人，使得他们也经常开小差。此外，村民好像不只讨厌这座小修道院，还讨厌曾经居住在这里的那个古老的家族。

我的儿子之前说过，他去安切斯特时，因为他是德拉普尔家族的人，当地居民总是有意或无意地躲着他。我现在也感觉到他们正因为同样的原因排斥我。我对那些村民说我对这个家族和这座遗产毫不知情，他们才不那么讨厌我了。即便这样，他们还是不怎么喜欢我，因此我只好让诺里斯家族的人帮我收集大部分乡野传说。或许，那些村民不能原谅的是我来这里的目的——修复一座让他们很讨厌的象征。不管是否有理，他们觉得伊克汉姆修道院肯定是有魔鬼和狼人出没的。

按照诺里斯家人给我收集的传说，再根据几个对这座废墟有研究的学者的叙述，我感觉伊克汉姆修道院是在史前神殿的旧址上修建的。这里曾经是一座德鲁伊教或前德鲁伊教的神庙，年代和巨石阵差不多。这里肯定举行过一些说不清的仪式。按照一些让人很不快的传说，那些仪式后来又转到了罗马传来的崇拜西布莉的仪式当中。直到现在，修道院的地窖下面还有一些可见的铭文，刻着一些字母，例如"DIV...OPS...MAGNA. MAT..."等，这些字母好像是大圣母马格纳玛特的标志。罗马曾经禁止公民参与她的黑暗崇拜，但没有效果。许多残存下来的证据显示，安切斯特地区曾经是奥古斯都第三军团的军营。据说，西布莉的神殿之前宏伟壮观，挤满了朝拜的人，在弗里吉亚祭司的要求下举行了一些不好说的仪式。旧宗教没落后，也没有终止神殿里的神秘仪式，那些祭司换了信仰，但是却没有改变仪式的实质。另外，据说那些仪式没有因为罗马势力的衰退而消失，某些撒克逊人的仪式加入了神殿里遗留下来的仪式当中，形成了一个重要的框架，并且一直流传下来，变成了让人感到恐惧的祭祀主题。约公元 1000 年，这个地方记入史册，根据历史资料可知这是一座坚固的石头修道院，里面还有一个奇怪且强大的教团；周围有宽敞的花园，虽然没有围墙，但是害怕这里的人根本不会靠近半步。丹麦人没有摧毁那个教团，不过诺曼征服之后它就衰败不堪了。1261 年，亨利三世顺利地将这个地方赐给我的祖先——伊克汉姆男爵一世——吉伯特·德拉普尔。

之前，没有有关我的家族的负面传说，不过当时肯定发生了什么怪事。1307 年，一部编年史中曾提起过吉伯特·德拉普尔家族，称之为"被上帝诅咒的人"。同时，乡野传说中也一直强调人们特别害怕那座建在古老神殿和修道院上的城堡。村民的传说有多半是关于非常可怕的描述，他们因为受到惊吓而沉默或者闪烁其词，更加剧了恐怖。按照他们说的，我的祖先们世代都是恶魔，跟他们比起来，吉勒斯·德雷茨和德·萨德侯爵只不过是小儿科罢了。那些窃窃私语还称那段时间里偶尔发生的村民失踪案也跟我的祖先们有关。

传说中最坏的肯定要数那些男爵和他们的直系继承人了，村民私下里讨论的大多数是有关这些人的。据说，如果某个继承人的发展正常、健康，则他一定会神秘地早逝，然后让位给另一个更具有家族特点的子孙。这个家族好像还有自己的内部教团，由房主主持，只对很少数成员开放。很显然，这个教团收徒的标准不是按照血统而是按照某些气质和秉性，因为几个嫁入这个家族的人也成了其中的成员。来自康沃尔郡的玛格丽特·特雷弗女士是男爵五世的二儿子戈费雷的妻子，她就是其中一员。当时，她是村里所有小孩子的克星，还是一首特别恐怖的老歌谣里面的恶魔女主角，那首歌到现在还流传着呢，还能在威尔士边界周围听到。此外，还有一些关于玛丽·德拉普尔女士的恐怖故事也被人写进民谣里流传下来，只是重点不一样罢了。这位女士嫁给了谢斯菲尔德伯爵，不过婚后就被她的丈夫和婆婆杀死了。但是，听完两个凶手的忏悔和那些他们不敢再对别人说的内情之后，他们竟然获得了牧师们的饶恕，甚至还有祝福。

很显然，这些传说和歌谣只不过是粗鄙的迷信故事罢了，不过还是让我感到很厌恶。最让我恼火的是，它们一直广为流传，而且牵涉我们家族如此多的祖先。此外，关于怪异习性的污名让我厌烦地想起了关于我近亲的一个丑闻。年轻的伦道夫·德拉普尔是住在卡菲克斯的我的表兄，自从墨西哥战场上回来之后他就去跟黑人鬼混了，还成了一名伏都教的祭司。

与此相比，那些更模糊的传说并没有严重困扰我。它们说的是石灰石悬崖下面的那个贫瘠荒凉、狂风肆虐的山谷中传来的哀鸣和咆哮声，或者是春雨过后在空气中弥漫着的从墓地里传来的腐臭味，或者是某一天晚上约翰·卡拉威爵士的马在一片荒凉的平原上踩到了一个挣扎着、尖叫的白色东西，又或者是某个因为在白天看到了潜伏在修道院里的东西被吓傻了的仆人……这些都不过是老生常谈的鬼怪故事罢了，而我当时是个纯粹的无神论者。我不好回避有关失踪村民的说法，但是考虑到中世纪的风俗习惯，他们或许也没啥特别之处。在中世纪，好奇窥探的后果无疑是死亡，不止一个人的头颅被砍下来挂在伊克汉姆修道院附近的堡垒上示众，如今那些堡垒早已消失了。

另外，还有很小一部分传说故事非常生动离奇。我后悔年轻时没多学点关于比较神话学的知识。例如，有一种看法觉得一支长着蝙蝠翅膀的恶魔军团每天晚上在小修道院里举办巫妖狂欢，这些恶魔军团的存在说明为何在修道院周围广阔的花园里种与修道院人口明显不成比例的劣质蔬菜。而所有的传说中，最生动的是一首让人记忆犹新的有关老鼠的叙事诗。据说，在那次导致这个修道院被荒废的悲剧发生三个月之后，一支由肮脏的老鼠组成的逃跑大军忽然从城堡中涌出来，那支大军非常瘦，肮脏、丑陋且贪婪，在耗尽自己的疯狂愤怒之前，将挡路的所有东西都洗劫一空，还洗劫了家禽、猫、狗、猪、羊和两个不幸的人。后来，关于那支由老鼠组成的军团产生了很多版本的传说，因为那些老鼠最后都分散到村民家中，给他们带去了数不清的诅咒和恐惧。

我揣着老年人特有的顽固之心，坚持进行祖宅的修复工作时，一直被这样的传说困扰着。它们在我的心里已经占据了主导地位，很明显这是因为我思虑过重。修缮工作历时两年终于完工。这时候，我看到宽敞的房间、装了护墙板的墙壁、拱形的天花板、带竖框的窗户，还有宽大的楼梯，心中感到非常骄傲和自豪。这种满足感足以弥补修缮过程中不菲的开支了。每个中世纪的特征都被巧妙地复原，那些新修的部分和原来的墙壁、地基都完美地融合到一起。现在，我的祖宅已经修好了，我期盼着能够挽回我们家族在当地的名声。我会一直在这里住下去，我重新用了自己姓氏一开始的拼法，证明德拉普尔家族的人并不是什么魔鬼。尽管修复之后的伊克汉姆修道院还是照着中世纪的风格装修的，但它的内部焕然一新，肯定不会再受到远古害虫和幽灵等东西的干扰了。

就像前面说的，我在 1923 年 7 月 16 日搬进了伊克汉姆修道院。我的新家庭包括七个仆人和九只小猫，我特别喜欢小猫。最老的猫叫尼格尔曼，已经七岁了，它是我从马萨诸塞州博尔顿的家中带过来的。其他几只猫是我在修复修道院的过程中借住在诺里斯上尉家时陆续收养的。刚搬进修道院的前五天，我们的日常生活有序地进行，我花了大部分时间整理家族的旧资料。我手里有一些很详细的报告，完整地记录了那场最后的悲剧，还有沃尔特·德拉普尔的逃跑历程，我觉得这些也许就是世代相传的最后在卡菲克斯那场大火中丢失的那份文件的主要内容。好像我的那个祖先当时发现了让他很震惊的事情，从此性情大变。两个星期之后，他就和四名愿意帮助他的仆人一起，趁着家族中的其他成员都在睡觉时将他们全部杀掉了。至少他是被这样指控的。关于他究竟发现了什么，除了有些模糊的暗示，他没有跟别人说过，或许他曾经跟那几个仆人说过，但是后来那些仆人都逃走了，杳无音信。

那场精心策划的大屠杀一共要了六个人的命，包括一名父亲、三个兄弟和两个姐妹。不过大多数村民都宽恕了那场屠杀，法律也没有对凶手进行严惩。凶手毫发无伤、光明正大地跑到弗吉尼亚去了。大部分传言说他净化了自古以来就受到诅咒的一片土地。我想象不出来他究竟发现了什么让他痛下杀手。沃尔特·德拉普尔肯定之前就听说过有关自己家族的不祥传说，因此那些材料应该不会让他产生新的冲动。那么，他是否在修道院或者修道院周边亲眼看到了另一些恐怖的古老仪式，或者不经意间看到了什么无法透露的恐怖内情呢？据说，在英格兰时，他一直很腼腆、害羞，比较温文尔雅。到了弗吉尼亚州，他也没有很冷酷无情、充满仇恨，反而有些苦恼和困惑。另一位来自贝尔威的绅士冒险家弗朗西斯·哈利在日记中描述他是一个充满正义感、品行端正、优雅、谨慎的人。

7月22日，第一件事情发生。虽然当时大家忽略了这件事，但它与后来发生的各种事都有着紧密的联系。说起来，这件事很简单，简直不足挂齿，在当时那个情况下也不可能引起注意。当时，我居住在一栋除了墙壁其他摆设都是全新的建筑里面，周围还有一群正常人，尽管住处有点不太正常，但是也不至于恐惧和忧虑，要不然就有点可笑了。后来，我只记得那只老黑猫表现得非常警惕和焦躁，我很了解它的脾气，它那时的表现跟平常截然不同。它在房间里转来转去，非常不安，还经常嗅着那座老哥特式建筑的墙壁。我知道这听起来见怪不怪，就好像每个鬼故事当中都有一条狗一样，它总会在主人看到裹尸布里包着的东西之前忽然狂吠不止。这的确是真的，而且我没法让它和往常一样平静下来。

次日，一个仆人向我抱怨，说房子里所有猫都明显很躁动。他来找我时，我正待在自己的书房。我的那间书房是二楼西面的一个房间，房子有穹棱拱顶，黑色的橡木镶板和一扇哥特式的三层窗户。从窗口往外看，刚好能看到那个石灰石悬崖和悬崖下面荒凉的山谷。当他说话时，我看到了尼格尔曼漆黑的身影正沿着西墙爬行，不断地抓挠在远古石块上面覆盖着的新镶板。我对仆人说，肯定是那些古老的石制品发出一些奇怪的气味或者其他散发物，我们感觉不到，即便是透过新装修的木制品，还是让敏感的猫咪察觉到了。我的确是这么想的。当那个仆人暗示房间里会不会有老鼠时，我说这里已经300年没见过老鼠了，这些高墙里面就连周围的田鼠都看不到，从来没有人见过这里有老鼠。当天下午，我去了诺里斯上尉家，他也肯定地对我说，无法相信田鼠突然来骚扰修道院。

当天夜里，我与往常一样和一个仆人一起查看宅子，然后就回到了西面塔楼上的房间。那个房间是我自己挑的卧室，和我的书房之间只有一段石头阶梯和很短的走廊。那段石头阶梯有一部分是远古的遗迹，走廊是全新的。我的卧室是圆的，很高，墙上没有护墙板，挂着我从伦敦亲自挑选的挂毯。看到尼格尔曼在我旁边，我关上那扇厚重的哥特式大门，在巧妙地做成蜡烛样子的电灯泡发出来的光线中躺下，然后关灯，在雕着精美花纹、带有罩盖的四柱大床中享受。那只老猫就躺在我的脚边，它习惯躺在那里。我没有放下床帘，而是看着我对面那扇朝北开的小窗户。窗外的天空有一缕光芒，让人很开心地勾勒出窗户上那些细致优雅的窗饰的轮廓。

我肯定是安静地睡了一会儿，因为我记得当猫忽然从自己的位置上惊跳起来时，我被从梦中惊醒。我透过一片朦胧的光芒看到尼格尔曼朝前伸着头，前脚摁在我的脚踝上面，后腿朝后伸直，看着窗户稍微偏西的墙上的某个点，非常紧张。我没看到那里有什么东西，但是当我完全将注意力集中在那个点上时，我感觉或许尼格尔曼忽然这么激动是有原因的。我不敢断定那面挂毯是否真的在动，但是我感觉它在动，虽然动得有点轻微，但是我敢打赌我真的听到后面传出一阵虽然很轻却很清晰的老鼠奔跑的声音。猫就在那一瞬间纵身跳到了那掩盖墙面的挂毯上去了，用自己的身体将它拽到地上，露出潮湿的古石墙。石墙上面随处可见修补者留下的痕迹，但是没有看到任何老鼠跑过的痕迹。尼格尔曼在那堵墙前面的地上跑来跳去，抓挠掉下来的挂毯，还多次试着将爪子伸入墙和橡木地板之间。不过它没有发现什么。过了一会儿，它累了，回到我脚边它的那个位置上。我一直没动，但是也没有继续睡。

次日早晨，我问了所有仆人，他们都没感觉到异常，只有我的厨师记得在她的窗沿上睡觉的一只猫表现很异常。那天晚上不知何时，那只猫忽然发出愤怒的嘶吼声，厨娘被吓醒了，接着就看到那只猫好像发现了猎物，冲出房间，朝楼下奔去。我迷迷糊糊地打发掉中午的时光，下午又去了诺里斯上尉那里，诺里斯上尉对我所说的事情兴趣颇深。那件离奇的事情虽然很小，却很奇怪，这吸引了他的注意力，同时让他想起了在当地流传的各种可怕的传说。我们都对老鼠的出现表示迷惑不解，诺里斯借给我一些捕鼠器和巴黎绿，我回到修道院就让仆人们将这些东西放在了可能有老鼠出没的位置。

当天晚上我很困，很早就睡觉了，不过一直在做很可怕的噩梦。在梦里，我好像站在一个很高的位置上，俯视着一个发着微光的巨大洞穴，里面有很多齐膝的脏东西。有一个留着花白胡子、好像恶魔一样的放牧人正在拿着棍子驱赶一群长满真菌、软弱无力的畜生，这些畜生的样子让我有一种无法言表的恶心。后来，那个放牧人停下来开始打瞌睡，这时候一大群老鼠如雨滴一样纷纷落下来，掉到那个发着恶臭的深渊当中，开始疯狂地啃咬那群畜生和那个放牧人。

这时候，和往常一样在我脚边熟睡的尼格尔曼忽然动了，它让我从恐怖的梦里惊醒了。这一次，我没怀疑它为何低吼和嘶吼，也知道它为何会害怕到情不自禁地将爪子挠进我的脚踝里面。这个房间中每面墙都发出了恶心的声音，就是那些贪婪的大老鼠匆忙跑过时发出的声音。当天晚上窗外没有光芒，因此我没法看到挂毯的情况。昨天晚上挂毯被猫拽下来后，我又重新将其挂上了。只是，我还不至于不敢开灯。

开灯之后，我看到所有挂毯都在恐怖地抖动着，让本来就很独特的设计好像在演绎一曲奇怪的死亡之舞。不过很快它们就不再抖动，那些声音也随即消失了。我跳下床，用床边上放着的暖床器的长柄轻轻拨动墙上的挂毯，并且将其中一条挂毯挑起来，想看看究竟里面有什么。不过那里除了修补过的石墙之外，什么都没有看到。这时候，猫也不再那么警觉了。后来，我又看了一下在房间中放着的圆形的捕鼠器，我看到所有开口都弹上了，却没有留下任何痕迹显示它们抓住了什么东西，或者有什么东西从里面逃了出去。

我已经无法入睡了，于是点燃了一支蜡烛，打开房间的门，穿过走廊走向楼梯，打算去书房。尼格尔曼紧跟在我后面。我还没有走到那段石头阶梯，它就朝前猛扑过去，超过我，然后消失在古楼梯下方。当我一个人下楼时，忽然感觉到下面有个房间中有动静，那种声音我是肯定不会搞错的。装着橡木镶板的墙壁中全是老鼠，这些老鼠慌忙逃跑、四处逃窜。这时候，尼格尔曼心中充满疑虑，它带着猎手应有的狂怒四处追赶。我下楼打开灯。不过这一次，并没有因为我开灯噪音就消失。那些老鼠依然在喧闹，它们逃窜的脚步声非常清晰、有力，我甚至都能确定它们的具体活动方向了。很显然，这群老鼠的数量很多，好像正在进行一次大规模的迁徙——从某个想不到的高处奔向某个可以预见或者意想不到的地底下。

这时候，我听到回廊里有脚步声，接着，两个仆人推开厚重的房门进来了。他们俩正在到处搜寻，想找到这些老鼠是从哪里来的。这些老鼠让所有的猫咪都陷入了恐慌当中，它们不停地嘶吼，相继冲下楼，蹲在地下室下层那扇紧闭的大门口大声叫着。我问他们是否也听到老鼠的声音，但是他们说没听到。当我尝试着让他们看镶板后面的动静时，却发现声音没有了。后来，我和他们一同来到地下室下层的大门前，发现猫咪都不见了。我打算去下面的地窖里看看，但只是简单地看了一下那里的捕鼠器。如我所料，它们的口都闭上了，但是什么东西都没有抓到，也没有留下什么痕迹。后来，我确定除了我和那些猫咪之外，其他人都没有听到老鼠的声音，后来我就到自己的书房里一直坐到了天亮。我想了很多，还认真想了一下我收集到的每个和我当前居住的地方有关的传言。

上午，我在书房里那把舒服的椅子上面小憩了一下，尽管这栋房子保留了中世纪的装修风格，但我不会丢掉我这把舒服的椅子。醒来之后，我给诺里斯上尉打了电话，让他过来帮忙看看地下室的下层。我们没有找到任何会有麻烦的东西，却发现地下室是罗马人建的，这个事实让我们难掩激动。那里的每一扇低矮的拱门和每根巨大的石柱都是罗马风格，并不是笨拙粗糙的撒克逊人造的那种劣质的罗马风格，而是恺撒时期严谨且和谐的古典主义风格。实际上，那里的石墙上都刻满了铭文，反复考察过这里的那些考古学家们非常熟悉这些铭文，例如"P.GETAE.PROP...TEMP...DONA..."和"L.PRAEC...VS...PONTIFI..ATYS..."等。

铭文中涉及的阿提斯让我心惊胆战，因为我之前读过卡图卢斯的诗，了解一些关于东方神灵的恐怖仪式，曾经崇拜它和西布莉。透过提灯的光，诺里斯和我想办法解读上面那些已经模糊的古怪图案，那些图案刻在几块被公认为祭坛的不规则的长方形巨石上，不过我们完全看不懂。我记得其中有个图案好像一个发光的太阳，研究者们觉得它不是起源于罗马，或许这说明这些祭坛只不过是罗马祭司从同一地点的某个更古老甚至土著的神殿中拿过来继续用的。这些巨石当中有一块上面有些褐色的残留污迹，这让我感到很吃惊。那块在地下室中间的最大的石头表面还有被火烧过的痕迹，或许是焚烧祭品或者牲礼时留下来的。

地下室就是这些情况。不过猫咪们真的在地下室的门前蹲着不停地嘶吼过，因此我和诺里斯打算接下来的那个晚上在地下室里度过。仆人们搬来了睡椅，我对他们说，别在意猫在夜间的举动。此外，我还让尼格尔曼陪着我们，因为它可以给我们提供帮助，还能陪伴我们。我们打算关上那扇橡木大门，那扇大门是现代仿制品，上面有方便通风的缝隙；我们还打算彻夜开着灯。后来，我和诺里斯躺了下来，等待可能会发生的事情。

这个地下室在修道院的地基深处，很显然，它距离向外凸起的俯视着荒凉山谷的石灰石悬崖表面很远。我敢说这里就是那些发出骚动、让人琢磨不透的老鼠的目的地。但是我根本不知道为什么。当我们满怀期待地躺在那里时，我感觉自己偶尔会处于半睡半醒的状态。尼格尔曼躺在我的脚边，它的不安总会将我从睡梦中惊醒。那些梦并不平和，甚至比头一天晚上做的那个梦还恐怖。我又看到了那个发着微光的洞穴，还有那个放牧人和那些在脏东西中肆意翻滚的满地真菌和惨不忍睹的畜生。我看着这一切，感觉它们好像朝我逼近，也越来越清晰，甚至都可以看清它们的样子了。后来，我真的看清了其中一个瘫软的畜生的样子。我尖叫了起来，然后就突然惊醒了。尼格尔曼被我吓了一跳，但是诺里斯上尉还没有睡觉，他笑得前仰后合。如果诺里斯知道我为何尖叫，他可能会笑得更夸张，或许笑不出来。不过，当时我忘了自己在梦里到底看到了什么。因为特别害怕，容易让我完全丧失记忆。

当发现异常情况时，诺里斯叫醒了我。他轻轻地摇了一下我，让我听一下猫的动静，我则从同一个恐怖的梦里惊醒了。实际上，当时还能听到很多声音。在紧闭的那扇大门外面，猫咪们从石头阶梯的一边发出噩梦般的嘶吼和抓挠声。这时候，尼格尔曼并没有注意到门外其他猫的动静，而是很兴奋地在光秃的石墙旁边来回跑。石墙中发出一阵老鼠飞快地跑过去的嘈杂声，那个声音跟我昨天听到的一样。

我觉得特别害怕，因为我忽然看到了一些奇怪的情况，无法用任何正常思维来解释。这些老鼠，如果不是某种只有我和猫咪才能感知得到的疯狂幻想，那么它们肯定就在那些罗马石墙里挖掘骚动，来回奔跑——可是我觉得那些石墙应该是实心的石灰岩块才对……或许自 17 世纪以来，水将石墙侵蚀出一条蜿蜒曲折的通道，那些老鼠们在通道中啃噬，将其弄得干净且宽敞了……即便如此，我内心深处的恐惧还是没有减少半分，因为如果这些墙里面真的有老鼠，诺里斯为什么听不到它们发出来的恶心的骚动声呢？为何他只让我留意尼格尔曼的动静和外面的猫咪们发出来的声音呢？为何他还在猜是什么让那些猫受惊呢？

我尽量理智地告诉诺里斯我听到的声音，这时候我又听到那些老鼠飞快地跑过去的声音渐渐远去，到了更深的位置，然后在地下室下边最深的地方消失，直到最后，好像整个悬崖下面到处都是老鼠。出乎我的意料，诺里斯没有怀疑我说的话，反倒是很吃惊。他暗示我注意门旁边的猫咪们，这时候这些猫已经安静下来了，好像不打算追那些跑远了的老鼠。但是尼格尔曼忽然又躁动起来，开始在最大的石头祭坛基底旁边使劲抓挠。那个祭坛在地下室的正中间，相比而言，那里离诺里斯的睡椅比离我更近。

这时候，我特别害怕那些未知的东西。很显然，发生了让人非常吃惊的事情。我看到比我更年轻、结实的诺里斯上尉这时候跟我一样害怕，他是个天生的唯物主义者，他的意志应该比我更坚定。他害怕的可能是他从小就接触过的当地神话传说。那时候，我们什么都不能做，只好傻傻地看着那只黑猫，它还在不停地抓挠那个祭坛的基底，但是已经没有那么疯狂了，它偶尔会抬起头来看我一下，朝着我发出喵喵的声音。它经常用这种方式请求我给它提供一些帮助。

后来，诺里斯拿起一盏提灯，走近那个祭坛，检查尼格尔曼抓挠过的地方。他悄悄地跪下来，将生长了若干个世纪的地衣刮掉，这些地衣将前罗马时代留下来的巨大石头和拼花地板连接起来了。不过他没有任何发现。当他打算放弃时，我忽然看到一个不容易发现的细节，虽然这个细节只暗示我猜到的一些事情，但还是让我很害怕。我将这个细节告诉诺里斯，我们接着一起仔细打量那些细节，即在祭坛边上放着的那盏提灯的火焰正在轻轻地动，那股气流很显然是从诺里斯刮去地衣露出的地板和祭坛之间的裂缝产生的。

那晚余下来的时间里，我们一直在点着灯的书房里度过，我们着急地讨论下一步该采取什么行动。在这栋被诅咒的房子下面的那个已知的由罗马人建的最深的石头地下室下面还有一个更深的地窖，但是三个世纪以来，好奇的考古学家们从没有想过还有这么一个地窖。即便是没有发现那些不祥的事情，我们也为发现这个地窖而感到兴奋。眼下，它的魅力翻倍。不过，我们还是不好决定，不知道是按照迷信传说的告诫不要继续探索，永远地离开这座修道院，还是满足自己的好奇心，勇敢地去探索那些在未知深度等待我们的任何恐怖的东西。到了第二天早上，我们才商量妥当，我们决定去伦敦号召一些更适合解开这个谜团的考古学家和科学家。我们需要说明，离开那个地下室的下层之前，我们曾想试图挪动一下中间的那个祭坛，但是没挪动。我们现在都觉得那一定是一扇通往未知的、不可描述的可怕深渊的大门。至于打开那扇门之后会发现什么秘密，还是让那些比我们更聪明的人去探索吧。

我和诺里斯在伦敦先后拜访过五位大名鼎鼎的权威专家，对他们说了我们看到的，还有我们的所思所想和广为流传的传说。我们相信他们会尊重任何一个通过进一步探索就能发现的家族秘密。他们当中有多数人没有将我们的讲述置若罔闻，而是表现出很感兴趣和真诚的共鸣。虽然没必要将这些人的名字一一列出来，不过我还想说这些人当中包含威廉·布林顿爵士，他当年主持特洛亚特的发掘工作，曾轰动全球。当我们一起坐火车回到安切斯特时，我觉得自己可能处在了某些可怕的真相边缘，乃至世界的另一头。当时总统意外去世让美国人悲痛万分，这好像也象征着我那种感觉。

8月7日的晚上，我们回到了伊克汉姆修道院。仆人们都说他们断定这段时间一切正常。那些猫咪们都很安静，就连最老的尼格尔曼也很安静；放在房子里的捕鼠器也没有弹起来。我对客人们说第二天开始调查，之后将他们逐一安排到了设施齐全的房间中，我自己也回到了塔楼上的那个房间，尼格尔曼还是和往常一样睡在我的脚边。我很快就睡着了，不过又做了一个非常可怕的梦。我梦到了一场罗马宴会，就好像是在特里马乔举办的宴会一样，其中有一个盖着盖子的大浅盘子，里面放着可怕的东西。后来，我又看到经常重复出现的东西——那个发着微光的洞穴里面的放牧人和他的那些污秽不堪的畜生。次日，我醒来时已经不早了，楼下发出日常生活的声音。当天晚上没有老鼠来惊扰我，尼格尔曼睡得也很好。我下楼去了，看到修道院的其他地方和往常一样安静祥和。不过有几个仆人聚在一起，其中有个专注于巫术的叫桑顿的小伙子奇怪地对我说，现在的这种状态只是某些力量想让我看到的情景罢了。

一切准备就绪，上午 11 点整，我们七个人带着大功率的电动探照灯和挖掘工具去了地下室的下层，然后将门闩上。尼格尔曼一直跟着我们，因为几个研究员说我们要重视它的反应，而且如果周围真的有老鼠活动的痕迹，大家都希望它也在。我们只是走马观花地看了看罗马时期的铭文和祭坛上的未知图案，其中三个专家都看过了，而且很熟悉它们的特征。我们主要将注意力集中在房间中间的那块大祭坛上面。一个小时不到的时间，威廉·布林顿就让它朝后倾斜了，他用了我不熟悉的平衡物让它保持平衡。

这时候，我们看到了一个非常可怕的场景，若不是早有准备，我们肯定会被吓趴。倾斜的祭坛下面有一个近似正方形的开口，通过开口能看到里面有一段石头阶梯，那个阶梯已经磨损得不成样子，中间都快磨成朝下倾斜的平面了。在这段石阶上有可怕的人类或者半人类的骸骨，这些骸骨还保留着骨骼的排列方式，说明它们的主人在死前遭受了可怕的事情，而且所有的骸骨上面都有被啮齿类动物啃噬过的痕迹。那些头盖骨只能说明它们的主人有可能是弱智、患有呆小症或者有原始的半猿人的特征。对着骸骨的那段恐怖的石头阶梯上面有个拱形的朝下延伸的通道，好像是从实心岩石当中凿出来的。一阵气流从通道中传来，不是一开始打开地窖时突然涌出来的难闻的气流，而是冰凉且新鲜的微风气流。我们在这里停了一小会儿，颤抖着清理出一条向下的通道。后来，威廉爵士检查了一下被凿开的墙壁，得出的结论非常古怪——按照凿痕的方向，那条通道应该是从下往上凿的，不是从上往下挖的。

现在我必须慎重起来，谨慎地挑选我的用词。

后来，我们从被啃咬过的骸骨堆中开辟了一条路，朝下走了几步，就看到了前面的亮光——那亮光不是神秘的磷光，而是外面射进来的太阳光。这束阳光肯定是从俯视着下方的荒凉山谷的悬崖上一个未知的缝隙中透过来的。从外面看，肯定不会看到缝隙中有异常的情况发生，因为整个山谷都没人居住，还因为悬崖本来就很高、很险峻，想必只有气球驾驶员才可以看清楚它的全貌和细节。然后继续往下走几步，看到的场景差点把我们吓死。那种场景实在是太可怕了，巫术研究者桑顿当场就被吓晕了，他晕倒在后面那个同样被吓得晕乎乎的人怀中。诺里斯那张胖嘟嘟的脸也被吓得瞬间惨白，发出一句含糊的尖叫声后也吓瘫了。我则紧闭双眼，倒吸了一口凉气或者发出了嘶叫声。在我后边站着的，也是我们当中唯一比我年龄大的人嘶哑地说了一句老生常谈的话"天啊！"不过想必我这辈子听到最嘶哑的声音就是这句了。我们七个都是有素质的人，只有威廉·布林顿爵士还镇定自若，他的勇气可嘉，因为他是我们的领队，也肯定是最先看到这个情景的人。

我们前面出现了一个发着微光的洞穴，这个洞很高，高得超出想象，一望无际。那里充满了无限的神秘和恐怖，里面还有一些房屋和其他类型的建筑遗迹。我害怕地匆忙看了一眼，看到了一个奇怪样式的坟墓、原始且简陋的巨石环、一座有着低矮的半圆形屋顶的罗马式建筑、一栋杂乱无章的撒克逊式建筑及一栋早期的英格兰式木质大厦。不过跟旁边一大片地面上的恐怖场景相比，这些东西很小、很不起眼，在离阶梯不远处，有一些杂乱不堪得让人发疯的人骨或者是跟人类相似的某种生物骸骨，和石阶上的那些骸骨一样。它们好像泛着白沫的海洋，朝四周延伸，其中有一些已经支离破碎了，不过其他还完全或者部分保留着骨骼的形状。那些还保留着骨骼形状的骸骨都有一种疯狂的姿势，要么正想要奋力摆脱某些威胁，要么牢牢地抓住别的骸骨，感觉要把同类吃掉似的。

当人类学家特拉斯克博士弯下腰要将那些头盖骨分类时，他看到不同进化程度的人种混合的情况，彻底惊呆了。从进化程度上来讲，这些头骨的主人大多数要低于皮尔丹人，但是综合来看他们确实是人类。其中很多都具有比较高的进化等级，还有少数已经达到了高度发达、敏锐易感的程度。所有骨头上都有被啃噬过的痕迹，大多数都是被老鼠咬的，也有一些是其他类人牲畜咬的。这些骸骨中还有一些老鼠的小骨头，肯定是那只致命的老鼠军团里落下来的成员。

经过这么恐怖的一天，我担心没有人能继续正常活下去。不管是霍夫曼还是于斯曼，都想象不出比那个发着微光的洞穴更疯狂和不可思议，或者充满哥特式奇怪风格的场景了。我们七个人跟跟跄跄地在里面穿梭，揭秘了一个个残酷的真相，最后还得尽量克制自己暂时别想三百年或者是一千年、两千年甚至一万年前这里发生了什么。这里应该是地狱的前厅了。桑顿最可怜了，当特拉斯克对他说某些骸骨的主人在历经二十年或者更久的退化，最后变成四足动物时，他又晕了过去。

　　当我们开始揭秘那些建筑遗迹时，又发现了更恐怖的事情。那些四足动物——偶尔也有一些两足动物，成为它们的新成员，被圈养在石圈里面。最终，它们因为饿坏了或者因为很害怕老鼠，冲破石圈跑到外面去了。那些畜生的数量很多，很明显是因为劣质蔬菜吃得又肥又大，我们现在依然能够在比罗马时期的建筑历史更悠久的大型石头仓库底下找到恶心的青储饲料残渣。我现在终于知道我的祖先为何需要那么大的花园了，苍天在上，我多么希望将这一切忘得一干二净啊！我想我没必要再问他们饲养这群牲畜的目的了。

　　这时候，威廉爵士正拿着自己的探照灯站在罗马式的建筑废墟中，大声解读我到现在为止所知道的最惊人的宗教仪式，还详细说明了某个上古时期的祭祀食谱。很显然，西布莉的祭司发现了这份食谱，并且将这份食谱和他们的食谱融合了。诺里斯走进了那栋英格兰的建筑，尽管他现在逐渐习惯了这里的一切，但还是趔趔趄趄地走了出来。那是一间肉店和厨房，至少他进去之前是这么想的，不过他在那里看到了熟悉的英国器具、读到了熟悉的英国涂鸦，其中有一些涂鸦是 1610 年前后留下来的。我不敢朝那栋建筑走去，我知道那里曾经发生过魔鬼般的罪行，最后只在我的祖先沃尔特·德拉普尔的匕首面前才停止。

我只敢进入那个低矮的撒克逊式的房子。它的橡木大门已经塌了，我在里面看到了一排可怕的石头牢房，一共有十间，栅栏早就生锈了。三间牢房还关着什么，根据骸骨判断，全都是进化程度比较高的人类。我还看到一个囚犯的食指骨上有一枚印章戒指，戒指上面竟然有我家族的盾徽。此外，威廉爵士在一座罗马式小礼拜堂下面还发现了一个地窖，里面也有一些牢房，只不过历史更悠久了，这些牢房都是空的。那些牢房的下面还有一些低矮的地穴，里面摆放着装满骸骨的箱子，箱子里面放着整齐的骸骨，其中一些还刻着类似的可怕铭文。这些铭文当中有些是拉丁文，有些是希腊文，还有一些则是弗里吉亚的方言。这时候，特拉斯克博士打开了那座史前坟墓，在里面找到了一些头骨，这些头骨只是比大猩猩稍微更像人，上面刻着无法形容的象形雕刻。在整个恐怖的探索过程当中，只有我的猫还能镇定自若地在周围漫步。有一次，我还看到那只猫诡异地蹲在一座小山的顶峰，这座小山是由骸骨堆成的，我对此感到很好奇，想知道它的那双黄色的眼睛后面到底有哪些秘密。

这片发着微光的区域就是我最近常常梦到的地方，好像是个非常恐怖的预兆。我们在这里知道了一些还不是最可怕的真相之后就开始去另一个地方。很显然那个地方永远是漆黑一片，深不见底，里面没有任何能够透过悬崖裂缝照到里面的光线。我们只朝里面走了一小段距离就停了下来，虽然我们可能永远不知道在更远的地方等着我们的是怎样的地狱般的情景，但是我们都知道里面隐藏的秘密最好别让人类知道。即使如此，眼前的黑暗当中还有很多需要我们关注的东西。我们刚走了没多远，探照灯就照到了被诅咒的无底洞——那些老鼠曾经就是在这样的无底洞中大快朵颐的。当食物突然短缺后，贪婪成性的老鼠就对同样饱受饥饿折磨的活物痛下杀手，吃完这些之后它们就再次从小修道院里涌出来，因此发生了这里的村民终生难忘的那次浩劫。

天啊！这就是让人恶心的、到处都是啃干净的骨头和敲碎的头盖骨的黑暗深渊！这就是那些如噩梦一样充满无数个世纪以来的猿人、凯尔特人、罗马人和英格兰人骸骨的裂口！其中有一些已经填满了，大家都不知道这里有多深。其他一些深不可测，我们的探照灯也无法照到尽头，里面还有说不清道不明的幻象。不知道那些在探索这个恐怖的无底洞时不慎掉进去的倒霉的老鼠后来怎么样了呢？

在探索的过程中，有一次我的脚不慎掉到了一个非常恐怖的裂口边上，就在那一瞬间我感觉到了极致的恐惧。除了胖嘟嘟的诺里斯上尉，我已经看不到探险队的其他成员了，想必我走神太久了。这时候，突然从黑漆漆的远方传来了一声巨响，我觉得那个声音有点熟悉，接着看到那只老黑猫向前猛扑过去，扑到我前面去了，就好像长着翅膀的埃及神灵一样，朝着那个通往未知世界的无底洞扑去。我紧跟在它的后面，因为我当时就明白了，那个可怕的声音就是那群恶魔似的老鼠飞快地奔跑发出的。那群老鼠一直在找新的恐惧，并且打算将我引到地球中央张着大嘴的洞穴中去，那个疯狂的无面之神奈亚拉托提普正在两个不定型的愚蠢的乐手吹出的长笛声中漫无目的地咆哮。

我的探照灯灭了，不过我还在继续奔跑。我听到了一些声音和哀号声，还有一些回音，不过那亵渎神灵的邪恶的老鼠飞跑的声音越来越响，淹没了其他声音。那种声音越来越响、越来越响，如同僵直的肿胀的尸体渐渐漂到一条油腻的小河上面，河水流淌着，穿过一座座无止境的缟玛瑙石桥，最终流到臭烘烘的黑色海洋中。有软绵绵的圆咕隆咚的东西撞到我了。肯定是那些老鼠，那支什么都吃的黏糊糊的、贪婪成性的大军……如果德拉普尔家族的人能够将那些禁忌之物吃掉，为什么老鼠不能将德拉普尔家族的人吃掉呢？我的儿子死于战争，他们都该死……北方佬用火烧了卡菲克斯，将德拉普尔祖父和那个秘密一起烧掉了……不，不，我告诉你们，我不是那个在发着微光的洞穴中的邪恶的放牧人！那个软弱无力、长满真菌的东西头上长的脸不是爱德华·诺里斯的！谁说我是德拉普尔家族的人？他还活着，但是我的儿子却死了！诺里斯家族的人怎能占有德拉普尔家族的土地呢？那是伏都教的巫术，我告诉你们……满身都是斑点的那条蛇……我诅咒你，桑顿，我会告诉你我的家族都做了哪些事情，再把你吓晕！ ...Sblood, thou stinkard, I'll learn ye how to gust...wold ye swynke me thilke wys？ ... Magna Mater！ Magna Mater！ ... Atys... Dia ad aghaidh's adaodann... agus bas dunach ort！ Dhonas' dholas ort, agus leatsa！ ...Ungl...ungl...rrrlh...chchch... 他们在三个小时之后，在那片黑暗当中找到了我，据说我说了上面的话。他们找到我时，我正在一片黑暗当中，蹲在诺里斯上尉被啃掉一半的胖嘟嘟的身体上面，我的猫正跳来跳去地撕扯我的喉咙。后来，他们将伊克汉姆修道院炸掉了，将尼格尔曼带走了，并且将我关到了这个房子中，还私下散播了一些有关我的遗传和经历的恐怖谣言。桑顿也被关在我旁边的房间中，不过他们不准他和我交流。此外，他们还试图隐瞒与那个修道院有关的大部分事实。当我提及可怜的诺里斯时，他们都说我竟然下那么残忍的手，不过他们肯定知道不是我干的。他们肯定知道是老鼠干的，就是那哧溜跑过去的老鼠，我在它们的奔跑声中睡不着；就是那些恶魔般的老鼠在这个房间的镶板后面奔跑着，诱惑着我去比我现在知道的更可怕的地方；就是那些他们永远无法听到的老鼠；那些老鼠，那些墙里的老鼠。